Ullstein Kriminalroman

Ullstein Kriminalroman
Lektorat: Georg Schmidt
Ullstein Buch Nr. 10602
im Verlag Ullstein GmbH,
Frankfurt/M – Berlin
Titel der amerikanischen
Originalausgabe:
Downriver

Deutsche Erstausgabe

Umschlaggestaltung:
Horst Kraus
Umschlagbild:
Alain Foétet c/o Becker-Derouet

Printed in Germany 1989
Gesamtherstellung:
Ebner Ulm
ISBN 3 548 10602 1

April 1989

Vom selben Autor
in der Reihe der
Ullstein Bücher:

Detroit Blues (10256)
Der Tod in Detroit (10283)
Mitternacht in Detroit (10308)
Die Straßen von Detroit (10338)
Frühling in Detroit (10354)
Der Oklahoma Punk (10369)
Kill-Zone (10377)
Rosen für den Killer (10450)
Killers Sohn (10497)
Lady Detroit (10553)

CIP-Titelaufnahme
der Deutschen Bibliothek

**Estleman, Loren D.:**
Detroit River: Detektivroman / Loren D.
Estleman. – Dt. Erstausg. – Frankfurt/M;
Berlin: Ullstein, 1989
(Ullstein-Buch; Nr. 10602:
Ullstein-Kriminalroman)
ISBN 3-548-10602-1
NE: GT

# Loren D. Estleman

# Detroit River

Detektivroman

Übersetzt von Sibylle Bayer

Ullstein Kriminalroman

Für Ray Puechner:
Du sagtest mir, das Beste käme noch.
Ich hatte es die ganze Zeit.

# 1

Der Lake Superior plätscherte träge unter einem porzellanblauen Himmel, bündelte das Sonnenlicht zu langen Weißgoldstangen und umspülte die zerschmetterten Felsen am Strand. Früh am Nachmittag blies ein landeinwärts gerichteter Wind vorüberfahrende Kleinwagen über den Mittelstreifen und scheuchte ein bleiches Stück Treibholz zum Ufer hin. Die Planke war glattpoliert und ebenmäßig und an den Kanten schlüpfrig wie Seife. Vielleicht vagabundierte sie schon seit hundert Jahren auf dem See herum, einzige Überlebende eines Dampfers, der Petroleum und tonnenweise Melasse und einer koketten Dame Sonntagskutsche geladen hatte, die nun gemeinsam mit Skeletten in schwarzem Ölzeug in einer Untiefe verrotteten. Vielleicht war sie auch einfach nur ein altes Stück Holz.

Um diese Tageszeit glitzerte ein dünner Film Feuchtigkeit auf den Wachtürmen, und die Tropfen liefen wie Marschkolonnen von Kriegerameisen von dem Maschenzaun und den gezackten Zähnen der Natodrahtrollen auf seiner Krone. Im Marquette-Branch-Gefängnis einzusitzen, am Ufer des größten Süßwassersees der Welt, muß Tag für Tag ein Gefühl sein, als stürbe man am ersten schönen Frühlingstag.

Ich stützte meine Unterarme auf das Dach des Chevy, behielt das Tor im Auge und ließ die Sonne meinen Rücken wärmen und die Stiche zwischen meinen Schultern lindern. Es war eine Tagestour, von Detroit nach Norden, durch die Straße von Mackinac und die Obere Halbinsel, und ich hatte sie in zwölf Stunden geschafft. Ab Clare gab es nur noch Pinien und Imbißstände und den schnurgeraden, sich wie ein Schlitz durch einen grünen Teppich ziehenden Asphalt mit der unter dem Auto durchhuschenden gestrichelten Linie, die einem die Augen versengte und jede Menschlichkeit zutünchte. Das Radio lief jetzt auf voller Kraft, und ebenso der neue zweite Baseman der Tigers, der sich am Schlagmal aufstellte und seine Handschuhe und Schweißbänder, Helm und Beinschutz befestigte. Al Kaline hatte nichts als seine Montur und ein Suspensorium an, als er vor zwanzig Jahren die Bälle über die rechte Feldgrenze mitten auf die Michigan Avenue schlug, aber damals kannte er nichts anderes. Dieser hier kannte alles und schickte den Ball so schnell zu Boden, daß er am ersten Mal ausschied.

Als die Orioles mitten im sechsten Inning Männer am ersten und dritten Mal und zwei draußen hatten, kam mein Klient in Sicht. Er überragte den Wärter, der ihn begleitete, um einen Kopf und wirkte schwer, wie Männer wirken, die ihr Leben lang mager waren und dann Gewicht zulegen. Er trug einen grauen Anzug, der an Handgelenken und Knöcheln zu kurz war, und ein weißes Hemd mit offenem Kragen. Der Kragen mußte offen sein, um seinem Hals Platz zu lassen. Das Weiß der Augen glitzerte in seinem kohlschwarzen Gesicht, und die Haut auf seinem rasierten Schädel war straff und schwarz und glänzend. Das begeisterte mich nicht gerade. Es erinnerte mich an Asphalt.

Als das Tor aufstand, trat er hindurch, dann sagte der Wärter etwas, und er verdrehte seinen Körper und sah auf ihn hinab. Elfenbeinfarbene Zähne blitzten im Gesicht des großen Mannes auf, und er erwiderte etwas. Dann klappte das Tor mit einer solchen Wucht zu, daß das Radio schepperte. Außerhalb des Zauns stellte er seine billige kleine Reisetasche ab und streckte sich, dehnte den Rücken, strapazierte den Anzug und reckte Arme in die Höhe, die länger waren als mancher Mann; in dieser Haltung verharrte er fast eine Minute, wie eine Katze, die man zu lang im Haus eingesperrt hat. Schließlich lokkerte er sich und verbrachte einige Zeit damit, an den Ärmeln zu ziehen. Dann leckte er sich die Lippen, testete den Geschmack und machte das Ganze noch mal. Kostete die Luft. Nachdem er das fertig hatte, kreiste sein großer glänzender Kopf wie ein Geschützturm, und er sah direkt zu mir her. Ich hob die Hand. Er fegte, scheinbar ohne sich zu bücken, die Tasche hoch und kam rüber. Als ich vortrat, um ihn zu begrüßen, zerschmetterte der Oriole am Schlagmal seinen Schläger an einem mit 97 Meilen pro Stunde heranbretternden Ball und erzielte zwei Runs.

»Sie sind Walker?« Er hatte eine recht flache Stimme, wenn man bedachte, aus welcher Tiefe sie aufsteigen mußte, um in seinen Mund zu gelangen.

»Willkommen in der Freiheit, Mr. De Vries.«

Nach einem kurzen Zögern wickelte er seine Hand zweimal um meine ausgestreckte und drehte sie prüfend hin und her.

»Ich hoffe, ich mach's richtig«, sagte er. »Ich hab seit Johnson keine Hand mehr geschüttelt.«

Ich sagte, er mache das prima, und nahm das Knochenmehl, das einst meine Finger gewesen waren, wieder an mich. Aus nächster Nähe war sein Gesicht von feinen Rissen durchzogen wie ein altes chinesisches Teeservice, und er hatte einen kurzgeschnittenen Bart, der aussah wie von einer Schrotsalve getroffen. Aus einigem Abstand hätte er dreißig oder fünfzig sein können, aber ich hatte meine Hausaufgaben gemacht: Als sich dieses Tor zum letzten Mal hinter ihm geschlossen hatte, vor zwanzig Jahren, war er zweiundzwanzig gewesen.

»Muß ja ein spannendes Gespräch gewesen sein mit dem Wärter.«

»Heini?« Das Lächeln blinkte in seinem Gesicht wie gelbe Jade. »Er sagt, er hält meine Zelle frei, bis ich zurück bin. Ich hab ihm gesagt, ich geh nur raus, um seiner Tochter nachzusteigen.«

»Hoffen Sie lieber, daß Sie nicht zurückkommen.«

»Nie und nimmer. Jeden Tag hab ich auf diesen verdammten See gestarrt, seit sie mich von Jackson hier raufgeschafft haben. Im November, wenn die Wellen hier auf die Felsen dreschen, da hört man seinen Namen drin. Das erste, was ich ganz bestimmt mach, wenn ich mir 'n guten Zwirn besorgt hab, ist 'n Ruder kaufen, und dann geh ich durchs Land, bis mich einer frägt, was das Ding auf meiner Schulter ist. Dann bau ich ein Haus, an genau der Stelle.«

»Ich sehe, sie haben Homer in der Gefängnisbücherei.«

»Oh, Leser sind wir alle. Das wird aus einem in Marquette, 'n Leser oder 'n Drogensüchtiger. Haben Sie's da?«

Ich griff durch das offene Fenster, nahm die Papiertüte vom Vordersitz und hielt sie ihm hin. »Wird inzwischen kalt sein.«

»Die Dreckskerle kriegen den Hals nicht voll. Sollen mich rausbringen und raffen sich noch zwanzig Minuten, zu allem, was sie schon hatten.« Er stellte seine Reisetasche ab, nahm den eckigen Styroporbehälter aus der Tüte, fand die Lasche und befreite den fetten Hamburger von seiner Umhüllung. »Hat mich interessiert, diese Doppelburger hier«, sagte er und händigte mir die Verpackung aus. »Als ich einfuhr, hieß es Schnellrestaurants oder warten.«

Ich sah zu, wie er mit dem Ding kurzen Prozeß machte. In der Werbung behaupten sie, man braucht zwei Hände dazu, aber dabei hatten sie nicht mit seinen Händen gerechnet. Als alles verschwunden war und er sich mit einer Faustvoll Papierservietten die Spezialsauce von Bart und Fingern entfernte, fragte ich ihn, wie es geschmeckt habe.

»Tja, doppelt.« Er sah mich ebenso direkt an wie vom Tor aus. Aus dieser Nähe starrte er allerdings fast senkrecht nach unten. »Elon Royal sagte, Sie wären groß.«

»Eion Royal hat auch nie Center bei den Pistons gespielt.«

»Ich auch nicht. Sie haben mich umworben, als ich abgestürzt bin.«

»Wie geht's Elon? Ich hab ihn nicht mehr gesehen, seit er versucht hat, aus Jackson auszubrechen.«

»Isolation. Letzte Woche haben sie 'ne Spezialzahnbürste in seiner Matratze gefunden.«

»Ich hab gehört, hier oben machen sie einen guten Menschen aus einem.«

Er hörte nicht zu. Er hatte den Kopf zum Radio geneigt. Die zweite Hälfte des sechsten Innings lief, und Detroit stellte den Pitcher. »An dem Tag, als sie mich hier hochfuhren, hat Norm Cash sie in Grund und Boden gefoult. Der Hund am Schlagmal hat bestimmt 'n Dutzend Schläge gekriegt. Der große Sergeant hatte 'n japanisches Radio.«

»Cash ist tot.«

»Hab ich mitgekriegt. Sie wissen, wofür sie mich eingebuchtet haben.«

»Raubüberfall auf einen Panzerwagen. Während der Aufstände.«

»Verbrechensverabredung«, korrigierte er. »Sie sagten, ich hätte ein Haus hochgejagt, um abzulenken, während meine Kumpel das Auto angriffen. Ein Mann kam um, und mir packen sie alles drauf, weil ich der einzige war, den sie lebend erwischt haben. Achtzehn bis dreißig wegen Feuerlegen an 'nem Abrißhaus.«

»Haben Sie's nicht gemacht?«

»Oh, die Bombe hab ich geworfen. Bombe. Verfluchte Fusel-Flasche voll Verdünner mit 'nem brennenden Lappen oben drin. Das Haus war schon seit drei Jahren zum Abriß überfällig. Vergewaltiger hingen da drin, Dealer. Mein Lieblingscousin ist an 'ner Überdosis draufgegangen. Jedenfalls kriegten sie das Feuer in zehn Minuten aus und mich für zehn Jahre in 'n Bau. Ich wußte nicht mal, daß der Panzerwagen da war.«

»Aber Sie kannten einen, der an dem Überfall beteiligt war. Den, den sie umgebracht haben.«

»Davy Jackson. Little Davy. Scheiße, wir gingen zusammen zur Schule, als ich noch ging. Er läßt sich umlegen, und mir hängen sie davon auch noch 'nen Teil an. So ist das Gesetz; jemand, mit dem du einen Laden hochnimmst, kratzt ab, und dir schieben sie den Mord zu. Bloß hab ich in meinem ganzen Leben nichts hochgenommen.«

»Nachdem Sie angerufen haben, hab ich mich über den Fall informiert«, sagte ich. »War eine heiße Zeit. In einer Woche kamen dreiundvierzig Leute um, und aus 'ner Menge Immobilien wurde Asche. Sie hatten Angst, daß es wieder aufflammen würde, deshalb waren sie bei den meisten Festgenommenen milder als sonst. Aber nicht mit Ihnen. Ihren Fall haben sie zum Sonderfall gemacht, ein mieser Kerl, der eine allgemeine Tragödie zu seinem Vorteil zu nutzen versucht. Immerhin haben sie Ihnen mildernde Umstände angeboten, wenn Sie bereit gewesen wären, ihnen die Namen Ihrer Komplizen und das Versteck des Geldes zu geben.«

»Wenn ich Komplizen gehabt hätte, hätt ich sie ihnen gesagt. Wenn ich Geld gehabt hätte, hätt ich mir 'nen Anwalt besorgt, statt den Baby-Doktor, den sie mir aufgehalst haben. Warum hätt ich 'nen Panzerwagen knacken sollen? Ich hatte 'ne Chance als Profi, und ich wollte heiraten. Tja, sie haben sich um beides gekümmert; mein Mädchen hat sich mit 'nem andern eingelassen, und den Rekord an Freiwürfen hab ich vor sechzehn Jahren im Knast gebrochen. Mein Leben ist für 'n Arsch. Okay, ich hab Brandstiftung begangen, aber davor hatte ich 'ne reine Weste, und zu jeder anderen Zeit, in jedem anderen Sommer, hätt ich Bewährung gekriegt. Was ich gekriegt hab, war das halbe Leben in 'ner Zelle am See.«

Er hatte das alles gelassen vorgebracht, hatte nur einmal die Stimme erhoben, als er über seine Chance bei den Pistons sprach und über das Mädchen, das er vorgehabt hatte zu heiraten. Aber seine Augen schimmerten. Ich griff nach innen und drehte das Radio ab.

»Wenn Sie das wollen, Ihren Namen reinwaschen, brauchen Sie einen Anwalt, keinen Detektiv. Wenn Sie's zugelassen hätten, hätte ich Ihnen das am Telefon sagen und Ihnen die Spesen für Hin- und Rückweg ersparen können.«

»Vergessen Sie meinen Namen. Haben sie doch alle. Ich will das Geld.«

»Welches Geld?«

»Die zweihunderttausend Dollar, die sie aus dem Panzerwagen gestohlen haben. Ich hab dafür bezahlt, und jetzt gehören sie mir. Ich will, daß Sie die finden, die das gemacht haben, und daß Sie ihnen das Geld abnehmen und mir bringen.«

## 2

»Als Dieb bin ich eine Katastrophe«, sagte ich, als sich das gesetzt hatte. »Ich gebe jeden Groschen ab, den ich in der Telefonzelle finde. Das macht mich zwar wahnsinnig, aber was soll man tun.«

»Meinen Sie nicht, ich hab's verdient?«

»Wahrscheinlich mehr, wenn Sie unschuldig sind. Das beläuft sich auf zehntausend pro Jahr. Heutzutage ist das kaum mehr ein Lebensunterhalt. Nehmen wir an, Sie sagen die Wahrheit. Die zu finden ist eine Sache, an das Geld zu kommen eine andere. Wenn sie's nicht verpulvert haben, werden sie sich wohl inzwischen dran gewöhnt haben.«

»Damit beschäftigen wir uns, wenn Sie sie gefunden haben.«

»Ich bin nicht sicher, daß ich sie finden kann.«

»Ich weiß, wo man mit Suchen anfangen kann.«

»Ich dachte, Sie wissen nichts über den Überfall.«

»War damals auch so. Aber sie drehen hier um neun das Licht ab, und im Dunkeln kommt man ins Denken. Darüber, wer einen reingezogen hat, und warum.« Er deutete mit der typischen Drehbewegung seines Kopfs auf einen Punkt an der Küste. »Gibt's 'ne Bücherei in der Stadt?«

»Da stehen Sie bis zum Hals in Büchereien und Museen. Oder sagen wir mal, ich«, sagte ich. »Geben Sie mir Ihre Tasche, ich werf sie hinten rein.«

»Klamotten zum Wechseln und 'n Rasierer.« Er gab sie mir. »Und das hier.«

Ich sah auf den Scheck, den er zwischen beiden Händen glattzog. Es war ein Scheck über 700 Dollar, ausgestellt auf Richard De Vries, abgezeichnet vom Ministerpräsidenten von Michigan. »Sie haben wohl am Haareschneiden gespart.«

»Und an fast allem anderen. Ich rauche nicht, also hab ich meine Rauchmarken ins Insassensparprogramm eingezahlt und beinahe alles, was sie mir fürs Pressen von Nummernschildern gezahlt haben. Als hätt ich zur Konkurrenz gehen können, wenn sie's nicht gemacht hätten. Man braucht nicht viel zum Leben im Bau. Für Kost und Logis wird gesorgt.«

»Damit kaufen Sie sich einen Monat. Um die Leute zu finden, die Sie suchen, nicht für das andere. Und nicht, wenn Sie ihnen die Köpfe abkneifen und in den Detroit River bröseln wollen.«

»Ich bin 'ne Katastrophe als Killer. Ich latsch nicht mal auf Spinnen. Macht mich zwar wahnsinnig, aber was soll man tun. Haben Sie 'nen Stift?«

Ich förderte einen zutage, und er unterschrieb den Scheck auf der Rückseite und überreichte ihn mir. »Und wovon wollen Sie leben?«

»Ich hatte gehofft, sie machen mir 'ne Anleihe auf die sieben Riesen.«

Ich verstaute seine Tasche vor dem Rücksitz und steckte den Scheck in meine Brieftasche und zählte zweihundert von der Reisekasse ab. Als er die Hand schloß, waren die Scheine verschwunden. »Ich hoffe, Ihr Zellengenosse saß nicht wegen Druck und Vertrieb ein.«

»Marquette hält nichts von Zellengenossen. In Jackson hatte ich 'nen Stadtrat aus Detroit, aber der kriegte Bewährung, als sie ihn wiedergewählt haben.«

Wir stiegen ins Auto. Ich brachte ihm bei, wie er den Sitz einstellen mußte, damit sein Kinn nicht auf seinen Knien hockte, und ließ den Motor an. »Wie war's denn nun im Gefängnis?«

»Besser als gar kein Sex.«

Richten Sie sich nicht nach dem Kompaß am Armaturenbrett, wenn Sie in die Nähe von Marquette kommen. Marquette ruht auf einem soliden Eisenflöz, und in der guten alten Zeit, bevor es die moderne Technik leichter machte, an unzugänglichen Stellen in wärmeren Klimazonen Erz abzubauen, verlieh die Glut der Hochöfen und Essen, die den Koks für sie herstellten, dem Wasser im Hafen die Farbe von Blut. Heutzutage geistern noch immer kohleneimerförmige Schlepper den violetten Horizont entlang und plagen sich mit Millionen Tonnen von Eisenkugeln für Fabriken in Duluth und Detroit und Buffalo, aber die Eisenbahn hat auf Schrott und Brennholz umgestellt, und hydraulische Maschinen sind an die Stelle der Bergleute getreten, deren Schatten mit Schutzhelmen und Mohrengesichtern noch immer die krummen Schächte heimsuchen. Hölzerne Lasttürme dösen auf Hügeln und warten auf das Dröhnen riemenbetriebener Maschinen und auf ein wirres Gemisch von Flüchen auf schwedisch und norwegisch und deutsch und walisisch, und überall in dieser durchlöcherten, überwucherten Landschaft hört man das stille Echo des Vergangenen.

Ich tankte an einer Best-Tankstelle, die zwischen einem Steine-Laden und einer Kombination aus Bergbaumuseum und Nippesladen lag, und als ich mich wieder hinters Steuer klemmte, fand ich De Vries grinsend vor. »Die lassen einen selber tanken?«

»Bleibt einem nichts andres übrig. Der freundliche Tankwart mit Uniform und Fliege ist so tot wie Elvis. Durften Sie nicht fernsehen?«

»Ich hab aufgehört, als sie ›Rauchende Colts‹ absetzten. Müssen wir uns nicht eingurten oder so was?«

Ich zeigte ihm, wie der Hosenträgergurt zu handhaben war, und schnallte mich selbst an. »Sie haben ein Gesetz verabschiedet. Zu unsrer Sicherheit. Sie werden auf Kameras in öffentlichen Toiletten stoßen, die uns vor Perversen schützen sollen, und auf Straßensperren, die uns vor betrunkenen Autofahrern schützen sollen, und auf nächtliche Ausgangsverbote, die uns vor Jugendlichen schützen sollen. Sie werden glauben, Sie sitzen immer noch im Loch.« Wir fädelten uns in den Verkehr ein.

Er ließ das so stehen. »Sie müssen sich mal erinnern, wie das war '67. Der Bürgermeister war weiß, die Bullen waren weiß. Malcolm X war tot. So ziemlich die einzigen Läden, wo die Brüder rumhängen und Spaß haben konnten, waren die Nachtclubs, die Halbweltläden. Als die Bullen den an der Zwölften Ecke Clairmount hochgehen ließen, war's, als sticht man in 'n Geschwür, und der Eiter läuft raus.«

»Da waren Sie dabei?«

»Drei Blocks weiter in der Kellerwohnung von diesem weißen Typen. Tranken Thunderbird. Ich kam mit Davy Jackson. Der Kumpan studierte Jura oder so was an der Wayne State. Kann mich nicht erinnern, woher er Davy kannte. Andrew irgendwas, kann auch Albert gewesen sein. Er wohnte mit dieser mageren blonden Hippieschlampe zusammen. Die rauchten einen, und Davy und ich schluckten, und wir hörten Glas splittern. Wir gingen raus, um 'n Auge drauf zu werfen, und da rauscht so 'ne Karre von den Bereitschaftstruppen vorbei und liegt hinten voller Scherben, weil die Rückscheibe in Stücke ist. Die Brüder und Schwestern wimmelten auf der Straße und den Gehsteigen rum wie die Wanzen im Bett und schrien und schmissen Flaschen. Eine flog direkt an mir vorbei und zerknallte an 'ner Ampel. Ich hab gedacht, es wär 'ne Bombe.«

»Um auf die Bombe zurückzukommen . . .«

»Nicht in der Nacht. Überall rannten Leute rum und zerschmissen Fenster und verbeulten Kotflügel. Ich ging nach Hause, als die Sirenen loslegten. Ich dachte mir, das wär's gewesen.

Tja, und als ich drei Tage später vom Schrottplatz heimkomm, ist immer noch die Hölle los. Ich hab in der Sherman Street gewohnt, in der alten Wohnung von meiner Ma. Sie starb, als ich achtzehn war. Krebs. Jedenfalls hab ich den ganzen Tag Autobatterien gestapelt, und ich will nix mehr, nur den Wichs runterspachteln und knacken. Als ich gerade vor der Tür bin, kreuzt Andrew oder Albert in dieser rostigen alten Mühle mit der drangebundenen Tür auf, und er sieht mich und hält und ruft mich rüber. Die Blonde ist dabei, wieder abgetreten, oder kann sein, immer noch. Und eh ich mich umschau, hock ich auf dem Rücksitz und süffel Thunderbird und guck zu, wie's die Polypen besorgt kriegen.«

»Sie sagten, Albert oder Andrew war weiß.«

»Sie wissen, wie die Revoluzzer waren; war alles recht, Hauptsache, sie schissen aufs Establishment. Die waren fast wie die Brüder.«

Ich parkte vor der Peter-White-Gedächtnisbibliothek. Keiner stieg aus. Er starrte durch die Windschutzscheibe.

»Südlich von der Ford und östlich von der Woodward war's wie in dem Zeug aus Saigon, was sie immer in den Nachrichten zeigten«, sagte er. »Ich meine, Jeeps auf der Straße und Fallschirmjäger in Kampfanzügen auf'm Gehsteig und Scharfschützen auf'm Dach. Alles in Trümmern. Mann, ich war kaputt und beduselt, es sah aus, als ob das System in die Knie geht. Kein Gesetz war mehr was wert. Alle zündeten sie was an, warum nicht ich auch?«

»Das ist ein gewaltiger Schritt. Auch wenn man dabei trinkt.«

»Nicht wenn du zweiundzwanzig und schwarz bist und dich dein weißer Vorarbeiter die ganze Woche nicht aus den Augen läßt und sich vor Angst fast in die Hosen scheißt, daß du durchdrehst und ihn fertigmachst. Mann, dadurch hab ich erst richtig Lust drauf gekriegt. Ich war ja auch immer zu kurz gekommen. Jedenfalls war ich da mit der Flasche. Ich saß in der Scheiße, bevor ich noch wußte, wo der Verdünner herkam; Andrew oder Albert hatte 'n paar Kanister im Kofferraum, sagte, er würde Häuser anstreichen, um Bücher kaufen zu können. Ich erinnere mich nicht, wie ich die Flasche gefüllt hab, aber den Lappen hab ich mit 'nem alten Zippo angezündet, das 'n schlechten Feuerstein hatte, und dann schmiß ich. War 'n guter Wurf, vier Stockwerke hoch von der Foul-Linie aus. Flutschte wunderbar durch 'ne kaputte Scheibe, *casch* machte 's. Das Haus sah aus wie das, in dem mein Cousin gestorben ist. Oh, war 'n herrliches Feuer. Ich stand noch ganz begeistert davor, als sie mich griffen und hinschmissen und mir 'n Gewehr in den Nacken drückten.«

»Sie haben den Überfall nicht gesehen oder die Schüsse gehört?«

»Geschossen haben sie überall. Ich hab bloß das Feuer gesehen oder sehen wollen.«

»Bis jetzt sind Sie ein Brandstifter, dem man ein Urteil aufgebrummt hat, das Brandstifter normalerweise nicht kriegen und nicht kriegen sollten. Ich habe noch Verständnisschwierigkeiten, trotz Ihres Schecks in meiner Tasche.«

»Die Gegend war geräumt. Hab vielleicht 'ne Katze verbrannt, nur lassen sich Katzen nie rankriegen. Ich sag ja nicht, daß es nicht blöd war. Haben Sie noch nie was abbrennen wollen?«

Ich steckte mir mit dem Anzünder vom Auto eine Zigarette an und blies den Rauch aus dem Fenster. »Ich hatte mir einen ganz passablen Plan ausgedacht, um meine Grundschule niederzubrennen. Ich mochte meinen Sportlehrer nicht, und der Rektor hatte mich auf'm Kieker. Über den Plan bin ich nicht rausgekommen.«

»Vielleicht hätten Sie 'n kaputter Rücken und 'n Bauch voll schlechtem Wein weitergebracht.«

»Vermutlich nicht. Aber ich war nie schwarz in einer weißen Welt.«

»Ich hab's nicht drauf angelegt, jemandem was zu tun, schwarz oder weiß. Ich hab nix ausgeraubt, und ich hab keinen Polyp erschossen, und ich kann nichts dazu, daß sie Davy umgebracht haben.«

»War Davy in dem Auto?«

»Nur der weiße Typ und seine dreckige Freundin. Ich riech sie heut noch. Ich hab Davy nicht mehr gesehen, bis sie mir vor Gericht die Bilder von seinem Körper gezeigt haben. Sie müssen überlegen, was mit meinem Kopf los war. Ich hab kaum mehr die Hälfte von dem gewußt, was passiert war, und mir war nicht grade bärenstark, was das Feuer anging, und ich hab nie 'ne Verbindung gezogen zwischen Andrew oder Albert und dem Überfall. Als ich damit anfing, hatte ich Gitter vor der Nase. Ich hab Briefe geschrieben. Kam keine Antwort. Die hatten ihren Sündenbock.«

»Was gibt es in der Bücherei?«

»Gehn wir rein und schauen nach.«

Dort roch es nach Büchern und gewachstem Holz und Zeit im irdenen Krug. Sonnenlicht täfelte das Parkett golden, und das alte Rosenholz wimmerte unter De Vries' Schuhgröße 48. Um diese Tageszeit waren wir dort ganz allein mit einer Frau, die hinter dem Informationstisch saß und einen lachsfarbenen Hosenanzug und dazu ein graues Seidentuch trug. Ihr schwarzes Haar hatte sie kurz und ihre Augen grau. Sie war um die dreißig und sah besser aus als für den Job erforderlich. Als wir vor ihrem Tisch stehenblieben, sah sie von ihrer Schreibarbeit hoch – und hoch. Der Tisch endete bei De Vries' Knien.

»Es ist 'ne Frau«, sagte er.

»Was hatten Sie denn erwartet?« fragte ich. »Es gibt jetzt mehr männliche Bibliothekare als früher, aber nach wie vor nur zwei Möglichkeiten.«

»Ich meine, es ist 'ne Frau. Ich dachte, die wären alle mit anderen Knackis verheiratet und stehen hinter Glas.«

»Kann ich Ihnen behilflich sein?« Sie verlagerte ihre Aufmerksamkeit auf mich. So mußte sie nicht so weit schreien.

Ich sagte: »Bitte verzeihen Sie meinem Freund. Er ist grade aus der Fremdenlegion entlassen worden. Er trug dort die Kamele, wenn sie müde wurden.«

»Ich verstehe.« Und das tat sie, als sie ihn erneut musterte. In einer Gefängnisstadt haben sie es raus, wie man sie erkennt. Etwas wie Sympathie regte sich unter ihren Zügen. Es regte sich nicht allzu stark. Als sie sich wieder glätteten, sagte De Vries: »Vierzehnter Oktober neunzehnhundertvierundachtzig.«

»Wie bitte?«

»Ich möchte die Detroit *News* vom vierzehnten Oktober 1984. Haben Sie die?«

»Das wäre dann auf Mikrofilm. Dort drüben.« Sie wies auf eine Tür.

Ich dankte ihr und schob den riesigen Mann hindurch. Auf einem Tisch standen drei Bildschirme, und entlang der Wände zogen sich hüfthoch datierte Aktenschränke. Juli bis Dezember 1984 war ganz unten.

»Sie hat Parfum getragen«, sagte er. »Haben Sie's gerochen?«

»Eher Eau de Toilette. So weit haben sich Büchereidirektoren noch nicht erweichen lassen.«

»Wo ist der Unterschied?«

»Bei etwa fünfzehn Dollar.« Ich zog einen Kasten heraus, der mit *Okt. 84* gekennzeichnet war, und wir gingen zu dem Tisch. Er sah mir zu, wie ich den Film an der richtigen Stelle einlegte und in die Maschine fädelte. »Ich vermiß die dicken Bücher.«

»Warten Sie, bis Sie sehen, was sie mit den Schreibmaschinen gemacht haben«, sagte ich. »Sagen Sie stopp.«

Das Licht projizierte den Filmstreifen auf das Sichtfeld am Boden des Geräts. Ich drehte die Kurbel, und wir sahen zu, wie die Tage vorbeiwischten. Das faszinierte ihn. Beim ersten Mal waren sie für ihn nicht so schnell vergangen.

»Da! Wieder zurück.«

Ich kurbelte zurück. Die Seite, die eben durchgelaufen war, glitt wieder ins Sichtfeld. Ich stellte schärfer. Da waren einige Spalten über die Tigers, die im Nachkochen des großen Series-Siegs aus den Sportseiten übergesprudelt waren. Ich fragte mich, wie es im Spiel gegen Baltimore stand.

»Das ist er. Andrew oder Albert. Ich hab mir das Datum gemerkt. Wir durften keine Ausschnitte aufheben in der Zelle.«

Die Hand, mit der er auf das Bild wies, verdeckte fast die ganze Seite. Er zog sie zurück. Das Foto hatte nichts mit Baseball zu tun. Es zeigte, wie Timothy Marianne, ehemaliger Vizepräsident der Ford-Werke und verantwortlich für Konstruktion und Design, umgeben von seinen Mitarbeitern und Vertretern der Automobil-Gewerkschaft an einem Tisch einen Tarifvertrag unterzeichnete. Die Bildunterschrift teilte mit, daß es sich um seine erste offizielle Handlung als Inhaber und Direktor von Marianne Motors handelte. Mittlerweile war den Detroitern sein kantiger Kopf mit den schwarzen Augenbrauen und den dünner werdenden grauen Haaren so vertraut wie das Penobscot-Building.

»Vor zwanzig Jahren war Timothy Marianne nicht auf dem College«, sagte ich. »Der müßte damals schon Mitte Dreißig gewesen sein.«

»Nicht er. Der links von ihm. So ein Gesicht vergißt man nicht.«

Er hatte recht. Leitartikler schrieben eine Menge über Mariannes verwegene Attraktivität, aber der Mann im Nadelstreifenanzug mit der Paisley-Fliege, der über seiner linken Schulter in die Kamera sah, war jemand, den man auch in einem vollen Aufzug ein zweites Mal anschaute. Seine Haare waren schwarz, für einen Manager ziemlich lang, und er trug sie straff zurückgekämmt, bis auf eine gemäßigte Pompadourwelle über der Stirn. Er hatte hohe Backenknochen und helle Augen und eine grade Nase und Lippen, die geschwungen waren wie bei einem Mädchen. Dieses frische Aussehen sollte ihm bis in seine Dreißiger erhalten bleiben und hatte das schon getan, falls er wirklich der war, für den De Vries ihn hielt.

Ich sagte: »Es ist ein Anfang. Ich würde mir nicht zuviel erhoffen. Er ist hier nicht namentlich genannt. Wir wissen nicht, ob er zu Marianne gehört oder zur Gewerkschaft, oder ob er noch bei einem von beiden ist.«

»Ich denk mir, wir kriegen einen Hinweis in seiner alten Wohnung in der Zwölften. Vielleicht kann uns der Vermieter seinen Namen sagen, oder wo er von da aus hingegangen ist.«

»Das bezweifle ich.«

»Wieso?«

»Das Haus gibt es nicht mehr. Die Zwölfte Straße auch nicht. Sie haben die ganze Gegend plattplaniert und ihr einen neuen Namen verpaßt, vor Jahren schon.«

3

Darauf verfiel De Vries in Schweigen. Ich spulte den Film zurück, steckte ihn wieder in die Dose und trug sie in den Hauptraum. Dort teilte ich der Bibliothekarin Datum und Seitenzahl mit und bat um einen Ausdruck. Sie nahm den Film, erhob sich und verschwand mit lautlosen, entschiedenen Schritten auf flachen Sohlen hinter einer anderen Tür. Ich überlegte, ob sie sie beim Vorstellungsgespräch auf und ab gehen ließen und Punkte dafür vergaben, wieviel Lärm dabei vermieden wurde. Während wir warteten, fragte ich De Vries, wie ihm zumute war.

»Mich regt nichts auf. Ich hab das Gefühl, als hätten sie bloß meine Laken gewechselt.«

»Vieles hat sich verändert. Autos und Kinoleinwände sind kleiner. Mädchen heißen Frauen oder sogar Personen. Es gibt so viele Telefongesellschaften wie Telefone. Filmstars sind Politiker, Politiker haben Auftritte in Fernsehshows. Zigaretten und Cholesterin sind out. Computer und Kohlehydrate sind in. Wenn sich Ihnen in einer Bar eine Frau nähert, heißt das nicht zwangsläufig, daß sie im Gewerbe ist. Das mal fürs erste. So ziemlich das einzige, was langsamer geworden ist, sind Schallplatten.«

»Das weiß ich alles. Ich hab gelesen.«

»Lesen und erleben . . .«, sagte ich.

»Yeah.«

Sie kam mit dem Ausdruck – einer grobkörnigen Reproduktion des Marianne-Fotos –, und ich bezahlte, und sie steckte den Ausdruck in einen Umschlag. Die Sympathie war aus ihrem Gesicht verschwunden und hatte kühle Unnahbarkeit zurückgelassen. Wieder im Auto, stellte ich das Radio an. Das Spiel war zu Ende. Ich mußte warten, bis der Sprecher alle anderen Ergebnisse der beiden Ligen abgelassen hatte, nur um dann zu erfahren, daß Detroit im neunten Inning mit zwei Fehlern und einem *Base on Balls* klein beigegeben hatte. Ich schaltete schwungvoll ab. »Wohin?«

»Detroit. Ich hab am Freitag einen Termin bei meinem Bewährungshelfer.«

»Heute ist Mittwoch. Die geben Ihnen ja nicht grade viel Leine.«

»Was ist Leine?«

Der Weg zur Bundesstraße 41 führte uns durch eine breite, sonnenüberflutete Hauptstraße mit leuchtendgelbem Mittelstreifen. Sie war gesäumt von adretten Schaufenstern und Parksäulen, die dicht bei den Häusern standen, um den Schneepflügen Platz zu lassen, die hier im Winter vier Meter hohe Verwehungen abräumen mußten. Ein paar Touristen rückten der Jahreszeit mit Trägerhemdchen und Shorts und blauen Knien und Ellbogen zu Leibe. Hoffnung und Lungenentzündung gedeihen ewig in der Brust der Leute aus Michigan.

Im Flug der Krähe gerechnet – falls sie den Weg über die großen Seen nahm –, waren wir vierhundert Meilen von zu Hause entfernt. Unsere Strecke war erheblich weniger direkt und gut um die Hälfte länger. Die Obere Halbinsel, die geographisch zu Wisconsin gehört, war Andrew Jacksons zwiespältiges Geschenk an Lansing; er bedankte sich damit für die Übergabe von Toledo an Ohio. Es gab damals einiges Gezeter darum, weil eine Hafenstadt am Erie-See doppelt so wertvoll war wie eine steinige Wildnis, aber Ohio hatte mehr Wähler. Dann entstand die Holzindustrie, und man fand Unmengen Kupfer und Eisen, worauf das Gezeter ein Ende nahm. Der Krieg mit unserem Nachbarstaat geht allerdings weiter. Warum soll man auch einen guten Haß vergeuden.

Zwei Meilen nach Marquette kamen wir durch Harvey – zwei Blocks überdachte Ladenfronten und niedergegangener Tourismus – und entfernten uns vom See. De Vries sah sich nicht mehr um. Die Straße wurde offener, und ich tat es ihr gleich. Das einzige Fahrzeug weit und breit war nur ein Farbklecks im Rückspiegel.

»Marquette ist für Unverbesserliche«, sagte ich. »Was haben Sie angestellt, daß Sie denen in Jackson zuviel wurden?«

»Mir die Hand zerschnitten.« Seine gewölbte Stirn hob sich scharf gegen das Immergrün ab, das hinter dem Fenster vorbeihuschte.

»Das hat wohl nicht ganz gereicht.«

»Ich hab sie mir an den Vorderzähnen von ’nem Wärter zerschnitten.«

»Unkluger Zug. Da drinnen benutzen sie zornige junge Männer für ihre Aufwärmübungen.«

»Was wissen Sie davon?«

»Ich war ein-, zweimal im Knast. Ist dieselbe Sippschaft.«

»Sie waren nur auf Besuch da. Ich hab dort gelebt.«

Ich schwieg. Er legte seinen Kopf an die gepolsterte Nackenstütze.

»Ich fühl mich wie Scheiße. Ich dachte, ich wär froh, wenn ich rauskomm.«

»Das ist normal.«

»Da war'n Typen drin, die wollten nicht wieder raus. Einen mußten sie rauszerren, als seine Zeit um war. Ich hätt nie gedacht, daß mir das passiert.«

»Freiheit ist bedrohlich. Sie werden sich dran gewöhnen.«

Jetzt war er mit Schweigen dran. Der Farbklecks im Rückspiegel hatte sich zu einem alten, kastanienbraunen Dodge-Kleinlaster mit einem Brett als Stoßstange ausgewachsen. Für den Haufen Rauch, den er hinter sich ließ, hatte er einen ziemlichen Zahn drauf. Der Fahrer mußte beim Tanken jedesmal Öl nachgefüllt haben.

»Es hat was für sich, wenn man weiß, daß morgen genauso sein wird wie gestern und heute«, sagte ich. »Das wünschen wir uns alle. Von heute auf morgen leben geht zu sehr ans Herz.«

»Es ist laut hier draußen. Das ist mir gleich aufgefallen. Sie wissen nicht, was still ist, wenn Sie nicht im Bau waren. Da gibt's Nächte, da hört man die Hoffnungen fallen.«

Der Laster blendete auf. Ich ging vom Gaspedal und hielt mich rechts, um ihm Platz zu machen. Er rauschte knatternd und rasselnd vorbei. Qualm hing um uns.

»Schätze, ich bin grade rechtzeitig rausgekommen«, sagte De Vries. »Ich hab schon ein Insassengehör.«

»Halten Sie sich fest.«

Siebzig Meter vor uns machte der Laster eine schlingernde Drehung quer über beide Fahrbahnen; Gummi schürfte auf dem Asphalt wie Nägel auf Stahl, und schwarzer Qualm schoß in die Luft. Der Laster kippte auf die Innenräder, hing dort einen Moment und fiel schaukelnd zurück. Da war ich bereits beim Wenden. Die Reifen quietschten, und das Heck fuhr mit einem Krachen herum, daß man meinte, der Wagen sei in der Mitte durchgebrochen. De Vries' Handfläche klatschte gegen die Windschutzscheibe. Als die Schnauze in die Richtung zeigte, aus der wir gekommen waren, drückte ich das Gaspedal durch bis zum Anschlag. Die Vorderräder drehten durch, griffen und rissen uns nach vorn. Ich mußte beide Arme durchdrücken, um das Lenkrad zu halten.

Das dritte Fahrzeug, ein neuer, schwarzer Monte Carlo, der sich zum ersten Mal gezeigt hatte, als der Laster zum Überholen ausgeschert war, wendete auch, aber ich hatte dem Fahrer zu schnell reagiert, er hatte erst eine Fahrbahn blockiert, als ich an ihm vorbeischoß, mit zwei Rädern auf dem Seitenstreifen. Genau da schaltete sich mit einem tiefen Glucksen die Benzineinspritzung ein; die Schwerelosigkeit brach die Halterung an meinem Sitz, der daraufhin auf der Schiene zurückrutschte; von da an versuchte ich mit allen vier Gliedmaßen, des Rücksitzes Herr zu werden.

»Zum Teufel, was ist los?« De Vries umklammerte den Türgriff auf seiner Seite.

Ich konnte nicht gleichzeitig antworten und fahren wie ein Idiot. Im Rückspiegel hatte der Monte Carlo sein Wendemanöver beendet und kam näher. Aus den Rauchmassen hinter ihm schloß ich, daß der Laster folgte. Harvey wischte vorbei wie ein unterbewußter Werbespot, und dann sah ich eine Kurve auf mich zukommen und ein Schild, das mir riet, auf 35 runter zu gehen. Das Schild schwankte im Luftzug meiner 70 Meilen.

Ich spürte, wie die Räder die Straße verließen, und fühlte genau den Moment, an dem sie sich entschlossen, nicht mehr zurückzukommen. Kies spritzte auf, Gras schwirrte vorbei, und dann holperten wir einen Abhang hinunter und hatten nichts vor uns außer einem blauen Lake Superior.

## 4

Es war eines dieser Sheriff-Departments mit messinggespickten Hüten und militärischen Titeln und genügend Goldlitze, um einen Demokraten damit in der Schlinge zu fangen. Wir hatten was Bedeutendes erwischt.

Nicht, daß er ihn übermäßig zur Schau gestellt hätte, den Titel Major, der sich zusammen mit dem Namen R. E. Axhorn auf einer Messingplatte auf seiner Brust präsentierte. Er war ein großer Indianer vom Stamme der Ojibway, mit eisengrauen Strähnen in seinen kurzgeschnittenen schwarzen Haaren und schwarzen Augen in einem breiten, pockennarbigen Gesicht von der Farbe alten Blutes. Er trug eine braune Lederjacke über einer lederfarbenen Uniform und einen Revolver mit Kirschholzgriff in einem Holster hinter seiner rechten

Hüfte. Er schüttelte mir die Hand und danach De Vries und ließ sich in dem Ohrensessel gegenüber dem Sofa nieder, auf dem De Vries und ich saßen, wobei er sich nach vorne lehnte, um das Gewicht von der Waffe zu nehmen.

Das Wohnzimmer war im hinteren Teil eines Steinladens, der einem alten Mann namens Coulee gehörte; Coulee war bis zu den Hüften ins Wasser gestiegen und hatte uns geholfen, ein Seil an die hintere Stoßstange zu binden und das andere Ende an einem Baum zu befestigen, damit das Auto nicht versank, bis der Abschleppwagen kam. De Vries und mir war es gelungen, die Reisetasche des großen Mannes und meinen Koffer mit Kleidern zum Wechseln zu retten, und nun trugen wir dieselben, hielten uns an zwei mannshohen Tonbechern voll dampfendem Kaffee mit einem Schuß Bourbon fest und wurden in der Wärme eines kleinen Holzofens wohligwarm und schläfrig. Der kälteste Winter, den ich jemals hinter mich gebracht habe, waren zwanzig Minuten Lake Superior im Spätfrühling.

Wir waren allein mit Axhorn und einem Corporal Hale, der aus einer Größe von einsachtzig und hundertvierzig Pfund Ellbogen und Adamsapfel in einer schmucken Uniform bestand und zigarettenrauchend an einem Fenster lehnte, das auf den See hinausging. Coulee war in seinem Laden und polierte die größte Petoskey-Steinsammlung nördlich von – nun, von Petoskey. Er war vor der Depression von seinem Zuhause in Dowagiac nach Eagle River hochgezogen, um dort Kupfer zu schürfen, war nach Harvey gegangen, nachdem der Markt abbaute, und hatte die Halbinsel sechzig Jahre lang nicht mehr verlassen. Das hatte er uns alles erzählt, während wir nach Chevys tauchten.

Eine Minute lang sagte Axhorn gar nichts, saß nur da, Ellbogen auf den Schenkeln, und ließ in Gary-Cooper-Manier die Krempe seines Stetson durch die Finger wandern. Dann sah er auf und fixierte mich unter seinen Augenbrauen hervor. »Sie haben Corporal Hale gesagt, man hat Sie von der Straße abgedrängt?«

»Nicht ganz«, sagte ich. »Ich bin in der Kurve davon abgekommen, als wir verfolgt wurden.«

»Sicher, daß es eine Verfolgung war?«

»Nicht, wenn Sie's nicht wollen.«

Er hielt die Hutkrempe an. »Was soll das wohl heißen?«

»Ich hab was gesehen, was aussah wie eine Falle, die an beiden Seiten zugeht, und bin da rausgekommen. Sie haben gedreht und sind uns gefolgt und haben dabei kräftig Gas gegeben. Kann sein, daß beide

Fahrer sich im gleichen Moment erinnert haben, daß sie was vergessen haben, und es gleich eilig hatten, zurückzufahren und es zu holen. Kann sein, daß sie es so eilig hatten, daß sie beide weiterfuhren, nachdem wir im Wasser gelandet waren. Es muß nicht sein, daß sie Hales Martinshorn hörten und sich davonmachten. Wir machen kein Geschrei, wenn es so einfacher ist fürs Papier.«

Nach einer Pause sagte er: »Wer von Ihnen ist der Sträfling?«

»Ex«, sagte De Vries. »Ex-Sträfling.«

Axhorn hielt den Blick auf mich gerichtet. »Dann sind Sie der Detektiv. Dachte ich mir.«

»Was soll *das* wohl heißen?«

»Im Fernsehen landet der Detektiv aus der Großstadt immer in Kuhnestern mit 'nem verschlagenen Sheriff, der den Detektiv loswerden will. Stadtpolypen haben immer 'ne weiße Weste, die Counties haben die Schmutzpfoten. Ich schätze, einige haben sie. Wenn Sie oft fernsehen, glauben Sie, daß jeder sie hat.«

»Tut mir leid, Major. Ich nehme an, Sie haben sich das viele Messing nicht ausgesucht.«

»Tja.« Er sah nach unten auf sein Namensschild. »County-Arbeit ist die Hölle. Je höher man's schafft, desto mehr Metall hängen sie einem drauf und desto näher kommt man der Entlassung, wenn sie wieder einen neuen Sheriff wählen. Hat einer von Ihnen sich 'ne Nummer gemerkt?«

Ich schüttelte den Kopf. »Der Laster qualmte zu stark, und den Monte Carlo haben wir nicht von hinten gesehen.«

»Beschreiben Sie den Laster.«

»Eine Rostschüssel von kastanienbraunem Dodge mit 'nem draufgeschraubten Brett statt Stoßstange. Braucht dringend neue Reifen.«

»Das ist Burt Wakelys Mühle«, sagte Hale.

»Wer ist Burt Wakely?« fragte ich.

»Burt und sein Bruder sind alte Kunden hier.« Axhorn betrachtete eingehend sein Hutband. »Das hier klingt aber trotzdem nicht nach was, wo sie reingeraten. Die besaufen sich oder nehmen 'ne Kneipe auseinander oder drehen 'ne Runde mit einem fremden Auto, ohne speziell um Erlaubnis zu fragen, aber Straßenräuberei ist außerhalb ihrer Kompetenz, oder war's zumindest, als ich das letzte Mal von ihnen gehört hab. Wenn Sie eine Beschwerde unterschreiben, bringen wir sie zu 'ner Unterhaltung her.«

»Gehören die zu der Sorte, die redet?«

»Vielleicht in 'ner Kneipe. Nicht mit der Obrigkeit.«

»Dann lassen Sie's. Was ist mit dem Monte Carlo? Schwarz, dieses Baujahr?«

»Vermutlich auf der Durchreise. Die Ganzjährigen im County essen gern. Hier oben kann man das nicht, wenn man gleichzeitig ein Fünfzehn-Tausend-Dollar-Auto besitzt. Vielleicht die Sommerleute. Sie werden gemerkt haben, daß nicht Sommer ist.«

»Ich habe es gemerkt.« Ich inhalierte etwas Whiskeydunst und spürte, wie mich das bernsteinfarbene Glühen durchdrang.

»Vielleicht haben Sie eine Ahnung, warum Burt Wakely auf Überfälle umsteigen will.«

Ich traf auf seinen glänzenden Ebenholzblick. »Nein.«

»Ihr Freund redet nicht viel.«

De Vries sagte: »Wo ich herkomme, redet man nicht, bis einen einer anspricht.«

Axhorn sah ihn an. »Was will ein Sträfling – Ex-Sträfling, Teufel auch, entschuldigen Sie – zwei Stunden, nachdem er entlassen wird, mit der Begleitung eines Privatdetektivs? Bin nie entlassen worden, aber wenn ich 'ne Liste machen würde von den Leuten, die ich treffen möchte, wenn ich frisch aus dem Bau komme, wär der hier nicht unter den ersten fünfzig.«

»Ich hatte zwanzig Jahre. Jemand muß mir die Gegend zeigen.«

Der Indianer wartete auf mehr. Sein Profil gehörte auf einen Penny. Dann klingelte das Telefon auf dem Tischchen neben seinem Sessel. Er wartete höflich, ob Coulee kam und ranging, dann hob er nach dem vierten Läuten den Hörer ab.

»Hallo? Bob Axhorn, wer sind Sie? So schlimm, wie? Ja, ich sag's ihm.« Er legte auf und sah mich an. »Das war Andy von der Werkstatt. Sie müssen Ihr Auto zerlegen und Tank und Benzinleitung auspumpen. Montag ist es fertig.«

»Ich muß Freitag in Detroit sein«, sagte De Vries.

»Gibt's hier eine Autovermietung?« fragte ich.

»Marquette.« Axhorn sah auf die große Armbanduhr an seinem Handgelenk. »Die werden jetzt zuhaben. Länger auf haben sie nur während der Saison. Sie können's morgen früh probieren. Viele freie Zimmer in den Motels zur Zeit.«

»Wollen Sie, daß wir uns anmelden, wenn wir uns einschreiben?«

»Ich finde Sie, wenn ich Sie brauche. Ich wüßte nicht, weshalb. Was das Department angeht, ist das hier lediglich ein weiterer Unfall mit einem verrückten Durchreisenden. Corporal Hale sollte Ihnen einen Strafzettel verpassen, aber Sie könnten sich's in den Kopf setzen, ihn anzufechten, und das letzte, was ich will, ist, daß Sie hier noch länger rumhängen als notwendig ist, um Ihr Auto reparieren zu lassen und nach Hause zu fahren und dort zu bleiben.« Er erhob sich in einer geschmeidigen Bewegung und setzte den Stetson auf. Er sah damit aus wie ein Kavalleriescout.

Ich stellte den Becher ab und stand auf. »Nichts gegen Sie. Es ist nur klarer so.«

»Ich will nichts davon wissen.« Er sah auf De Vries hinunter, der in einem grauen Flanellhemd und steifen Jeans mit zu kurzen Beinen über seinem Kaffee kauerte. »Reden ändert auch nichts. Womit Sie sich auch reingerissen haben, es ist mir egal. Nicht egal ist mir, wie lange es noch in diesem County bleibt.«

»Hab verstanden.«

»Wo halten sich diese Wakelys auf?« fragte ich.

Axhorn betrachtete mich. »Sie haben 'ne Hütte östlich hinter Harvey, ungefähr zwei Kilometer die White Road runter, dann ab auf die 28ste Straße. Aber mit denen kriegen Sie besser keinen Ärger. Die kutschieren diese großen Lastzüge für die Sägemühle, und sie sind beide so stark wie Schwarzbären und doppelt so gemein. Ihr großer Freund hier könnte einen von denen schaffen, solange er dem anderen nicht den Rücken zudreht. Die fressen Ausbüchser wie Sie zum Frühstück.«

»Danke für den guten Rat.«

»Keine Ursache. Ich werde bezahlt, damit ich Ruhe halte.«

Hale drückte seine Zigarette in einem Aschenbecher aus, der aus einem grünen, unbearbeiteten Kupferklumpen bestand, und folgte seinem Vorgesetzten nach draußen. Wir hörten, wie Axhorn mit Coulee sprach, dann klappte die Haustür. Ich kramte in meiner Hemdtasche, erinnerte mich, daß ich mein letztes Päckchen Winston im See eingeweicht hatte, und ließ die Hand sinken. »Irgendeine Ahnung?«

De Vries rollte den Becher zwischen seinen großen Händen. »Andrew oder Albert.«

»Könnte der wissen, daß Sie heute rauskommen?«

»Ein Anruf hätt gereicht.«

»Vielleicht waren sie nicht hinter Ihnen her. Ich bin nicht so beliebt, wie ich aussehe. Oder es war ein grundehrlicher Überfall. Die Welt hat sich verändert, wie ich schon sagte.«

»Die hat sich nicht so verändert, daß ich jemandem das abnehm.«

Er stand auf. Ich zuckte zusammen, aber sein Kopf blieb zwei Zentimeter unter den offenliegenden Eichenbalken. »Schauen wir nach, ob Ihr Geld trocken ist, und suchen uns 'n Restaurant. Ich hab so einen Hunger, daß ich das Arschloch von 'nem Skunk fressen würd.«

»Wieder Doppelburger?«

»So hungrig dann doch nicht.«

Coulee war ein kleiner, dicker Gnom mit einer weißen Haarkappe und blauen Augen, die wie Glassplitter in einem Gesicht saßen, das fast so dunkel war wie das von Axhorn. Er hörte soviel wie ein Stück Treibholz, aber er bekam schließlich mit, was wir wollten, und gab uns unsere Sachen zurück, die nach dem Aufenthalt am Ofen nur noch leicht feucht waren. Etwas Druckerschwärze war am Rand des Ausdrucks entlanggelaufen, aber das Foto war erhalten. Ich bot dem alten Mann fünfzig Dollar für seine Hilfe und Gastfreundschaft. Er überraschte mich, indem er sie annahm.

In Keewenau Bay ging die Sonne unter, färbte das Wasser orange und verwandelte die Landzungen mit ihren verkrüppelten Pinien in schwarze, haarige Finger. Möwen versammelten sich auf den Knöcheln und stoben in alle Richtungen davon, ließen sich im Sturzflug nach unten fallen und schwangen sich mit einem plötzlichen Flügelschlagen wieder auf. Ihre schrillen Schreie klangen wie Holzplanken beim Liebesspiel. Als das Wasser sich beruhigte, kräuselte ein kühler Wind die Oberfläche und fand durch unsere Kleider hindurch den Weg zu unserer Haut, wie schon vor zweihundert Jahren bei weißen und schwarzen Seeleuten, und zwanzigtausend Jahre vor deren Zeit bei braunhäutigen Kanufahrern. Der See war ein eigenes Bewußtsein, das Äonen von Jahren nicht angreifen konnten, und das sich nur dann veränderte, wenn es sich dazu entschloß, um dann zurückzufallen in die unberührbare Ruhe, die ihm seit der letzten Eiszeit vertraut war. Vielleicht war es gar nicht so schlecht, am Ufer dieses Sees Gefangener zu sein. Zeit abzusitzen ist bedeutungslos, wo Zeit nicht existiert.

Wir hievten unsere weltliche Habe hoch und begaben uns auf die Suche nach Essen und Schlafstatt.

## 5

An dem Motel war alles dran, bis auf das viktorianische Herrenhaus auf dem Hügel und den nervösen Tierausstopfer im Büro. Er wurde vertreten von einer Frau, die so groß wie Coulee und ungefähr so alt war und eine blonde Lockenperücke und ein Männerjackett aus Drillich mit doppelt umgekrempelten Ärmeln trug. Sie beäugte argwöhnisch unser wasserfleckiges Gepäck und teilte mir mit, daß ich vergessen hätte, meine Autonummer auf dem Anmeldeformular zu vermerken.

»Wir sind zu Fuß.«

»Fünfunddreißig Dollar«, schnappte sie. »Im voraus.«

Als ich die rübergeschoben hatte, führte sie uns zu einem von sechs Bungalows auf einem staubigen Hof. Das einzige Fahrzeug weit und breit war ein flotter, neuer silberfarbener Ford mit Vierradantrieb und Schneeschippe vor dem Kühler, der hinter dem Büro unter einer Außenlampe stand. Ich warf einen Blick auf die Rüschenkissen auf dem Fahrersitz und die Holzklötze, die an den Pedalen befestigt waren, und war überzeugt davon, daß die alte Dame ihre Rechnungen mit den Goldplomben ihrer Gäste bezahlte.

De Vries hatte das gleiche gedacht. »Wenn's Ihnen nichts ausmacht, schlaf ich heut nacht bei Licht.«

Unser Bungalow enthielt zwei Doppelbetten, einen indianischen Läufer, hergestellt vom Stamme der Taiwan, eine fettleibige Lampe und eine Naßzelle, die ihrem Namen alle Ehre machte. Das einzige, was darin nicht festgeschraubt oder festgenagelt war, waren die hygienisch abgepackten Wassergläser auf dem Bord über dem Waschbekken. Zumindest war alles blitzblank; was die von der Oberen Halbinsel nicht in Luxus investieren, kommt der Sauberkeit zugute. Ich trat gegen eines der Betten. »Ich schätze, es ist nichts Neues für Sie, mit raushängenden Füßen zu schlafen. Welches wollen Sie?«

Er warf seine Tasche auf das Bett, das näher beim Badezimmer stand. »Ich bin's gewöhnt, neben dem Klo zu schlafen.«

Ich entfernte das Zellophan von einem der Gläser und trank etwas Wasser. Wir hatten in einem Familienlokal am Rand von Harvey gegessen, mit allem Drum und Dran, wie rotweißkarierten Tischdecken und freundlichen Bedienungen und genügend Knoblauch in der Spaghettisauce, um den Vatikan auszuräuchern; meine Speiseröhre rüstete zum Rachefeldzug. Als ich aus dem Badezimmer kam, stand

De Vries immer noch zwischen den Betten. Er machte ein Gesicht wie ein kleiner Junge in Disney World. »Also, wann geh'n wir zu den Wakely-Brüdern?«

»Wer hat gesagt, daß wir das tun?« fragte ich.

»Wir sind an drei anderen Läden vorbeimarschiert, die besser aussahen als der hier. Wenn das stimmt, was Axhorn erzählt hat, sind wir schon fast um die Ecke von der Hütte.«

»*Ich* bin das. Sie sind meilenweit weg. Ich hab keine Bewährung zu verlieren, wenn's zu 'ner Keilerei kommen sollte. Ich dachte, dafür haben Sie mich engagiert.«

»Ich bin seit sechs Stunden frei. Ich hab die Schnauze voll von sitzenbleiben, bloß weil's mir einer sagt. Und dann, Sie haben gehört, was der Polyp meint.«

»Ich bin stärker als ich aussehe.«

»Da zieh ich sie ab. Ich bin *genauso* stark wie ich ausseh.«

»Sie sind mir zu groß zum Streiten. Schlafen Sie 'ne Runde. Es geht auf Ihre Schlafenszeit zu, und ich brauch Sie frisch und beherzt, wenn wir uns die Busch-Brüder vorknöpfen.«

Er nahm seine Tasche vom Bett, streckte sich in den Kleidern darauf aus und war nach fünf Minuten eingeschlafen, regelmäßig schnarchend. Schlafen, wenn man nicht müde ist, ist etwas, das man im Gefängnis lernt. Ich klappte auf dem anderen Bett meinen Koffer auf und holte den Smith & Wesson Police Special heraus, den ich seit acht Jahren trage. Er war im Holster und dem Chamoislederstück, in das ich ihn immer einwickle, trocken geblieben, aber damit er mir Glück brachte, entlud und reinigte ich ihn, gab ihm Öl aus der Waffentasche und rieb jede einzelne Patrone ab, bevor ich sie zurücksteckte. Dann legte ich ihn beiseite und streckte mich auf dem Bett aus und sehnte mich nach einer Zigarette, bis es Zeit wurde, meinen Klienten zu wekken.

Leichter Nebel wallte vom See herüber und sammelte sich in den Niederungen, als wir vom Highway abbogen und zu Fuß die White Road weitergingen. Meine Jacke war noch feucht; ich bewegte die Schultern, um etwas Wärme zu erzeugen. Im Licht eines zerfledderten Milchwassermondes wirkte der große Mann neben mir wie mein Schatten, und er machte ungefähr ebensoviel Lärm. Riesen haben mehr Übung im Leisesein als alle anderen Menschen.

Die Straße bestand aus feinem Sand; mehr gibt es da oben nicht, wenn man von Felsen absieht, denen 80 Meter hohe Pinien wie Grabmonumente zur Seite stehen. Sogar den Stechmücken war es zu kühl. Wir waren die einzigen Dinge, die sich rührten in einer wächsernen Stille, die unnatürlich schien. Jeder Baum verbarg einen weiteren Geist in Armeefrack oder Lendenschurz, Beinschonern oder Pellerine. Mir war nach Schnellergehen und Pfeifen.

Der Weg schien viel weiter zu sein als eine Meile. Er war wohl ungefähr so lang. Ein Licht hing in den Bäumen wie die letzte Birne des Herbstes, verschwand, als die Stämme dazwischenkamen, tauchte dann, nähergekommen, wieder auf. Wir gingen eine leichte Biegung entlang, und dann standen wir am Ende einer unebenen Auffahrt, die an einer Holzhütte mit schrägem Dach endete, wie sie Jäger gebaut hatten, bevor die Gegend bei Feriengästen beliebt wurde. Der angeschlagene Laster, dessen Fahrer uns auf der Bundesstraße 41 den Weg abzuklemmen versucht hatte, stand davor, sein Stoßbrett Richtung Straße. Ein älterer, weißer Buick mit einem roten Kotflügel und Radkappen, in die der Rost ein Spitzenmuster gefressen hatte, war daneben geparkt. Weit und breit keine neuen schwarzen Monte Carlos.

De Vries beugte sich zu mir herunter und flüsterte: »Glauben Sie, die haben Hunde?«

»Hier oben hat jeder Hunde.«

Wir pirschten uns die Auffahrt entlang, ertasteten die Furchen unter den Füßen, bevor wir ihnen unser Gewicht anvertrauten. Der Hof, eigentlich eher eine Lichtung im Wald, lag voll mit rostigen Motorteilen und leeren Ölkanistern. Den Dodge am Laufen zu halten kostete sie langfristig mehr als ein neuer Wagen. Als wir uns dem erleuchteten Fenster näherten, bedeutete ich De Vries, zu bleiben, wo er war, und legte den Rest der Strecke in der Hocke zurück.

Ich linste durchs Fenster. Die Luft war gerade kühl genug, um die Scheiben zum Anlaufen zu bringen, und ich wischte mir mit dem Daumen ein Guckloch frei. Das Hütteninnere bestand aus einem einzigen Raum, in dessen hinterem Teil eine große Decke über einer Wäscheleine hing und vermutlich die Betten verbarg. Ferner enthielt er einen neuen Läufer auf dem Boden, einige gebrauchte Möbelstücke, einen Schwarzweißfernseher mit Schnee auf dem Bildschirm und eine Stereoanlage in einem teuren Walnußschrank, der neu aussah. Ich fragte mich, wie lange es wohl dauern würde, bis der Urlauber, der zu der Anlage gehörte, seinem Häuschen einen Besuch abstattete und sie vermißte. Aber das Mädchen vor dem Fernseher interessierte mich mehr.

Sie war brünett, ungefähr zwanzig, sehr schwanger, trug ein Hauskleid mit einem Sonnenblumenmuster und saß, die Hände auf dem gewaltigen Bauch gefaltet, die Beine gespreizt, auf einem einfachen Küchenstuhl. Sie war barfuß, was gut paßte, und die Nippel ihrer angeschwollenen Brüste waren durch den dünnen Stoff des Kleides deutlich sichtbar. Obwohl sie auf den Bildschirm starrte, schien sie nicht wahrzunehmen, was sich darauf abspielte. Falls der Ton überhaupt lief, war er zu leise gestellt, als daß ich ihn durchs Fenster hätte hören können. Ich wartete ab, bis ich sie atmen sah, dann schlich ich zu De Vries zurück und berichtete ihm halblaut, was ich gesehen hatte.

»Die Kerle müssen in der Nähe sein«, sagte er. »Ihre Mühlen sind hier, und ich glaub nicht, daß sie wild auf Spazierengehen sind.«

»Behalten Sie den Eingang im Auge. Ich werd mal sehen, was es hinter dieser Decke gibt.«

Ich war schon fast um die Ecke der Hütte, als mir wieder einfiel, was ich über Hunde gesagt hatte. Ein großer Wolfshund mit mehr Wolf als Haustier im Blut kam aus dem Hintergrund geschossen, riß an seiner Kette und heulte, als wolle er die Nadeln von den Pinien schütteln. Weißgelbe Zähne blinkten in seinem schwarzen Maul. Ich zog den Revolver, trat den Rückweg an und zielte dabei zwischen seine Augen. In dem Moment landete er mit einem Klirren am Ende der Kette. Mit erhobenen Vorderpfoten zerrte er weiter und bellte und knurrte mit Schaum vor dem Maul.

»Walker!«

Ich trug in dieser Nacht meinen magischen Blödheitsring. Als wir an dem Laster vorbeigekommen waren, hatte ich weder die offene Tür an der Fahrerseite noch das Ungetüm bemerkt, das quer über dem Sitz lag und schlief. Jetzt erhob es sich, eine Art Sumpfmonster, einsachtzig hoch und hundertfünfzig Pfund Fett und Muskeln in einem Overall, und griff sich eine Flinte von einem Bord unterhalb der Heckscheibe. Aber De Vries hatte den Kerl irritiert, bevor er sie auf mich richten konnte, und als er sich in die Richtung des Ex-Sträflings wandte, hatte ich sechs Möglichkeiten, ihn wegzufegen, bevor er wieder an mich dachte. Statt dessen stürmte ich auf ihn los.

Trotz seines Umfangs und seines Alkoholpegels hatte er Reflexe wie eine Katze. Ich war auf halber Strecke, als die Flinte herumfuhr und ich förmlich sah, wie mich die Explosion von den Füßen riß und meine Einzelteile durch die Luft flogen, um sich dann auf den Bäumen niederzulassen. De Vries schrie wieder – diesmal nur einen Schrei, keinen Namen oder kein Wort, das man verstehen konnte –, aber Overall ließ sich davon kein zweites Mal ablenken. In dem Licht, das aus dem Fenster drang, sah ich, wie sich sein Finger am Abzug spannte. Währenddessen rannte ich unentwegt, und meine Füße landeten in Zeitlupe auf dem Boden; ein todgeweihter Läufer, der vor dem Schlußpfiff soviel Meter wie möglich zu machen versucht.

In De Vries' nächstem Schrei lag ein anderer Ton: eine tödliche Schärfe. Er ließ uns beide innehalten und zu ihm hinsehen. Er stand auf den schiefen Stufen zur Veranda und hatte einen Arm quer über dem Hals des schwangeren Mädchens. Ihre nackten Füße hingen in der Luft, und in dieser Haltung hatte De Vries seine andere Hand um ihr Handgelenk geschlossen und hielt ihr den Arm hinter ihrem Rükken fest. Sie war herausgekommen, um zu sehen, was da für ein Aufruhr war, und De Vries hatte mit der Schnelligkeit reagiert, die ihn zum Basketballstar gemacht hätte, wäre die Gerichtsbarkeit nicht den Talentsuchern zuvorgekommen. Das Mädchen grimassierte, aber die Augen hatten denselben leeren Blick, mit dem sie auf den Fernseher gestarrt hatten. Ich kannte diesen Blick aus Krankenhäusern und Kliniken; dort war er auf die Wände gerichtet.

»Lurleen.« Der Name hatte einen hohlen Klang in Overalls Mund, als klopfe man an ein Getreidesilo.

»Ich brech ihr den Hals, Mann.«

Es war schwer zu sagen, ob De Vries das ernst meinte. Für einen Mann seiner Größe war es einfacher, es zu tun, als es zu sagen. Ich sah, wie die Kampfwut aus Overalls Augen wich. Sie saßen groß und braun in einem roten Gesicht mit schwarzbraunen Stoppeln. Er schien Ende Dreißig zu sein. Die Flinte sank herunter.

Einen Moment später trat ich zu ihm und nahm sie ihm aus der Hand. Er stank nach Whiskey und verklebtem Schweiß und Dreck. Ich steckte den Revolver ins Holster.

»Burt?« sagte Lurleen. Sie hatte eine Kleinmädchenstimme.

»Wo ist Ihr Bruder?« fragte ich Burt.

Darüber dachte er noch nach, als ein Mann in Unterhemd und geflickten Jeans aus dem Inneren der Hütte durch die offenstehende Tür trat. Er war so groß wie Burt, aber nicht so breit. Das Licht von hinten umriß seine schwere, klotzige Gestalt und sprühte Funken auf der großen Automatik in seiner Linken. Er hatte einen schwarzen Bart und eine weiße Strähne in den zerwühlten Haaren, eine Pigmentschwäche. Seine Füße waren bloß. Er war jünger als Burt.

»Sind Sie Hank?« Ich richtete die Flinte auf ihn.

Er deutete mit der Automatik auf die größere Waffe. »Die is nich geladen. Burt kann man nich trauen mit 'ner geladenen Knarre. Nach 'nem Bier wird der wild.«

Ich drehte die Flinte zur Seite und drückte den Abzug. Es klickte. Ich ließ den Lauf sinken.

»Laß das Ding fallen, oder ich brech ihr den Hals«, teilte De Vries Hank mit. Er war ans Ende der Veranda gerückt, um beide Brüder im Auge zu haben.

»Nigger, wenn du dich rührst, schieß ich dir's Auge raus.«

So standen wir eine Weile. Die Art, wie er die Waffe hielt, hatte etwas Gewisses. Ich sagte: »Nam?«

»Grenada. Sie?«

Ich nickte. »Und Kambodscha. Warum die Marines? Das ist absolut freiwillig.«

»Ich hab Ärger gehabt hier und bin in die erste Hütte rein, an der ich langkam, und hab die Hand hochgehalten. Nächstes Mal nehm ich den Ärger.«

»Lassen Sie's ruhen. Es wird rauseitern.«

»Das ist Privatbesitz hier. Kommt her, erschreckt meinen Bruder, bedroht Lurleen. Wer zum Teufel seid ihr?«

»Heute nachmittag hat jemand, der diesen Laster hier fuhr, versucht, mir auf der 41 den Weg abzuschneiden«, sagte ich. »Ich denke, daß wer es auch war, bezahlt wurde von dem Mann, der versuchte, hinten dicht zu machen. Er fuhr einen neuen schwarzen Monte Carlo.«

»Der Laster war den ganzen Tag hier.«

»Wir sind keine Offiziellen. Wir wollen nur Antwort.«

Er sagte nichts. Die Automatik war entsichert.

Ich sagte: »Ich weiß, wie das ist hier oben. Die Landwirtschaft steckt im Dreck, die Indianer haben die Fischerei unter Verschluß wegen des Vertrags, und die Feriensaison ist zu kurz. Die Gesetzeshüter sind rar. Ein Mann muß seine Familie ernähren, vor allem wenn ein Baby unterwegs ist.«

»Lurleen ist das Mädchen von unserm Vetter Clyde«, sagte Hank. »Er hat noch sechs Monate im Zentralgefängnis in Milan. Ich hab ihm versprochen, daß wir nach ihr schau'n.«

»Sie waren das in dem Laster.«

Er entschied sich. »Ich hab nicht gedacht, daß Sie ertrinken.«

»Familie ist Familie«, sagte ich. »Das Holzgeschäft geht schlecht. Ich schätze, ab Mitte der Woche haben Sie nichts zu tun. Da kommt ein Mann aus dem Norden rauf und hat Geld zum Ausgeben, er fragt rum und findet zwei wackere einheimische Burschen, wer will denen verbieten, zuzuhören? Wir wollen nur seinen Namen.«

»Ich brauch hier nich rumreden. Ich kann in der Zeit den Nigger abschießen und dann dich allemachen. Ich und Burt schleppen dann bloß eure Leichen zum Sumpf und schmeißen euch rein. Die finden euch in tausend Jahren nich.«

De Vries sagte: »Ich brech ihr noch den Hals, bevor ich umfall.«

»Lassen Sie sie los«, sagte ich.

»Kommt nicht in Frage, Mann.«

»Hank ist kein Killer, sonst wären Sie schon tot. Können Sie aber immer noch sein, wenn Sie sich rühren. Ich helf ihm dabei.«

»Sie arbeiten für mich!«

»Bis zu 'nem bestimmten Punkt. Sie stehen drauf.«

Nach einer Minute sagte er »Scheiße« und ließ Lurleen zu Boden. Sie huschte unter seinem Arm durch und kuschelte sich an Hank. Er trat zur Seite und ließ sie ein. »Geh ins Bett.«

Sie floh in die Hütte. Er trat auf die Veranda und zog die Tür hinter sich zu. Die Pistole hielt er immer noch in der Hand. Ohne das Licht im Rücken sah er älter aus, die Art von älter, die über Nacht kommt. Ich fragte mich, ob die weiße Strähne in seinen Haaren tatsächlich eine Pigmentschwäche war.

Ich sagte: »Ich greife jetzt in meine Tasche.«

»Nee, tun Sie nich.«

»Die Knarre ist rechts hinten. Burt kann sie haben. Die will ich nicht rausholen.«

Er sagte nichts und dabei alles.

»Es ist ein Foto«, sagte ich. »Es kann der Mann sein, der Sie beauftragt hat, uns anzuhalten. Wenn Sie ja oder nein sagen und ihn vielleicht mit 'nem Namen versehen, sind wir weg hier.«

»Glaub ich nich.«

»Lurleen muß in ein paar Wochen in eine Klinik. Ich denke, daß das, was er Ihnen gezahlt hat, die Kosten nicht deckt.«

Das drang zu ihm durch, aber nicht so, wie ich erwartet hatte. »Mister, was glauben Sie, wie billig wir zu kriegen sind?«

»Dann wohl doch«, sagte ich. »Ich bin beeindruckt.«

De Vries spuckte aus und rieb die Spucke automatisch in die Bretter. Gefängnisgewohnheit. »Stiernackengeschwätz. Hätt nicht erwartet, daß man das so weit im Norden zu hören kriegt.«

Ich sagte: »Der Dodge braucht 'ne Reparatur. Das kostet auch Geld.«

»Werden Sie deutlich«, sagte Hank.

»Mit einem Dach überm Kopf bin ich deutlicher«, sagte ich.

Der Wald war still. Es war zu früh für Grillen. Hank sagte: »Nimm seine Knarre, Burt.«

Eine schwielige Hand suchte unter meiner Jacke herum, fand den Griff und riß ihn raus. Er nahm mir auch die leere Flinte ab. Er ließ sich etwas bitten, aber schließlich ging er zu seinem Bruder und übergab den Revolver. Hank steckte ihn in seinen Gürtel, sicherte die Automatik, ging nach innen und ließ die Tür hinter sich offen.

## 6

Die Bude war gemütlicher, als sie von außen aussah. Ein Blechofen hielt die Temperatur bei runden 15 Grad, und jemand hatte die Wände isoliert und Wandplatten auf das Abfallholz genagelt, aus dem die Hütte gebaut war. Diverse Fischfotos in billigen Rahmen zierten die Wände – wahrscheinlich Lurleens Werk. Sie war nirgendwo sichtbar, hatte vermutlich Hanks Befehl gehorcht und sich hinter die hängende Decke verzogen. Hank und ich ließen uns an einem Tisch mit Wachstuch nieder, auf dem eine halbleere Flasche Seagrams und ein verschmiertes Glas standen. Er legte die Automatik und meinen Revolver wie ein Spelunkenzocker auf seine Seite und goß sich einen Drink ein.

Burt und De Vries blieben stehen, der Schwarze an der Tür etwas gebeugt, um nicht mit dem Kopf an die Mörteldecke zu stoßen, Hanks Bruder an der Wolldecke, als ob er Lurleen beschützen wolle. Die nutzlose Flinte baumelte an seiner Seite.

Hank betrachtete mich mit Augen, die nicht mehr Tiefgang als Zigarettenpapier hatten. Sein Bart war wohlgestutzt und Haare und Kleidung sauber; die verkommene Wirkung war deutlich Pose. Als die Stille sich langzog, klaubte ich zwei Fünfziger aus meiner Brieftasche und stellte die Flasche darauf. Dann zog ich den zerknitterten Umschlag aus meiner Innentasche.

»Der Mann rechts.« Ich zeigte ihm den Ausdruck. »Hat er Sie angeheuert?«

Er sah sich das Foto eine Zehntelsekunde an. »Der war's nich.«

»Ganz sicher? Das ist ein paar Jahre alt. Er hat sich vielleicht verändert.«

Er kippte etwas Whiskey in seinen Hals. »Braucht länger als 'n paar Jahre, damit 'n Farbiger weiß wird.«

»Er lügt«, sagte De Vries.

»Klar, ich lüg immer, wenn ich die Wummen hab.«

»Ein Name?« fragte ich. »Wie sah er aus?«

»Wie 'n Farbiger. Er hatte 'n schwarzes Auto und grünes Geld. Hat kein Namen gesagt. Erst wollt er mit Burt reden, aber Burt mag Farbige nich. Hat gesagt, wenn wir ihm helfen und dem großen Nigger hier hinterherfahren, der aus'm Knast kommt, und ihn anhalten helfen, zahlt er uns genug, daß wir auf 'n neuen Laster sparen können.«

»Hat er gesagt, warum er ihn anhalten wollte?«

»Reden, hat er gesagt.«

»Sie haben's geglaubt?«

Er konnte in seinen Bart gelächelt haben, oder auch nicht. Beides hätte nicht viel bedeutet. »Schau'n Sie, wie's hier aussieht. Der Kerl hat's Glauben gekauft.«

»Waren Sie nicht neugierig?«

»Bißchen. Nich genug, um ihn scheu zu machen.«

»Das ist keine Antwort.«

»Klar ist es«, sagte De Vries.

Ich sah ihn an; seine Arme hingen an den Seiten herunter. Wo er herkam, gab es keine Gürtel, in die man die Daumen haken konnte, und wenn man die Hände in die Taschen steckte, schlugen sie sie einem raus. »Kennst du nur kein Geld, lernst du, Respekt zu kriegen, wenn du welches siehst«, sagte er. »Wenn du 'n leeren Magen hast, und einer bietet dir 'n Hühnerbein an, drehst du's nicht um, um zu gucken, ob's schon auf'm Boden lag.«

Sein Blick ruhte auf Hank, während er das sagte. Hank gab den Blick zurück, und da war etwas zwischen den beiden, das sich über Rasse und Herkunft hinwegsetzte, etwas, das ich mit keinem von beiden jemals teilen würde. Ich fühlte mich wie der Gatte beim Klassentreffen seiner Frau. »Ich brauche eine Beschreibung«, sagte ich. »Sagen Sie mir nicht wieder, er sah farbig aus.«

Hank leerte sein Glas. »Er hatte graue Haare und 'n starken Hals. Feinen Anzug.«

»Groß? Klein? Wie alt? War er stämmig oder bloß fett? Redete er wie ’n Bauer oder wie ’n Mathelehrer, und hatte er irgendeinen Akzent? Hatte er ein parfümiertes Taschentuch im Ärmel, oder spuckte er überall Tabaksaft rum? Sie dürfen stopp sagen, wo Sie möchten.«

Burt sagte: »Soll ich’s ihm geben, Hank?« Eine hektische Röte war bis zum Haaransatz des älteren Wakely hochgekrochen.

»Halt still. Mister, im Haus von unserm Daddy wird man nich laut.«

Ich hob eine Hand und ließ sie wieder sinken. Ihre Geschichte verhieß nichts Interessantes und vermutlich keine Überraschungen. Vater Trinker, vielleicht beide Eltern Trinker, und vielleicht Tod und Verlassenwerden, und dann ein beständiger Strom von Onkeln und Tanten, die nach Veilchen rochen und ewig den Bus verpaßten und über Nacht bleiben mußten, während die Kinder sich damit abgaben, im Hof kleine Tiere zu quälen. Keiner, der sich selbst durchgebracht hat, hat je eine große Sache daraus gemacht. Mit Lurleens Kind würde es weitergehen. Ich hatte einen schwammigen Abschluß in Soziologie, was hieß, daß ich auf alle Antworten eine Frage wußte. Das war ein echter Ankommer bei Cocktailparties, falls man was für Cocktailparties übrig hatte.

»Was ist passiert, als Sie uns nicht kriegten?« fragte ich. »Hat er Sie gelinkt?«

Diesmal lächelte er nicht. »Wollte er. Burt ließ ihn nicht.«

»Er wußte nicht, daß die Flinte nicht geladen ist, denk ich mir. Was dann?«

»Dann nichts. Wir sind da auf dem Highway auseinander, als er uns das Geld gegeben hatte. Er is halb daheim, wahrscheins.«

»Ich schätze, ich riskiere nur ’ne Kehlkopfentzündung, wenn ich den Mund aufmache und frage, ob Sie sich die Nummer des Monte Carlo merken konnten?«

»Nur den hinteren Teil. D-R-Y-.«

Ich sah zu Burt und griff hoch, um meinen Mund zuzuklappen. Sein Gesicht war noch immer rot, aber in seinem üblichen Grundton. Angesichts meiner Reaktion watschelte ein dickes, stolzes Grinsen über sein Gesicht.

Hank sagte: »Burt hat’s mit Buchstaben. Silbenrätsel hat er am liebsten, wenn die Wörter nich zu lang sind.«

»Kaufen Sie ihm ein paar von den hundert.« Ich stand auf. »Können wir gehen, oder haben Sie vor, uns auszustopfen und an der Straße aufzubauen?«

»Ich hab Sie nich hier gewollt.«

Er sah, daß ich auf meinen Revolver schaute, nahm ihn, klappte die Trommel raus und schüttelte die Patronen auf den Tisch. Er vollführte eine hübsche Drehung und hielt ihn mir mit dem Griff zuvorderst hin. Ich nahm ihn und führte ihn wieder dem Leder zu. »Falls er wiederkommt: Ersparen Sie ihm Mühe. Sagen Sie ihm, wir sind auf dem Weg nach Detroit.«

»Der kommt besser nich wieder. Burt mag Gauner nich viel lieber als Farbige.«

»Vor Burt braucht er sich wohl weniger zu fürchten.«

De Vries hielt die Tür auf, gab mir Rückendeckung. Er brauchte keine Waffen. Hank konnte dem großen Mann die ganze Ladung in die Brust feuern und trotzdem an gebrochenem Genick sterben.

»Roter Retter«, sagte Hank.

Ich drehte mich um.

»Hat der Farbige gesagt.« Er studierte die eingeprägten Buchstaben an der Seite der Automatik. »Ich hab ihn gefragt, warum er nich vorn gefahren ist, weil sein Auto doch schneller war. Da hat er gesagt, das überläßt er uns, was wir denken, was er wär, 'n Roter Retter. Vielleicht können sie damit was anfangen.«

»Ich nicht. Sie?«

De Vries schüttelte den Kopf.

»Tja, das hat er gesagt.«

Ich sagte: »Danke.«

»Sie ham's gekauft. Laden ist jetzt dicht.«

Als wir rauskamen, raste der Hund ans Ende der Kette und stimmte Geheul an. Burt kam uns mit der Flinte hinterher und schlug ihm mit dem Schaft an den Kopf. Er jaulte auf und verkroch sich hinter die Hütte.

Auf dem Weg zurück zum Highway fragte De Vries, was wir als nächstes tun würden.

»Als nächstes schlafen wir. Dann, wenn uns die alte Lady vom Motel nicht inzwischen die Kehle durchgeschnitten hat, um unser Kleingeld zu ergattern, setzen wir die Räder in Gang und rollen nach Hause. Es sei denn, Sie möchten sich an Lachs ranmachen oder die Sehenswürdigkeiten der Gegend betrachten.«

»Soll Axhorn nicht wenigstens die Nummer feststellen?«

»Das kann ich in Detroit machen lassen. Ich hab so eine Ahnung, daß wir den Besitzer dort finden werden.«

»Schätzen Sie, daß er für Andrew-Albert arbeitet?«

»Ich schätze nie ohne Schätze zum schätzen.«

»Sie sind vielleicht 'n Detektiv.«

Ich betrat das Büro des Motels und zog eine Packung Winston aus dem Automaten. Die alte Lady hing zusammengesackt in einem Stuhl hinter dem Tisch und schnarchte wie ein Holzfäller. Als ich in den Bungalow kam, lag De Vries schlafend und voll angezogen auf dem Bett. Ich saß bis elf rauchend auf meinem, dann zog ich mich aus, legte mich rein und träumte von wäßrigen Gräbern. Als ich am nächsten Morgen aufwachte, war ich klatschnaß.

De Vries, an Frühaufstehen gewohnt, war bereits gewaschen und rasiert, sein Schrotschußbart spartanisch sauber gestutzt. Die Fünfundzwanzig-Watt-Birne über dem Waschbecken lieferte mir die Möglichkeit, das Ganze etwas schlampiger zu erledigen. Wir packten unsere Sachen, marschierten zum selben Restaurant und nahmen Eier und Würstchen zu uns. De Vries aß die doppelte Portion.

»Gefängnis war der einzige Ort, an dem ich je so viel zu essen gekriegt hab, wie ich wollte«, sagte er und ließ sich von der Bedienung die sechste Tasse Kaffee einschenken. »Da wollen sie einen fett; daß man sich nicht so leicht durch die Stäbe quetscht und die Wände runterkommt.«

»Sie sind nicht fett.«

»Wir hatten nur zwanzig Minuten zum Essen.«

Von dort gingen wir zu der Werkstatt, zu der mein Auto geschleppt worden war. Es lag in zig Einzelteilen auf einem Betonboden verstreut, der nach hinten schräg abfiel und in einer Abflußrinne endete. Sie hatten die Sitze rausgenommen und die Bodenmatten zum Trocknen auf zwei Sägeböcke gehängt. Inmitten des Ganzen stand Major Axhorn, denselben Stetson auf dem Kopf, die Hände in derselben Lederjacke. Es war ein klammer Morgen.

»Bricht Ihnen das Herz, was?« fragte er. »Als würde man mitten in der Nacht in die Notaufnahme geholt, und 'ne Schwester händigt einem die Kleider des Sohns aus.«

»Ein Bulle mit Sohn.« Ich stellte meinen Koffer ab und zündete mir eine Zigarette an. »Ich dachte, ihr teilt euch einfach in zwei, wie Amöben.«

»Ich hab nicht gesagt, daß ich einen habe. Meine Frau arbeitet. Führt die Bücher auf 'ner Avocado-Ranch.«

»Mir hat mal jemand erzählt, daß alle Avocados des Landes in Kalifornien wachsen.«

»Da hatte er recht.«

Ein großer Mann, der einen weißen Schnurrbart und ein schmieriges blaues Flanell-Sakko mit passender schmieriger Arbeitshose trug, steuerte auf mich zu und wischte sich währenddessen die Hände an einem sauberen Lappen ab, der schmierig war, als er das beendet hatte.

»Sie sind Mr. Walker?«

»Wie sieht's aus?«

»Sicherungen müssen erneuert werden und vielleicht die Kabel. Was noch, wissen wir erst, wenn wir drauf stoßen. Das hier hab ich unter dem Armaturenbrett gefunden.« Er zog meine Luger aus der Hüfttasche und hielt mir den Griff hin. »Am besten austupfen und ölen«, sagte er.

Ich dankte ihm und steckte sie gegenüber der Police Special in meinen Gürtel. »Wann ist der Wagen fertig?«

»Irgendwann nächste Woche.«

»Gestern abend hieß es Montag.«

»Vielleicht Montag. Wo kann ich Sie erreichen?«

Ich gab ihm eine Karte, als ob er wirklich vorhätte anzurufen und ich es wirklich erwartete. Ich nahm seine Karte entgegen, diejenige, die zählte, und er steckte meine hinter einem Plastikhalter für Kugelschreiber in seine Hemdtasche und kehrte zu dem ausgeweideten Fahrgestell zurück. Ich fragte Axhorn, wie lange er schon wartete.

»Runde zwanzig Minuten. Ich dachte mir, daß Sie früher oder später hier reinschauen würden, wenn Sie sich um den Mietwagen kümmern. Die Waffe angemeldet?«

»Mein Waffenschein ist gültig«, wich ich aus. »Was wirft man mir vor?«

»Die Bundespolizei hat heut morgen gegen drei einen leeren, stehengelassenen schwarzen Chevrolet Monte Carlo außerhalb von Mackinaw City gefunden. Dachte, das interessiert Sie vielleicht.«

Ich ließ etwas Asche auf den Boden fallen und trat drauf. Da oben haben sie es gern, wenn man ein Auge auf Feuer hat. »Ganz schön schnell aufgetaucht für 'ne Waise.«

»Ein Typ aus Lansing kam für ein Segelwochenende hoch und fand ihn in seiner Ausfahrt. Hab's übers Telefon erfahren, als ich das Büro aufmachte und die Dienststelle in Mackinaw City anrief.«

»Haben Sie die Nummer ermittelt?«

Er nickte. »Frau aus der Stadt hat ihn vorgestern abend als gestohlen gemeldet. Drei-null-sechs-DRY. Seit das Ministerium für Inneres die Vokale eingeführt hat, merken sich die Leute ihre Autonummern. Es gibt auch ein paar Gute.«

»Ging beim Prägen die Zeit schneller vorbei«, sagte De Vries. Er wußte kaum, was er sagte. Ich wirbelte etwas Staub auf, um Axhorn von der Aufregung des großen Mannes abzulenken. »Das könnte der Wagen sein. Diese neuen Riesenkutschen holen sie sich ständig.«

»Ich hab nicht gesagt, daß dieser neu ist.«

»Ist er's nicht?«

»Doch.« Er überließ mir den Punkt. »Kerl aus dem Norden parkt seinen Wagen unter der Brücke, klaut sich einen, läßt ihn dann in der Nähe stehen, damit er's nicht zu weit zu seinem eigenen hat. Klingt professionell. Paßt das zu dem, was Sie sich gedacht haben?«

»Wir haben uns nichts gedacht«, sagte ich. »Es braucht, wie gesagt, nicht einmal dasselbe Auto zu sein.«

Er wechselte das Thema. »Sie waren draußen bei den Wakelys, nicht?«

»Nette Familie. Fieser Hund.«

»Sind ja in einem Stück wiedergekommen. Muß an der Knarre an Ihrer anderen Hüfte liegen.«

»Sie haben scharfe Augen.«

»Die hat man als Indianer. Hoffe, ich muß da oben in der White Road nicht aufräumen. Wenn Lurleen nach der Familie kommt, kriegt sie vielleicht ein schwachsinniges Kind.«

»Wenn es so ist, können sie es auf die Gene schieben. Keiner hat bluten müssen. Für das Hündchen kann ich allerdings nicht sprechen. Das ist Flinte gewohnt.« Ich stieß Rauch aus. »Ich dachte, Sie ziehen es vor, amerikanische Ureinwohner genannt zu werden.«

»Ich hab noch nie einen gehört, der sich selbst so nannte. Ich glaube, das hat sich ein weißer Liberaler ausgedacht. Die machen doch das ganze Geschrei über das Land, das weggenommen wurde. Man kann aber Land nicht stehlen, das ist der Grundgedanke. Ich bin im La-Pointe-Reservat großgeworden, hab bei der indianischen Polizei gearbeitet. Wir haben die Betrunkenen heimgefahren, Männern und Frauen zugeredet, damit sie sich nicht aufschlitzen, Schläger aus der U-Haft in Ironwood ausgelöst, die Betrunkenen heimgefahren. Keiner wollte dort sein, einschließlich uns. Wir haben nie was gewollt, nur das, was wir nicht wollten, und wir wollten nicht dort sein.«

»Also gingen Sie weg.«

»Ich ging zur Army und wurde Militärpolizist. Die Alten hatten keine Wahl, und die Jungen, die nicht mithalten konnten, auch nicht. Sie sind immer noch da, trinken und schlitzen sich gegenseitig auf und landen im Knast. Man bleibt, wo man ernährt wird.«

Ich ließ meine Zigarette fallen und trat sie aus. »Ich war auch bei der Militärpolizei.«

»Gleiche Arbeit, nur anders. Es ist immer anders, wenn es die eigenen Leute sind.« Er sah De Vries an. »Warten Sie immer noch drauf, daß einer Sie anspricht?«

»Warum reden?« sagte er. »Hört ja doch keiner zu.«

»Sie waren zu lang drin. Jetzt hören sie zu.«

Das war das zweite Mal innerhalb von Stunden, daß man mich ausschloß. Ich boxte mich wieder rein. »Was bedeutet der Ausdruck ›Roter Retter‹ für Sie?«

»Klingt wie 'n Schimpfwort. Die meisten hab ich schon abgekriegt, aber das noch nicht. Wo haben Sie's gehört?«

»In der Gegend.«

»Ja?« Er wartete, richtete seine Aufmerksamkeit dann auf seine polierten Stiefelspitzen. »Nun, ich schätze, Sie wissen jetzt über alles Bescheid. Kein Bedarf für einen großen dummen Häuptlingsschädel, der antrabt und seine Hörner reinstecken will.«

»Wir wissen die Hilfe zu schätzen«, sagte ich. »Aber es ist keine lokale Auseinandersetzung.«

Seine Hutkrempe kam hoch. Sein Gesicht war so unbewegt wie auf einem Zigarettenbildchen. »Ich lebe hier, Mister. Das hier ist für mich nicht nur ein Ort, wo man die Beine ausstreckt und pinkelt wie für Sie. Nächstes Mal bleiben Sie mit Ihren Auseinandersetzungen weg aus meinem County. Ich hab genug zu tun mit den Ureinwohnern.«

## 7

»Hoffen Sie bloß, daß Sie nicht mal Axhorns Hilfe brauchen«, sagte De Vries.

Wir fuhren in einem neuen, gemieteten Renault, der etwa so stabil gebaut war wie die Maginot-Linie, auf der Interstate 75 Richtung Süden. Die Nachmittagssonne breitete sich aus, und die Mackinac-Brücke schob sich ins Blickfeld; aus dieser Entfernung sah sie eher wie Spinnweben an einer Reihe von Besenstielen aus als wie der Welt viertlängste Hängebrücke. Der kleine Motor tuckerte meist auf zwei Zylindern dahin, spritzte aber hin und wieder ohne Vorwarnung auf allen vieren los und schaltete dann mit einem gallischen Hüsteln wieder runter. Wir sparten Benzin, aber ich sehnte mich nach den V-8-Dinosauriern, die man einst am Strand besungen hatte. Es gibt nun mal keine pfiffigen Reime auf »querliegender Motor«.

Ich sagte: »Bei den Menschlichen wie Axhorn muß man vorsichtig sein. Man vergißt zu schnell, daß sie Bullen sind, und plötzlich sitzt man in einer Abstellkammer auf dem Revier und erzählt alles haarklein einem Tonbandgerät. Die Art von Zeit hatten wir nicht.«

»Quatsch. Sie hatten Schiß wegen meiner Bewährung.«

»Das ist immerhin bedenkenswert. Auch wenn's nicht an Ihnen lag, es sieht trotzdem nicht gut aus, wenn ein frischgebackener Ex-Sträfling in rasende Verfolgungsjagden verwickelt ist und stadtbekannte Tunichtgute in ihren Häusern zur Rede stellt. Wenn die nachgeforscht und rausgekriegt hätten, daß Sie den Wakelys mit dem Mädchen gedroht haben, wären Sie in Nullkommanix wieder drin gewesen. Wenn ich nicht gedacht hätte, daß Axhorn mehr von dem weiß, was auf dem Highway passiert ist, hätte ich ihm nicht soviel erzählt. Da habe ich überkompensiert. Sie werden sicher bald folgendes an mir feststellen: Ich falle so oft hin, wie ich aufstehe.«

»Sie machten 'ne gute Figur vor Hanks Pistole.«

»Sie auch. Eines Tages sind wir zwei mutige Leichen.«

Er versuchte, seinen Sitz weiter zurückzustellen. Als es ihm gelungen war, saß er fast im Kofferraum. »Wenigstens wissen wir, daß Albert-Andrew dahintersteckt.«

»Woher wissen wir das?«

»Was Axhorn sagte, von wegen professionell gemacht. 'n Typ, der mit Tim Marianne dicke ist, kriegt alle Schläger, die er haben will.«

»Ich will zuerst noch etwas anderes probieren.«

»Was gibt's da noch zu probieren?«

»Was Davy Jacksons Familie dieser Tag im Sinn hat.«

»Davy hat sich umbringen lassen, als er dabei war, den Panzerwagen auszunehmen. Ich hab nix damit zu tun gehabt, was sollen denn die mit mir am Hut haben?«

»Die Richter waren der Meinung, daß Sie alles damit zu tun hatten. Vielleicht haben sie jemanden übriggelassen, der genauso denkt.«

»Seine Leute war'n arm wie Scheiße. Sie könnten sich nicht mal die Fahrt hier hoch leisten, und schon gar nicht jemand, den sie dafür bezahlen, daß er's macht.«

»In zwanzig Jahren kann man gut reich werden.«

»Nicht in meiner alten Gegend.«

Die Räder pfiffen auf der Brücke. Der Nebel der letzten Nacht war verflogen, und das Wasser blinkte metallisch zwischen den Streben. In der Mitte waren wir so weit von der Oberfläche entfernt wie auf einem Wolkenkratzer, aber sie schien nahe genug, um die Hand einzutauchen. Hier und da hingen Arbeiter mit Overalls über den Jacken wie Spinnen an den Drähten und schabten und bemalten den rötlichen Stahl. Sie waren das ganze Jahr über hier, außer bei Schnee- und Regenwetter, und strichen und schabten und strichen wieder und wurden nie fertig, bevor sie wieder von vorne anfangen mußten. Sie hätten gute Detektive abgegeben.

Auf der anderen Seite bezahlte ich die Maut, und wir gondelten durch Mackinaw Citys breite, kurvige Straßen mit ihren Bonbonläden und Reklametafeln auf beiden Seiten, die für Ausflugsfahrten warben. Hinter uns glitt ein Erzschlepper von der Größe eines Footballfelds unter der Brücke durch. Die Möwen waren so dick wie Tauben. Während ich den Schildern nach zur Autobahn zurückfuhr, setzte mich De Vries über Davy Jacksons Familie ins Bild. Es hörte sich an wie »Roots«.

Wir hielten zum Essen bei einem Wendy's in Grayling, einer Stadt, die eine Angel- und Rotwildjagdvergangenheit hatte und nun nur noch aus Supermärkten und Drugstores und Schnellrestaurants bestand, und fuhren den Rest der Strecke nach Detroit in vier Stunden durch. Wir kamen durch ländliche Gegenden, die flach und grün waren wie ein Spieltisch, vorbei an Amisch-Scheunen, deren Fronten das Quäkertum sechs Meter breit auf die Fassaden geschrieben stand, und vorbei an der neuen Zilwaukee-Brücke, die nach fünf Jahren immer noch nicht fertig war und sich wie eine römische Ruine aus der unteren Thumb-Region erhob, geborsten und schief, mit einem verlassenen monströsen Kran darauf. Während der Skandal in vollem Gange war, hatte Detroit sich rangehalten und denselben Ingenieur für das People-Mover-Projekt in Downtown angestellt, das nach drei Jahren noch nicht fertig war. De Vries mochte die Gehöfte am liebsten.

»Ich hab sie nicht groß beachtet, wie wir mit dem Bus hier langkamen«, sagte er. »Hab mich zu sehr damit beschäftigt, daß uns hoffentlich einer rammt und ich aus 'nem Fenster komm.«

»Schwer zu glauben, daß das hier alles vorbei ist, wenn ein paar Fabriken in Detroit die Tore dichtmachen.«

»Sagt man das? Scheiße.«

»Man kriegt 'ne Million vom Gouverneur, wenn man das sagt.«

»Und mich haben sie wegen lausigen zweihunderttausend eingebuchtet.«

»Was machte der Panzerwagen überhaupt mitten in einem Krawall?« fragte ich.

»Die ganzen Ladenbesitzer in der Gegend räumten ihre Kassen aus. Wenn man's selber machte, hat einen die Nationalgarde wegen Plünderei abgeschossen. Mann, das war die moderne amerikanische Revolution. Einschlagen und greifen, und wenn du abgeknallt wurdest, starbst du für die Sache und 'ne Farbglotze.«

»Das Ding muß geplant gewesen sein. Sie müssen gewußt haben, daß das Auto zu einer bestimmten Zeit dort sein würde.«

»Hat mein Anwalt vor Gericht auch gesagt. Hat nichts genützt.«

»Wer hat Sie festgenommen?«

»Die von der Garde hielten mich fest für 'nen großen weißen Kerl in Zivil. Ich erinner den Namen nicht. Zu der Zeit waren die Bullen alle groß und weiß.«

»Groß sind sie heut noch.« Im Süden, hinter der letzten Flint-Ausfahrt, senkte sich die Abenddämmerung. Ich schaltete die Scheinwerfer an. Das Auto wurde langsamer. »Damit kann man anfangen. Abgeschlossene Fälle haben einen besonderen Reiz für mich. Keiner will mir mit 'nem Schlagstock den Scheitel ziehen.«

»Warum wollen Sie denn da drin rumwühlen? Ich komm nach Haus, hab's abgesessen. Jetzt will ich nur, was mein gewesen.«

»Gefängnis ist übler, als ich dachte«, sagte ich. »Es kann nicht verfassungsgemäß sein, wenn sie Pop-Rock in die Zellen pumpen.«

»Finden Sie einfach raus, wer das Geld hat. Ich mach dann weiter.«

»Wir werden drüber sprechen, wie wir weitermachen. Im Moment finde ich's interessanter rauszukriegen, wer Sie ausbremsen will, bevor wir weitermachen.«

»Die Cops vielleicht. Die denken vielleicht, ich hab das Geld gebunkert und führ sie hin.«

»In dem Fall wären sie Ihnen einfach gefolgt und hätten versucht, nicht wie Cops auszusehen, die einen Super-Riesen-Ex-Sträfling verfolgen. Autostehlen und Fallenlegen ist nicht nach Vorschrift. Abgesehen davon hätte die Versicherung das schon vor Ewigkeiten ausbezahlt und die Monatsraten erhöht, um den Verlust aufzufüllen. Scheint, als hätte das Geld nie existiert.«

»Dann gehört's mir um so mehr.«

Die letzten fünfundvierzig Minuten der Fahrt verbrachten wir schweigend. Ich drehte am Radio herum und bekam dasselbe Rauschen rein wie nördlich des Flusses. Dort hatte ich es noch auf die Kurzwellen-Telefonmasten geschoben, die sie da haben, aber es waren tatsächlich die Franzosen, die es uns wegen New Orleans geben wollten. Wir fuhren unter einem wüsten Knäuel aufeinandergestapelter Überführungen hindurch nach Detroit und wurden dabei auf beiden Seiten der Autobahn von zwanzig Meter hohen Lampen angestrahlt, die als Abschreckung für motorisierte Vergewaltiger dienten.

Es war eine warme Nacht, wenn man bedachte, wie nah der Süden war, und aus einem Dutzend runtergekurbelter Fenster wehte Musik. Ich fragte De Vries, ob er eine Bleibe habe.

»Stellvertreter vom Gefängnisleiter hat mir'n Gutschein für's Alamo gegeben, irgendso'n Loch in der East Jefferson.« Er klopfte seine Hemdtaschen ab, erinnerte sich dann, daß er andere Kleider trug. »Wenn er sich nicht aufgelöst hat.«

»Das ist wirklich ein Loch. Bei mir zu Hause steht eine Couch.«

»Haben Sie nicht Angst, daß ich Ihnen die Kehle durchschneide und mich mit dem Silber davonmach?«

»Sie kennen das Silber noch nicht.«

»Ich hab mich schon lange dran gewöhnt, mit mir allein zu sein. Trotzdem danke.«

Das Alamo hatte gute Chancen, von aller Welt vergessen zu werden. Der Name war in giftigen orangefarbenen Neonlettern in ein Tafelglasfenster geätzt, dessen Jalousie herunterhing wie das Augenlid eines Junkies, und die Tür, ein dickes getäfeltes Ding aus Eichenholz, das den letzten Anstrich zu Zeiten von Truman genossen hatte, klemmte im Rahmen und mußte mit der Schulter aufgestoßen werden. Innen sickerte Licht aus einer Kupferlampe mit einem schiefen Papierschirm auf einen hüfthohen Tresen, vor dem sich ein Gitterrost als Münzfang befand. Jemand hatte die Aufgabe, ihn monatlich zu leeren und die Stromrechnung zu bezahlen. An der Wand hinter dem Tresen, direkt neben einem lebensgroßen Acrylgemälde von John Wayne als Davy Crockett auf schwarzem Samt war ein Schild angenagelt, das sich folgendermaßen las:

DAS ALAMO HOTEL
(Dauergäste und Durchreisende)
Keine Tiere
Keine Kinder
Kein Besuch auf dem Zimmer
Kein Radio oder TV nach 22.00 Uhr
Wir wünschen angenehmen Aufenthalt

Das »i« von »Kinder« zierte eine zerquetschte Fliege.

Ein abgetretenes Rechteck von Läufer und ein Korbstuhl auf einem Podest in Form eines Elefantenfußes leisteten uns im Eingangsraum Gesellschaft. De Vries schlug auf die Klingel auf dem Tresen. Sie machte klick. Nach einer Minute klappte John Wayne von uns weg, und ein Kadaver in einem Strickpullover und braunen Budapestern trat durch eine Tür, die man sorgsam hinter dem Gemälde verstaute. Er mochte vierzig oder sechzig sein, eine große Figur, aber nicht im entferntesten so groß wie De Vries, hatte schwarze Haare, die an einem kleinen Schädel klebten und weiße Krause an den Schläfen und weiße Stoppeln am Kinn. Als er am Tresen stehenblieb, und das Licht, das durch das offene Ende des Lampenschirms drang, ihn von unten anstrahlte, sah er exakt aus wie Vincent Price.

De Vries förderte den zerknüllten Gutschein zutage, den er zwischen den Kleidern in seiner Reisetasche herausgewühlt hatte, und strich ihn auf dem Tresen glatt. »Man hat mir gesagt, der reicht für 'ne Woche«, sagte er.

Vincent Price sah darauf. »Zehn Mäuse.«

»Sie haben gesagt, das Zimmer ist bezahlt. Der Staat macht das.«

»Die zehn Mäuse für Sie. Lassen Sie den Zettel da.«

Der große Mann strich sich mit der Hand über den Bart.

»Sozialamt ausnehmen«, sagte ich. »Er vermietet das Zimmer zum normalen Preis an jemand anderen, dann reicht er dem Staat den Gutschein ein und kriegt das Geld noch mal. Im Winter passiert das oft, wenn Lansing plötzlich an die Trebegänger und Lumpenfräuleins auf der Straße denkt.«

»Ich will keine zehn Steine. Ich will 'n Zimmer.«

Vincent Price haute auf die Klingel, und diesmal klingelte sie tatsächlich. John Wayne räumte das Feld einem jungen, sehr fetten Schwarzen in überdimensionalen grünen Hosen und einem farbverschmierten grauen Sweatshirt mit abgenagten Ellbogen, der nach vorne kam, um den Tresen herumging und sich neben De Vries aufbaute. Er hatte einen Louisville-Schläger bei sich.

Der Tresenmann sagte: »Nimm die zehn oder nicht, aber laß den Zettel da.«

De Vries nahm den Baseballschläger an sich und zerbrach ihn über dem Knie. Die Stücke warf er auf den Tresen. Das große fiel herunter und landete klappernd auf dem Boden.

»Anmeldeformular.« Ich wedelte vor Vincent Price herum, der sein Kinn vom Tresen nahm und eines rüberschob. Ich suchte mir aus einer Kaffeetasse voller Kugelschreiber einen aus, um ihn De Vries zu überreichen.

Der fette Mann schickte seinen rechten Haken mit der Postkutsche. Er begann vier Zentimeter über dem Teppich und gewann an Geschwindigkeit, als er hochkam, wobei sich sein Körper dahinter gewandter bewegte, als man annehmen würde, wenn man nicht schon mal einen Rausschmeißer in Aktion gesehen hat. De Vries sah ihn kommen, schlug ihn weg, trat auf den Mann zu und hob ihn an den Achseln hoch. Dann fing er an zu drücken.

Vincent Price griff unter den Tresen. Ich richtete den Smith & Wesson auf ihn. Er entspannte sich und legte beide Hände obenauf, leer. Ich wechselte den Revolver in die andere Hand und drückte den Kugelschreiber heraus. »E-I?« fragte ich.

»I-E. Großes D und V.« Die Stimme des großen Mannes klang angestrengt. Er war nicht in Form.

Als ich die Anmeldung ausgefüllt hatte, war der Fette bewußtlos, eine Strickpuppe, die im Griff des Ex-Sträflings baumelte. Ich sagte: »Lassen Sie ihn lieber los. Er ist schon nicht mehr schwarz.«

Er machte die Arme auf, und der Schläger glitt heraus. Der Tresenmann sah ihn angewidert an. »Sie haben ihn gekillt.«

Genau in diesem Moment seufzte der Mann auf dem Boden auf und fing an zu husten wie eine Katze. Ich sagte: »Dem fehlt nichts, was nicht mit zehn oder zwanzig Metern Leukoplast und keinem Stabhochsprung einen Monat lang kuriert werden könnte. Schlüssel.«

Er klatschte einen kupfernen mit einem grünen Plastikschild hin. »Achtzehn. Erster Stock, Ende vom Flur.«

De Vries nahm ihn. »Treffen wir uns morgen hier oder im Büro?«

»Ich hatte mal einen Partner. Es klappte nicht.« Ich steckte den Revolver hinter meine Hüfte. »Sie haben mich angestellt, erinnern Sie sich?«

»Und wer paßt auf die Flinten und Baseballschläger auf?«

»Ich bin ohne Hilfe recht alt geworden.«

Er rieb seinen Bart. Die Geste wurde mir langsam vertraut. Ich sagte: »Das Bewährungsgremium sagt, Sie dürfen keinen Ärger kriegen. Sie sagen nicht, daß Sie nicht jemanden bezahlen dürfen, der welchen kriegt. Ich melde mich.«

»Okay«, sagte er nach einem kurzen Schweigen. »Sehen Sie zu, daß ich mir die Neuigkeiten nicht abholen muß. Wenn ich warten muß, werd ich sauer. Das hab ich seit Marquette drin.«

Ich ging, nachdem ich ihm die Hand geschüttelt hatte. Allmählich konnte er es. Das Bündel auf dem Boden machte ein schwaches Geräusch.

## 8

Jemand hatte ein bißchen probiert, bei mir einzubrechen, während ich weg war. Bei meinem Routinerundgang ums Haus entdeckte ich die Kerben unter dem Schlafzimmerfenster, wo wer auch immer versucht hatte, es mittels Brecheisen aufzukriegen, aber am Rahmen war die Farbe unberührt, er mußte also aufgegeben haben. Vielleicht war ein Streifenwagen die Straße langgekommen, oder – weniger wahrscheinlich – ein Nachbar hatte ihn erspäht und geschrien. Ich hatte es jedenfalls nicht meinen Schutzvorrichtungen zu verdanken. Die Entscheidung, ohne Gitter vor den Fenstern zu leben, fiel mir schwer, ungefähr so schwer wie der Beschluß, keine Geschlechtsumwandlung anzustreben. Nicht daß irgendwas im Haus wäre, was sich mitzunehmen lohnte, von einer billigen Stereoanlage, einem greisen Fernseher, zwei Anzügen und einer Dusche mal abgesehen. Die Perserteppiche waren gerade beim Entlausen.

Ich wusch mir unter der Dusche die Obere Halbinsel runter, zog einen Bademantel über und rief meinen Telefondienst an. Der Juniorpartner einer Rechtsanwaltspraxis, für die ich manchmal Bürgschaften sammeln gehe, hatte angerufen und um Rückruf gebeten, dann später wieder angerufen, um den Wunsch zurückzunehmen. Ein Mann, der behauptete, ein Vampir zu sein, hatte versucht mich zu erreichen, um mich als Zwischenhändler zu engagieren, bevor er sich selbst der Polizei stellte; ich sollte seinen Anruf nach Sonnenuntergang erwidern. Zwei Leute hatten mich sprechen wollen und ohne Namensnennung wieder eingehängt. Das war wohl alles, was ich von ihnen je hören würde. Es war tröstlich zu wissen, daß ich einen Telefondienst hatte und mir nichts von alledem entgangen war.

Ich hatte in einem rund um die Uhr geöffneten Spirituosengeschäft einen Einkauf getätigt, wo ein wachsamer Verkäufer die Kasse einhändig bediente; die andere hatte er außer Sichtweite unter dem Tisch. Jetzt nahm ich die Flasche aus der Tüte und ruinierte in der Küche die Unschuld eines sauberen Glases, kurbelte das Steinzeitmodell im Wohnzimmer an, legte etwas Rauhes und Rauchiges von Anita O'Day auf und ließ mich vor den Lautsprechern nieder, um Sanfteres zu erwarten. Manche Männer brauchen einen Drink, um nach ein paar lebhaften Tagen wieder ruhiger zu werden. Ich schaffe das prima mit Musik und einem Drink.

Zwei Ausgaben der *News* hatten mich an der Türschwelle erwartet. Ich hatte vergessen, die Zustellung zu stoppen, was den Möchtegerndieb ermuntert hatte, sich das Haus vorzunehmen. Die aktuelle von Donnerstag hatte eine Story über Marianne Motors auf der Titelseite, was keine Seltenheit war, seit die Produktion des Stiletto begonnen hatte, einer Sportkutsche in Metallic-Graublau, die man für mittelalternde Männer und Frauen entworfen hatte, denen die Corvette zu viel Auto war. Auf einem Insert in dem Foto, das zu dem Artikel gehörte, war das Fahrzeug zu sehen; es stand mit hochgeklappten Flügeltüren auf einer schmucklosen Teststrecke und sah aus wie ein Raubvogel aus Fiberglas. Das Hauptfoto präsentierte einen grinsenden Timothy Marianne, wie er aus der Hand eines schweren, glatzköpfigen Mannes in dunklem Anzug, der aussah, als wäre er lieber woanders, einen Scheck entgegennahm. Die Bildunterschrift stellte ihn als Hector Stutch vor, Präsident und Aufsichtsratsvorsitzender von Stutch-Petrochemie und einer der Enkel von Leland Stutch, der 1901 in der Scheune seines Vaters eine Verbrennungsmaschine auf das Fahrgestell einer Kutsche montiert und dreißig Jahre später die Stutch-Motorwerke für fünfundachtzig Millionen Depressionsdollar an General Motors verkauft hatte. Vom Commodore, wie der alte Leland genannt wurde, seit er im Ersten Weltkrieg die Maschinerie umgestellt hatte, um für die Navy Minensuchboote zu produzieren, wurde berichtet, daß er sich bei guter Gesundheit befinde, zurückgezogen auf dem Besitz der Familie in Grosse Pointe lebe, sich aber als Hectors Berater betätige und dieses Jahr im Februar seinen 100. Geburtstag gefeiert habe. Das Foto sollte dokumentieren, daß Stutch-Petrochemie siebenhundertfünfzig Millionen Dollar in Marianne Motors investierte.

Industriebosse wie Stutch und Marianne hatten keine Tintenkleckse an den Fingern und standen nicht Schlange in der Bank. Jemand, der zwanzigtausend Millionen im Jahr macht, drückt ein paar Tasten, und eine Zahl mit einer Schar Nullen hintendran fliegt durch den Äther von einem Firmenkonto aufs andere. Aber das gibt kein so gutes Foto ab.

Der Artikel zum Foto lieferte mehr vom selben. Mit seiner üblichen großen Geste hatte Marianne eine bankrotte Traktorenfabrik Downriver erworben, fast völlig plattgewalzt, ein neues Gebäude bauen lassen und mit hochgezüchteter Technologie ausgestattet, das alles mit einem Kostenaufwand, der erheblich höher war, als wenn man ganz von vorne begonnen hätte. Damit hatte er sich vom Rest der Industrie eine Menge Kritik eingehandelt, aber die einheimische Wirtschaft hatte vom gesteigerten Angebot an Arbeitsplätzen profitiert, und der dynamische Magnat hielt mitreißende Reden über den Huhn-Korn-Kreislauf. Er hatte seinen persönlichen Charme eingesetzt, um im In- und Ausland gewaltige Investitionen einzuheimsen, keine davon allerdings so groß wie Stutchs. Der einsiedlerische Commodore war wegen seines Alters ein unbekannter Faktor, aber seine Enkel waren umsichtige Geschäftsmänner, und die Spekulation lag nahe, daß der finanzielle Vertrauensbeweis an der Wall Street einige Geldquellen wieder zum Fließen bringen würde. In Arbeiterkneipen überall in Detroit und in den Vororten sangen die Gäste ›Marianne, bei Tag, bei Nacht‹ und meinten die Produktion in der Stilettofabrik.

Die Medien waren ihm verfallen, wie sie gutaussehenden Männern verfallen, die einnehmend sprechen und eine Menge Geld und Glanz verstreuen, wenn sie einherschreiten. Man hatte ihn zu allem befragt, von der Präsidentschaftskandidatur bis zu seinem liebsten Weihnachtslied, und er hatte jedesmal etwas hervorgebracht, das man zitieren konnte und das niemand verletzte, den die Öffentlichkeit nicht verletzt sehen wollte. Die Redakteure und Marktanalytiker, die zur Vorsicht rieten, waren von der gleichen Meute niedergetrampelt worden, die einige mittelmäßige lokale Boxer und lächerliche Ballspieler ihrem unvermeidlichen Waterloo zugeführt hatte. Dem Glauben an den gesunden Menschenverstand machte sie den Garaus.

Ich wandte mich den Spielergebnissen zu, um zu sehen, wie die Tigers standen, dann las ich die Witzseite und mein Horoskop. Man riet mir, neue Unternehmungen behutsam anzugehen. Ich besorgte mir einen weiteren behutsamen Drink und drehte behutsam die Platte auf dem Plattenteller um. Als die Seite zu Ende war, probierte ich es mit etwas behutsamem Fernsehen. Da wurde es allerdings schon öde.

Ich erwischte die letzten zwanzig Minuten einer nachkolorierten Fassung von *Dreißig Sekunden über Tokio* – Spencer Tracy hatte blaue Augen und eine Hautfarbe wie Deanna Durbin – und dann platzten die Nachrichten dazwischen, direkt vor Schluß. Jemand hatte in Beirut ein Restaurant in die Luft gejagt, und bis jetzt hatten sich drei Gruppen für den Anschlag verantwortlich erklärt. Der Präsident hatte im Urlaub einen Fisch gefangen. Die Lokalnachrichten bestanden hauptsächlich aus der Pressekonferenz, die nach der Bekanntmachung des Stutch-Deals mit Marianne Motors stattgefunden hatte. Wunderknabe selbst ließ die Neuigkeit platzen, fing ein paar hysterische Fragen der Reporter ab und überließ dann Alfred Hendriks, seinem neuen Generalmanager, das Wort und wandelte aus dem Zimmer, wobei er allerdings zuvor an der Tür stehenblieb, sich umwandte und winkte, bevor er durch sie hindurchtrat. Ich konnte nicht einen Bodyguard sichten. Was bedeuten konnte, daß er ein paar sehr gute hatte. Ich achtete ohnehin nicht sonderlich auf Marianne.

Der Grund dafür war Alfred Hendriks. Der schlanke, gutaussehende dunkelhaarige Mann, der den Platz seines Arbeitgebers am Rednerpult eingenommen hatte, war etwas älter geworden, aber er war derselbe Mann, den man mit dem Autofabrikanten fotografiert hatte, als der Vertrag mit der Gewerkschaft der Automobilarbeiter unterzeichnet worden war; derselbe Mann, laut Richard De Vries, der De Vries während der schlimmsten Gettoaufstände der Stadtgeschichte einen Molotowcocktail in die Hand gedrückt hatte, mit dem er ihm bei dem Raubüberfall auf einen Panzerwagen Deckung geben sollte.

## 9

Am nächsten Morgen wachte ich mit einem steifen Nacken auf, einer Art verspäteter Reaktion auf das Bad im Lake Superior. Ich drehte ihn, verpaßte ihm ein Bombardement unter dem Duschkopf, nahm ein paar Aspirins und rieb ihn mit einer Creme aus einer Tube ein, die nach Rheuma roch. Nach einer Tasse Kaffee und einem Radiowetterbericht, der für die Jahreszeit extrem hohe Temperaturen ansagte, zog ich meinen leichten blauen Anzug an und band eine rote Seidenkrawatte um, die meinem frischrasierten Hals schürffrei zu sein schien. Mittlerweile war mein Nacken so starr wie ein Zaunpfahl. Den Renault rückwärts aus der Garage zu fahren glich einem Akt der Inquisition.

Meine Büropost war unter dem Türschlitz in der Glastür ausgeschwärmt, auf der A. WALKER – ERMITTLUNGEN stand. Ich studierte die Umschläge, während ich durch den Warteraum ging, und warf sie in meinem Büro in den Papierkorb. Ich brachte an Tisch und Telefon den Staublappen zum Einsatz, rief meinen Telefondienst an und teilte mit, daß ich auf Empfang war, suchte mir dann eine Nummer aus dem städtischen Telefonbuch heraus und griff wieder zum Telefon.

»Marianne Motors, Büro der Betriebsleitung.« Eine dieser qualitätsgeprüften weiblichen Stimmen.

»Alfred Hendriks, bitte.«

»Einen Moment.«

Ich lauschte acht Takten des Marianne-Motors-Werbejingles.

»Büro Mr. Hendriks.« Diese war noch sorgfältiger geprüft.

»Kann ich Mr. Hendriks sprechen?«

»Wer spricht bitte?«

»Amos Walker.«

»Bleiben Sie bitte dran.«

Zweiter Chorus.

»Tut mir leid, Mr. Hendriks hat eine Sitzung. Kann ich etwas ausrichten?«

Ich sagte nein und verabschiedete sie. Ich zündete eine Zigarette an und rauchte die Hälfte. Dann ging ich wieder Spießrutenlaufen. Das Jingle kannte ich inzwischen auswendig.

»Büro Mr. Hendriks.«

Ich schaltete meine Stimme eine Stufe tiefer. »Hier spricht Adolf Wentz, Vizepräsident in der Abteilung Investitionen bei Stutch-Petrochemie. Wir haben da ein Problem, was ich mit Mr. Hendriks besprechen muß.«

»Einen Augenblick, Mr. Wentz.«

Das Jingle brach mitten im Text ab. »Was für ein Problem?«

Das war eine Männerstimme, effektvoll geschliffen, aber nicht geschliffen genug, um die Weizenfelder darin zu übertönen; ein gemäßigter Henry Fonda. »Mr. Hendriks?«

»Was für ein Problem, Mr. Wentz?«

»Gar keins«, sagte ich. »Adolf Wentz war mein Algebra-Lehrer an der High-School. Mit diesen deutschen Namen kommt man gut durch. Mein Name ist Walker. Ich besitze einen Taschenkamm mit einem Aufdruck von Stutch-Petrochemie, aber das ist auch schon meine ganze Verbindung mit der Firma.«

»Wenn das eine Art Verkaufstrick ist, möchte ich bitte den Namen Ihres Arbeitgebers.« Sein Tonfall änderte sich kein bißchen. Das waren die Gefährlichen. Einen Schreier schaffte ich immer.

»Ich bin Privatdetektiv und arbeite für Richard De Vries. Vielleicht erinnern Sie sich an den Namen.«

»Ich treffe viele Leute. Sie geben mir besser einen Tip, und zwar schnell.«

»Vor zwanzig Jahren, während der Aufstände. Man vergißt ihn nicht so leicht. Er ist erheblich größer als ein Brotkasten.«

»Tut mir leid, Walker. Während der Aufstände war ich in England, ich hatte ein Austauschstipendium in Cambridge.«

»Er sagt, Sie waren an der Wayne State.«

»Ich war ein Jahr lang an der Wayne State. Das falsche Jahr für die Aufstände. Ich habe meinen Abschluß in Rechnungswesen in Michigan gemacht.«

»Jura, sagt er.«

»Geben Sie den Gedanken auf, Mr. Walker. Ihr Mr. De Soto irrt sich. Stören Sie mich nicht wieder.«

Ich hörte einen Moment lang dem Freizeichen zu, dann legte ich den Hörer auf. Rieb meinen steifen Nacken.

Er hätte nicht De Soto sagen sollen. Entweder man erinnert sich an einen einfachen Namen wie De Vries, oder man vergißt ihn einfach. Falsch behält man ihn nur mit Absicht. Oder vielleicht doch nicht. Es gibt keine Regeln für diese Dinge, nur ein Grollen im Bauch, und ich hatte dieses Grollen.

Ich beschloß, es eine Weile grollen zu lassen, und holte mein Notizbuch raus, in das ich die Informationen gekritzelt hatte, die De Vries mir über Davy Jacksons Familie gesteckt hatte. Wenn irgendein Familienangehöriger des Ermordeten noch in der Gegend lebte und Telefon hatte, würde ich ihn im Telefonbuch finden. In einer Sache hatte der Ex-Sträfling recht: Zwanzig Jahre sind zu kurz, um von Kohlgeruch im Flur zu einer Geheimnummer zu kommen. Nicht in dieser Gegend und nicht ohne Waffe.

Davys Eltern hießen Cleveland J. und Emmaline Jackson. Als De Vries zum letzten Mal von ihnen gehört hatte, waren sie noch zusammengewesen, aber De Vries' Wissen hatte zwei Jahrzehnte in der Ecke herumgestanden. Bei keinem der beiden Namen gab es eine Eintragung, aber ich machte eine Liste der Jacksons mit C. oder E. und einem mit C. J. als Vornamen und wählte los. Ich kriegte zwei Verneinungen, einen belegten Anschluß, einen Mann mit einem Tennessee-Akzent so breit wie Graceland und einem Cousin namens Davy, der sich gesund und munter in Murfreesboro tummelte, und zwei Angebote, Samstagnacht nicht allein zu sein. Eines davon kam von einem Mann namens Calvin.

Ich versuchte es noch mal bei dem besetzten Anschluß. Er gehörte zu C. J. Jackson.

»Haben Sie se hingekriecht?«

Eine Männerstimme, sehr langsam und kratzig, wie ein zu oft gespieltes Tonband. Ich sagte: »Wen hingekriegt?«

»Sind Sie nich die Fürsorge?«

»Heute nicht.«

»Teufel auch. Den ganzen Morgen versuch ich der Frau 'n paar Krücken herzuschaffen. Verflixter Computer hat nie was gehört von uns, dabei kriegen wer seit zwoundsechzig Stütze. Sicher, daß Sie nich die Fürsorge sind?«

»Bedaure.«

»Teufel auch. Man könnt denken, wir täten die Krücken versilbern wollen und uns nach Mexiko wegmachen.«

»Sind Sie Cleveland J. Jackson?«

»Wer will was von dem?«

»War Davy Jackson Ihr Sohn?«

In der Stille an seinem Ende hörte ich das elektronische Gelächter eines leisegestellten Fernsehschwanks in der Wiederholung. »Sind Sie 'n Reporter?«

»Nein.«

»Weil einer hat hier nämlich mal angerufen, hat gesagt, er macht was über die Aufstände. Hat gesagt, er will mit den Verwandten von den Opfern reden, die noch in Detroit wohnen. Hab ihm gesagt, er soll hingeh'n, wo der Pfeffer wächst. Der ging her und schrieb die Story doch. Wenn Sie das machen, murks ich Sie ab. Ich hab 'ne Knarre.«

»Mein Name ist Walker. Richard De Vries hat mich beauftragt, etwas über den Überfall rauszufinden.«

»Is im Knast.«

»Er ist raus.«

»Verflixt.«

Ich durchschaute ihn nicht. Er hatte wahrscheinlich jahrelange Übung darin, nicht durchschaut zu werden. Ich sagte: »Er sagt, er war es nicht. Er will, daß ich diejenigen finde, die es getan haben.«

»Die von der Garde ham ihn das Haus anzünden seh'n.«

»Das gibt er zu. Er will, daß ich etwas über den Raubüberfall rauskriege.«

Ich wartete. Das Androidenpublikum in seinem Fernseher wurde langsam hysterisch. Ich fragte ihn schließlich, ob ich rauskommen und mit ihm reden könnte.

»Unser Davy war 'n Taugenichts«, sagte er. »Hab ich seiner Mutter immer wieder gesagt, aber sie hört ja nich. Er ist tot, warum sollt ich über ihn reden wollen?«

»Ich denke, wenn Sie's nicht wollten, würden wir jetzt nicht mehr reden.«

»Hab keine Zeit. Muß diese Krückensache bekakeln.«

Ich brachte meinen Notizblock mit den Ecken der Schreibtischunterlage in Übereinstimmung. »Wie groß ist Mrs. Jackson?«

Vor dem Haus der Jacksons stieg in dicken, fettigen Schichten die Hitze auf. Ich parkte den Renault am Straßenrand zwischen einem Privattaxi, dem die linke Stoßstange fehlte, und einem Opel Kombi, dessen eines Fenster aus Plastikfolie bestand. Mein Auto war das einzige auf der Straße mit vollständiger Ausstattung. Als ich mit den Aluminiumkrücken ausstieg, die ich in einem Sanitätsladen an der Michigan gekauft hatte, löste sich ein schlaksiger Jüngling, fünfzehn oder sechzehn Jahre alt, von einem Trupp, der sich auf einem ausgebrannten Grundstück an der Ecke um einen Fußball prügelte, und schob rüber. Das Glänzen in seinen Augen ließ etwas nach, als ich mich erhob und mir die Krücken unter den Arm klemmte.

»Für fünf Kröten paß ich auf Ihr Auto auf«, sagte er. »Hier in der Gegend ham sie schon Scheinwerfer zerschossen.«

Ich nahm ihn in Augenschein. Er war fast so groß wie ich, aber vierzig Pfund leichter, und steckte in einem fleckigen Nylontrikot aus Jersey, das auf den Schenkeln endete. Er trug den Skinhead-Schnitt, der den Afro ersetzt hatte, als ich kurz woanders hinsah. Ich drehte mich um, knallte die Autotür zu, griff mir durch das Trikot hindurch seinen Gürtel, zog ihn nah ran und schob ihm die gepolsterten Armstützen der Krücken unter die Nase, wobei ich seinen Kopf nach hinten drückte. Er wehrte sich, aber sein Genick knackte, und er gab es auf. Im Weiß seiner Augen zeigte sich rosafarbener Dunst.

»Rück raus«, sagte ich.

Es war noch etwas mehr Druck von den Krücken erforderlich, aber einen Moment später griff er nach hinten und brachte eine Luftpistole zum Vorschein, die mit einem schweren Plastikschaft ausstaffiert war, um nach Automatikmagazin auszusehen. Ich lehnte die Krücken ans Auto und nahm die Pistole im Empfang. Dann ließ ich seinen Gürtel los.

»Die hat vierzehn Dollar und 'n paar zerquetschte gekostet.«

»Du tust ja so, als hättest du sie gekauft.« Ich steckte sie in meinen Hosenbund und gab ihm dabei die Gelegenheit, einen Blick auf den Griff des Smith zu werfen, bevor ich mein Sakko wieder schloß. »Wenn ich noch Scheinwerfer habe, wenn ich rauskomme, kriegst du sie wieder. Und bemüh dich nicht, irgendwo anders Dampf abzulassen. Der Wagen ist gemietet.«

Er zog ab. Auf halber Strecke zu dem leeren Grundstück löste er seinen Gürtel, ließ seine Hosen runter und beugte sich vor. Ich spielte mit dem Griff der Luftpistole, entschied mich aber dagegen. Ich wurde sanfter.

## 10

Die Gegend war anständig gewesen, bevor die Stadtverwaltung begonnen hatte, Straßen mit üblem Ruf in Parks und Schnellstraßen umzuwandeln, was den gleichen Effekt hatte, als schnitte man eine bösartige, aber bislang ruhende Geschwulst auf, damit sie ihre Krebszellen im ganzen Körper verteilen konnte. Der Abstieg hatte vermutlich mit gelegentlichen Einbrüchen begonnen und endete damit, daß alte Leute auf die andere Straßenseite gingen, um Rotten von herumlungernden Jugendlichen auszuweichen, die den Bürgersteig blockierten. In annähernd einem Jahr würde die Ecke ein Park oder eine Schnellstraße sein, und ein weiteres Stadtviertel würde in die Röhre gucken.

In Anbetracht dessen gab sich das Haus der Jacksons redliche Mühe, den Absturz zu verlangsamen. Das Gras war geschnitten, die alten Bretter vor kurzem frisch gestrichen, und in Kästen unter den Fenstern wuchsen ein paar abgebrühte Blumen, die aussahen wie harte Jungs mit bunten Strickmützen. Jemand hatte die Hausnummer auf die Bordkante gemalt, aber jemand anderes hatte sie mit einem Wort übersprayt, was gut dorthin paßte. Ich folgte einer Reihe Steinplatten zur Türschwelle und klopfte an das Fliegengitter.

Ich konnte ein paar Möbel im Innern ausmachen, aber der Raum war dunkel, und das doppelte Fliegengitter war etwas verschoben, so daß sich keine Details erkennen ließen. Ich nahm nicht an, daß das Zufall war. Bodendielen bewegten sich, und dann trat ein kleiner, dicker Schwarzer an das Gitter. Er hatte etwas in der Hand, das wie eine Pistole aussah.

»Mr. Jackson? Ich bin Amos Walker. Ich habe angerufen.« Ich öffnete meine Ausweismappe und drückte sie gegen das Gitter.

Er griff nach oben und kippte einen unsichtbaren Haken aus einer ebensolchen Öse. »Nur rein mit Ihnen.«

Ich öffnete die Tür gegen den Druck eines siechen Scharniers und schnappte sie, bevor sie hinter mir zuknallte. Er trat zurück, um mir Platz zu machen. Er trug ein weißes Hemd mit offenem Kragen, das in farblose Hosen gestopft war, und sein Schuhwerk bestand aus nachgemachten Mokkassins mit imitierter Stickerei. Das Ding, das wie eine Knarre gewirkt hatte, war eine angelaufene Bleistange, wie man sie in Setzmaschinen gehabt hatte, ungefähr 25 Zentimeter lang. Er sah meinen Blick und balancierte sie auf der Handfläche.

»Ich hab verflixt gut gesetzt, bevor sie mich rausgesetzt ham. Hiervon hab ich genug auf dem Speicher, um die *Queen Mary* zum Sinken zu bringen.«

»Wo ist die Knarre?«

»Herrje, die Frau will seit Davy keine mehr im Haus ham. Sind se das?«

Ich hielt ihm die Krücken hin. Er steckte die Bleistange in seine Hosentasche, nahm die Krücken und probierte sie unter seinen eigenen Armen. Er hatte einen breiten Mund und tiefe Furchen in der Stirn und Augen wie Schrotkugeln, die in Ritzen feststeckten. Und graue Haare und einen breiten Hals. Das hatten eine Menge älterer schwarzer Männer, einschließlich dem, der dabei assistiert hatte, De Vries und mich in den See zu chauffieren, wenn Hank Wakely die Wahrheit gesagt hatte.

»Bißchen groß für Emmaline«, sagte der alte Mann und testete sein Gewicht auf dem Aluminium. »Sie is so zwischen kniehoch und Schweinehaxe.«

»Die sind verstellbar. Sie brauchen bloß hier und hier die Schrauben aufdrehen und sie hochschieben.«

Er lehnte die Krücken in eine Ecke. »Mach's dir bequem, mein Sohn. Kann ich dir was Kaltes bringen? Jede Menge Limo und Saft im Eisschrank. Bloß kein Bier. Die Frau hat was gegen Alkohol. Will'n nich im Haus haben.«

Wir standen in einem Wohnzimmer, das mit gemaserten Kunststoffplatten getäfelt war, und einen Nylonläufer, drei Stühle und ein Sofa mit einer genoppten Synthetikdecke enthielt. Nicht teuer, aber auch nicht alt und abgenutzt, und alles sehr sauber. Das einzige Stück von Wert war eine antike Kommode, auf der Familienbilder in Gold- und Silberrahmen standen. Auf einigen war eine schlankere, jüngere Version von Cleveland J. Jackson zu sehen, in einem Stil gekleidet, den noch keiner entworfen hatte, als er jung gewesen war. Der breite Mund war zum Lächeln geschaffen. »Davy?« fragte ich.

»Der Junge ließ sich gern knipsen. Ich auch, als ich so jung war. Da merkt man's, daß man alt ist, wenn man vor Kameras ausreißt. Wie steht's nun mit was Kaltem?«

»Danke, ich brauche nichts. Wie denkt Mrs. Jackson über Tabak?«

»Will's nicht im Haus ham. Aber sie is oben, macht 'n Nickerchen.« Er nahm einen Teller mit Bonbons von dem Couchtisch zwischen den Stühlen hoch, kippte die Drops auf einen anderen Teller mit Karamelbonbons in Zellophanpapier und plazierte den leeren Teller unweit meines Ellbogens. Ich zündete eine an und legte das Streichholz auf den Teller. Der Raum war stickig, und die Bonbons klebten fast alle in einem bunten Klumpen zusammen. Ich fragte, ob Mrs. Jackson einen Unfall gehabt habe.

»Is im letzten Februar auf 'n bißchen Wasser im Postamt ausgerutscht und hat sich die Hüfte zerdeppert.« Er ließ sich in dem Stuhl nieder, der meinem am nächsten stand, grunzte, zog das Bleirohr aus seiner Tasche und legte es auf den Tisch.

»Sie geht mit 'nem Stock rum, aber sie soll sich nicht dran gewöhnen. Man muß sich bewegen, mein Sohn. Das ist der Kniff dabei.«

»Haben mal Rechtsanwälte angeklopft?«

»Wie brünstige Spechte. Ich soll die Regierung verklagen, Delmer das Geld ernten lassen, den Drogensproß von meiner toten Schwester, wenn wir unter der Erde sind? Jedenfalls mag's die Frau nich, wenn man groß Wirbel macht. Richie is raus, sagen Sie?«

»Haben ihn vorgestern laufenlassen.«

»Wie lang, zehn, zwölf Jahre?«

»Zwanzig. Er hat Bewährung.«

»Verflixt. Kam mir nich vor wie zwanzig. Aber ihm bestimmt. Wie sieht er aus?«

»Ist das wichtig?«

»Sicher. Er und Davy war'n dicke Freunde. Ich hab aber immer gedacht, daß es den Jungen mal erwischt. Der war einfach zu hitzig. Sie können sich's nicht denken, wie das war, '67 schwarz und hitzig zu sein. Hier hat's Restaurants gegeben, da ham sie uns nich bedient. Kam einer mit 'nem Schießeisen in dein Haus gestürmt, und du hast die Polypen gerufen, dann kamen sie vielleicht kurz vor Schluß, wenn's nicht zu weit weg war und ihnen nicht die Füße weh taten. Weiße Leute, grad halb so alt, sagten ›Boy‹ zu einem, und das war'n noch die netten. So war's, wenn man in Ruhe gelebt hat und ohne Widerworte. Sonst machten sie 'n Häufchen Elend aus einem. Davy is auf die schiefe Bahn geraten, ich hab gewußt, er wird kaputtgehen; als sie angerufen haben, daß er tot is, war's, als wär er's schon lang. Aber ich hab mir Sorgen gemacht um Richie. Der hätt 'ne Chance gehabt, den Absprung zu schaffen. Ich seh, wie er den Ball quer über den Sportplatz schmeißt und den Korb runterholt, als er ihm was tun will, und ich denk mir, paß auf, Richie. Als ob man zuschaut, wie der eigene Junge vor's Auto läuft.«

»Glauben Sie, daß er bei dem Überfall dabei war?«

»Nicht wegen dem Geld. Hm, ein bißchen vielleicht. Wenn man Nachbarn, die sonst nicht mal den Gehsteig langschlendern, sieht, wie sie Steine schmeißen und alles mitgehn lassen, was sie schleppen können, da kann man sich schon denken, was ich krieg, ist eh nur halb soviel, wie mir zusteht. Aber 's ging trotzdem nich ums Geld. 's ging ums Kriegen.«

»Er sagt, er wußte nicht mal was von dem Raubüberfall. Er hat nur Feuer gelegt, um Feuer zu legen. Er denkt, man hat ihn reingelegt.«

»Aber nich Davy.«

»Nicht Davy. Haben Sie diesen Mann schon mal gesehen?« Ich zeigte ihm den Ausdruck des Fotos und deutete auf Alfred Hendriks.

»Irgendwo schon. Ich glaub, im Fernsehn.«

»Irgendwo anders? Vor zwanzig Jahren vielleicht, jünger?«

»Mein Sohn, meine Mutter is vor fünfzehn Jahren gestorben. Ich kann mich kaum mehr erinnern, wie *die* ausgesehen hat.«

»War nur ein Versuch.« Ich steckte den Ausdruck weg. »Wo waren Sie am Mittwoch nachmittag, Mr. Jackson?«

»Drüben im Supermarkt. Mittwochs mach ich den Einkauf.«

»Hat jemand Sie gesehen?«

»Was is Mittwoch passiert?« fragte er.

»Jemand hat auf der Straße bei Marquette versucht, De Vries aufzuhalten. Ich war dabei. Und noch jemand anderer, und die Beschreibung, die man mir von dem Mann gab, könnte auf Sie passen.«

»Wird nich hinkommen. Ich war nie so weit oben im Norden. Ich hab acht Jahre kein Auto mehr gefahren. Sehn Sie was auf meiner Auffahrt außer dem, was der Hund vom Nachbarn da läßt?«

»War keine genaue Beschreibung. Ich dachte nur, daß vielleicht jemand De Vries für Davys Tod verantwortlich macht.«

»Ich.«

Das war eine neue Stimme. Ich schaute zum Absatz der Holztreppe an der Eingangstür. Dort stand eine alte schwarze Frau in einem bodenlangen gelben Spitzennachthemd und stützte sich auf das Geländer. Ihr Haar war weiß und zerzaust vom Schlaf, und ihr Gesicht trug diesen verblüfften Ausdruck, den Gesichter manchmal annehmen, wenn ihre Besitzer nicht über die Tatsache wegkommen, daß sie alt sind. Ihr Zittern war stark genug, um das obere Stockwerk erbeben zu lassen.

»Frau, was machst du da oben ohne deinen Stock?« Jacksons Hände umklammerten die Stuhllehnen.

»Richie hat unseren Davy umgebracht«, sagte sie.

Ich drückte meine Zigarette in dem Bonbonteller aus. Ich fühlte mich, als sei ich beim Rauchen hinter der Scheune erwischt worden.

»Ich verstehe, daß Sie denken, er ist dafür verantwortlich, Mrs. Jackson.«

»Verantwortlich? Er hat ihn umgebracht. Umgebracht.«

Jackson machte ein schwaches Geräusch, das meine Aufmerksamkeit von seiner Frau ablenkte. Seine Augen waren fest geschlossen, verwandelten sein Gesicht in eine rissige Tonmaske. Nur seine Knöchel, die sich auf den Stuhllehnen gelb verfärbten, zeugten von Leben.

»Sag es ihm, Cleveland.«

Er öffnete langsam die Augen. Ich hätte schwören können, daß seine Lider knarrten wie alte Fensterläden. Dann holte er Luft, und es war wirklich, als beobachte man eine Statue, die lebendig wird, deren tote Zellen aufblitzen wie kleine Lichter. »Nichts war's.« Seine Hände rutschten auf den Armlehnen auf und ab. »Etwas, was der Lieutenant gesagt hat.«

»Welcher Lieutenant?« fragte ich.

»Der zu uns kam, als Davy umgebracht wurde. Wie hieß er gleich, Emmaline?«

»Orlander, Lieutenant Floyd Orlander.« Es klang wie eine Art heilige Schrift.

»Orlander, richtig. Er hat gesagt, daß die Polypen Davy nicht erschossen ham und auch nicht die Garde. Die Kugel, die sie aus ihm rausgeholt ham, gehörte in keine Waffe von denen. Orlander hat gedacht, einer der anderen bei dem Überfall hat ihn erschossen.«

»De Vries.«

»Kann sein. Das Ding stieg auf einer Seite vom Gebäude, und die Garde hatte Richie nich die ganze Zeit im Auge, mußte auf zu viele Sachen gleichzeitig achten. Davy ist in den Rücken geschossen worden, als er hinter dem Gebäude wegrannte.«

»Warum einen der eigenen Partner töten?«

»Er wollte alles«, sagte Mrs. Jackson. »Gier, das ist eine der Todsünden.«

»Hat keiner nie gesagt, Frau, daß er's getan hat. Er hatte keine Waffe, als sie ihn festgenommen ham.«

»Er hat sie ins Feuer geworfen.«

»Jemand anders hat das Geld bekommen«, sagte ich. »Sie haben ihn an Ort und Stelle verhaftet.«

Jackson sagte: »Orlander hat gedacht, Richie und die anderen hätten das vor dem Überfall ausgemacht. Davy war recht laut, vor allem wenn er getrunken hat. Sie ham ihn zum Schweigen gebracht und ham ihrem Teil noch einen Batzen draufgegeben. Nur Richie ham sie erwischt, bevor er seinen Teil kriegen konnte.«

»Klingt, als hätte Orlander was gegen ihn.«

»Die Sportschreiber ham angefangen, Richie zu entdecken. Manche von den weißen Leuten können's einfach nicht ausstehen, wenn sie sehen, wie 'n Bruder weiterkommt. Ich weiß nich, ob Orlander so einer war. Aber sein Partner. Er hat so 'n Rattengesicht von Sergeant dabeigehabt, der prima ausgesehen hätt mit einem ›Esel‹-Schild um den Hals. Ich hab seinen Namen vergessen. Emmaline?«

Sie schüttelte den Kopf. Ihr Gesicht glänzte. Das Aufrechtstehen machte ihr zu schaffen.

»Schlimmer Bursche«, sagte Jackson. »Wollte sich in meinem Haus nicht hinsetzen. Als hätt er Angst, daß was an seinen Hosen klebenbleibt. Mir war, als wär ich noch in Mississippi.«

»Ich hab mich kundig gemacht über den Fall. Ich habe nichts darüber gefunden, daß Davy von einem seiner eigenen Leute erschossen wurde.«

»Wilde Zeiten. Vielleicht wollten sie's lieber ruhen lassen.«

»Leuchtet mir ein. Ohne Waffe hätten sie ohnehin nie einen dingfest machen können.« Ich stand auf. »Ich danke Ihnen, Mr. und Mrs. Jackson. Sie hatten nichts zu tun mit der Sache im Norden. Ich mußte einfach fragen.«

»Hätt ich's nur können«, sagte sie. »Es ist nur schade drum, daß sie ihn nicht umgebracht haben.«

»Frau, du weißt nicht, was du redest. Töten is eine schlimmere Sünde als Gier.«

»Ich würde glücklich ins Höllenfeuer gehen.«

Er stemmte sich aus dem Stuhl, fand das Gleichgewicht und ging sie wieder ins Bett bringen. Er hielt sich den ganzen Weg nach oben am Geländer fest. Ich wartete. Ich wollte ihn noch fragen, ob ihm der Ausdruck »Roter Retter« etwas sagte. Es dauerte fünf Minuten, bis ich merkte, daß er nicht wieder runterkommen würde. Vor der Tür umspielte mich die frische Luft wie feiner, klarer Regen.

## 11

Ich hatte seit Grayling nichts mehr gegessen. Ich orderte das Abendmenü in einem Fischrestaurant in der Grand Street, verputzte einen Barsch in Meerrettichsauce und schloß einen halbwegs erfolgreichen Abenteuerausflug zu Muscheln im Sud an. Derart gestärkt, wagte ich mich in Feindesland, zu den Granitsäulen in der Beaubien 1300, dem Polizeipräsidium von Detroit.

Eine der hübscheren Polizistinnen aus der Kriminalabteilung saß auf Sergeant Cranmers Schreibtisch im Dezernat Eigentumsdelikte, gab den Inhalt eines Strafregisters durchs Telefon und zeigte etwas Bein. Sie hatte ihre braunen Haare hochgesteckt, um sich Kühlung zu schaffen, und ihre graue Seidenbluse ein paar Knöpfe weit geöffnet, um bei allen anderen im Mannschaftsraum einen Temperaturanstieg auszulösen. Ihr Rock war von einem Matadorrot und nur leicht kürzer als knielang, wenn sie saß, und an ihrem rechten Fuß schwang eine silberne Sandalette. Sie hörte auf den Namen Lieutenant Mary Ann Thaler.

»Degradiert?« fragte ich, als sie einhängte.

»Cranmer ist krank gemeldet. Ich mache jetzt seinen Job zusätzlich zu den drei anderen, die mich seit Ostern in Atem halten.« Sie rückte ihre Schildpattbrille zurecht. »Stimmt was mit Ihrem Hals nicht, oder üben Sie für Cary Grant?«

»Ehrenvolle Beleidigung. Ich hab nach der *Edmund Fitzgerald* getaucht. Alderdyce irgendwo? In seinem Büro ist er nicht.«

»Blicken Sie sich um, Herr Detektiv«, sagte sie.

Ich war direkt an ihm vorbeigegangen. Er stand am Kopierer neben der Tür und wandte mir seinen breiten Rücken zu. Er trug kein Jackett, sein lachsfarbenes Hemd klebte ihm an einigen Stellen am Rücken fest, und über seiner rechten Niere ragte der gebogene Griff seines Dienst-38ers raus. Ich schnippte Lieutenant Thaler einen Gruß zu und entfernte mich.

John Alderdyce hüpfte einen halben Meter hoch, als ich seinen Namen sagte. Er drehte mir sein dunkles kantiges Gesicht zu. »Warum nimmst du nicht 'n Viehtreiber?« raunzte er. »Ich hab seit dem Abendessen gestern keinen mehr umgebracht. Mein Schnitt läßt nach.«

»Nächstes Mal pfeif ich. Was macht dich so lebhaft?«

»Die Hitze. Die Verbrechensstatistik. Doppelschichten. Sobald die Sonne rauskommt, lassen sie sich alle krank schreiben. Und wenn du 'ne Position hast, darfst du dann für jeden die Arbeit machen. Mit viel Glück wirst du Polizeipräsident und stirbst, bevor du fünfzig wirst. Wie beschissen geht's dir?«

»Mein Nacken schmerzt. Aber ich hab Arbeit. Können wir in deinem Büro reden? Wenn du mit den Kopien von deiner Hand fertig bist.«

Die Maschine hatte vier Blätter ausgespuckt, während seine linke Handfläche auf der Glasfläche gelagert hatte. Er fluchte und stellte sie ab. »Jetzt mach ich schon die Stiftenarbeit, lieber Gott. Demnächst lassen sie mich die Klos putzen. Machen wir's kurz.«

Ich hielt die Tür, während er die Kopien zusammenfegte und sie in einen zerfledderten Hausumschlag kippte. Als wir rausgingen, warf er Mary Ann Thaler, die vom Schreibtisch des Sergeants aus einen weiteren Anruf machte, einen kurzen Blick zu. »Du solltest mal ein Abendessen für sie springen lassen«, teilte er mir mit. »Ihr könntet euch als Ehepaar rausstellen und in West-Bloomfield kleine Schnüffler großziehen.«

»Ich gehe nicht mit Cops aus. Grad setzt du an, ihnen bei Kerzenlicht die entscheidende Frage zu stellen, da verhaften sie den Geiger, weil er die Ruhe stört. Die sind so romantisch wie ein gemäßigter Kinnhaken.« Ich marschierte mit ihm den Flur entlang.

»Würde doch zu dir passen. Ich wette, sie ist warm und riecht nach rosa Seife. Ich wette, sie trägt nachts Shorties.«

»Unter oder überm Schulterholster?«

»Wer ist nun romantisch?«

»Wie geht's Marian?«

»Nervös wie der Teufel. Zu früh, um sagen zu können, ob wir wieder zusammengehören. Den Kindern geht's prima. Fast alle ihre Freunde haben Eltern mit zweierlei Postleitzahlen.«

Im Morddezernat ließ er den Umschlag auf den Schreibtisch eines jungen Zivilen in T-Shirt und Seersucker-Jackett fallen. »Wo waren Sie, als ich die hier brauchte?« verlangte Alderdyce zu wissen. »Schikken Sie sie den Revieren. Vielleicht klappt's an Weihnachten mit 'ner Verhaftung.«

Der Beamte zog das oberste Papier raus. Alderdyces Hand sah darauf schwärzer aus als in Wirklichkeit. »Ich dachte, die Schwarze Hand war weg vom Fenster, als die Prohibition kam.«

Alderdyce riß es ihm weg und zerknüllte es. »Kaufen Sie sich 'ne Krawatte. Das ist 'n Polizeirevier hier, nicht die Innere Mission.«

»Ja, Sir, Lieutenant.«

»Hör auf mit dem Ja, Sir, Junge. Ich bin nicht dein Opa.«

»Ja, Sir. Äh, ja. Äh, nein.«

»Die Jungs ziehen sich an wie die Penner. Da weißt du nicht mehr, wer bestellt und wer bedient.« In seinem Büro feuerte er das zerknüllte Papier in den Papierkorb, gestattete sich dann einen kurzen Blick in das Spieglein der Eitelkeit an der Wand, um seine Krawatte zurechtzurücken. Er rollte seine Ärmel runter, knöpfte die Manschetten zu und nahm sein Jackett von einem Bügel. Es saß wie eine neue Haut. Maßschnitte waren eines seiner Laster. »Was hast du zu melden?«

»Ich brauch einen Hinweis in einem alten Fall. War damals während der Aufstände.«

»Da saßen wir in der High-School. Welcher Fall?«

»Brandstiftung und Raubüberfall in der Brady Street. Ein Gebäude ist in Brand gesteckt und ein Panzerwagen um 200 000 erleichtert worden.«

»Richard De Vries.«

Ich kickte die Tür zu. Über die Glaswände drang das Klappern von

Schreibmaschinen aus dem Mannschaftsraum herein. »Das kam schnell.«

»Irgendwo in diesem Haufen hier liegt ein Telex von der Zentralen Strafvollzugsbehörde mit einer Liste aller Gefangenen, die sie diesen Monat rausgelassen haben.« Er wedelte in Richtung der aufgetürmten Ordner und Umschläge auf seinem Schreibtisch. »Die kriegen wir wie die Gasrechnungen. Ich versuche auf dem laufenden zu bleiben. Er ist in der Stadt?«

»Trifft heute seinen Bewährungshelfer. Erster Vorgang: Ich setze dich hiermit in Kenntnis davon, daß ich seine Verurteilung untersuche. Nur für den Fall, daß du was dagegen einzuwenden hast, daß eine Privatperson in einer alten Polizeisache rumkramt.«

»Wie's im Buche steht. Meine Herrn.«

»Wenn ich kann, halte ich mich dran. Zweitens, da ich annehme, daß keine Einwände –«

»Gewagte Annahme.«

»– vorliegen, möchte ich mit dem Detective sprechen, der den Fall geleitet hat. Das soll ein gewisser Floyd Orlander sein.«

»Vor meiner Zeit.«

»Tot?«

»Im Ruhestand. Mit Bedauern des Chefs akzeptiert, wie mir zu Ohren kam, und mit drei Hipp-Hipp-Hurras und einem dem Himmelseidank von sämtlichen Vorgesetzten dazwischen. Mit Legenden arbeitet sich's schwer. Du erinnerst dich an die Schießerei in Richter Lorenzos Gerichtssaal?«

»Verteidiger zückt Waffe und zielt auf den Zeugen im Zeugenstand, und die Cops im Raum machen Macramee aus ihm.«

»Und der Zeuge im Zeugenstand, der zufällig Lieutenant Floyd Orlander hieß. Der Richter ließ lieber seine 45er Automatik unter seiner Robe am Brustkorb ruhen und tauchte ab und kroch Richtung Richterzimmer. Was du nicht weißt, ist, daß die Ballistiker nach dem Vorfall eine Reihe von Einschußlöchern in der Eichentäfelung hinter der Richterbank fanden, zwischen zehn und dreißig Zentimeter über dem Boden, oder daß die Kugeln, die sie aus dem Holz pulten, aus Orlanders siebenpunktfünfundsechziger-Freizeit- welcher Lümmel-in-der-Straße-hat-zuerst-eine-Beretta stammten. Der Anwalt, der die ganze Sache angezettelt hatte, wurde drei Meter weiter umgepustet. Das einzige Ziel in Bodennähe war also der berühmte vierbeinige Richter.«

Ich rieb meinen Nacken. Er fuhr fort.

»Die Chose hätte ein anderes Nachspiel gehabt, wenn nicht jeder einzelne im Department Laßt-sie-laufen-Lorenzos Arsch gehaßt hätte, und wenn Orlanders Akte nicht alles in allem so gut gewesen wäre. Er hatte nicht wirklich versucht, die kleine Kröte zu treffen, weißt du. Jedenfalls nahm Orlander auf Anregung vorzeitig seinen Hut, und Lorenzo zog sich vom Richterstand in die Privatpraxis zurück, wo er sich's seither gutgehen läßt, wie ich gehört habe.«

»Detroit macht's möglich«, sagte ich.

»Inzwischen ist doch alles besser. Zumindest beschießen wir uns nicht mehr gegenseitig.« Er hob einen dicken Ordner auf und fing an, ihn durchzublättern. »Als ich das letzte Mal von Orlander gehört hab, wohnte er in Romulus. Wenn du immer noch mit ihm reden willst, besorg ich dir aus dem Personalbüro seine Adresse.«

»Das käme mir sehr entgegen. Und den Namen von dem Sergeant, der ihm in dem De-Vries-Fall assistierte, falls du den weißt.«

»Ist De Vries der Klient?«

Ich nickte.

»Was will er, das Geld?«

Das war zu gut getroffen. Ich sagte: »Er behauptet, daß er an dem Überfall nicht beteiligt war. Er will, daß ich rausfinde, wer das war.«

»Du meinst, er will sie aufspüren, damit er sie bluten lassen kann. Der Überfall ist längst verjährt, aber der Mord liegt da immer noch rum wie ein Scheißhaufen, der wartet, daß jemand reintritt. De Vries hat's abgekriegt, und jetzt denkt er, man schuldet ihm was.«

»Wenn er das will und sich rausstellt, daß er in der Sache die Wahrheit sagt, stimmt das ja vielleicht auch.«

»Komisch, in den Berichten steht nichts drüber, welcher Dieb die Beute beansprucht hat. Also ist es das Geld.«

»Ich sagte, *wenn.* Ich halte Ausschau nach verschwundenen Personen und Versicherungsschwindeln. Um jemanden zu melken, brauchst du andere Fertigkeiten. Ich bin nur auf die Informationen aus.«

Er warf den Ordner zurück auf den Stapel. »Die Staatszellen sind voller Unschuldiger. Der hier hat lange Zeit warten müssen, bis er einen gefunden hat, der ihm seine Geschichte abkauft.«

»Das ist mir auch durch den Kopf gegangen. Jemand will ihn ausbremsen, aber das kann alles bedeuten. Deine Feinde verdunsten und verdorren nicht, bloß weil sie dich für zwanzig Jahre einbuchten. Aber in der P.I.-Branche wimmelt's nur so von Gaunern, denen er nichts vorlügen müßte, um sie zu 'ner Erpressung zu kriegen. Er hat mich ausgesucht.«

»Nicht mein Bier. Hoffe ich. Frag Orlander, wer sein Kollege war. Seh ich aus wie der Revierhistoriker?«

Er trieb in einer Schublade ein Papier mit Briefkopf auf und stellte mir eine Ermächtigung für Orlanders Telefonnummer und Adresse im Personalbüro aus. Ich faltete sie der Länge nach und steckte sie in meine Brusttasche, dann kaute ich einen Moment lang auf meiner Backe rum, hob die Hand und verließ das Büro. Im Flur des Morddezernats traf ich Mary Ann Thaler. Sie betrachtete eingehend etwas über meinem Haaransatz.

»Es muß ihm bessergehen«, sagte sie. »Sieht nicht ganz so schlimm zerkaut aus wie die anderen.«

»Was hat er denn jetzt schon wieder? Nach der Krise machte er sich doch ganz gut.«

»Heute kommt die Inspektorenliste raus. Er ist drauf.«

»Wie sind seine Aussichten?«

»Miserabel bis nicht vorhanden. Der letzte Winter hat ihm geschadet. Es soll nicht so sein, aber wenn man außer der Reihe Urlaub nimmt, um mit einem Problem zurechtzukommen, landet das in der Akte. Und die Psychofritzen fragen sich, warum es so viele Grenzfälle in Uniform gibt. Die trauen sich nicht auszusteigen.«

Ich lehnte mich mit einer Schulter an die Wand. »Ich würde Sie ja bitten, ein Auge auf ihn zu haben, wenn Cops nicht schon genug damit zu tun hätten, eins auf sich selber zu haben.«

»Danke fürs Nichtbitten. Aber es ruht dort sowieso. Wenn John nicht wäre, würde ich immer noch gelbe, rosa und weiße Formulare sortieren.«

»Wie steht's um Ihren Kopf?«

»Stahlhart. Aber ich muß auch nicht tote Kinder von der Straße aufklauben. Ich weiß nicht, wie er das solange durchgehalten hat.«

»Lebertran.«

Sie zeigte ein Grübchen. »Woran arbeiten Sie gerade?«

»Ein Fall, den die Polizei abgeschlossen hat, als Sie noch in Trägerkleidchen steckten. Sie würden sich nicht erinnern.«

»Hab ich nie getragen. Ich war mehr für Overalls und Baumhäuser. Wagen Sie's mit mir.«

»Haben Sie jemals den Begriff ›Roter Retter‹ gehört?«

»Nicht so oft, wie ich ihn gelesen habe, als ich im Archiv gearbeitet hab. Die Abteilung für Brandstiftung benutzte ihn ständig.«

Ich hörte auf mit Lehnen. »Was bedeutet er?«

»Feuerwehrschnack. Der Rote Retter, das ist der Heißspund, der die Leiter hochklettert, um die Katze der schönen jungen Witwe zu retten, bevor das Dach einstürzt. Die Kollegen nennen das das John-Wayne-Syndrom, aber es gibt keinen Officer bei der Brandstiftung, der nicht lieber Ölzeug tragen und einen Einsatzwagen fahren würde. Wo sind Sie drauf gestoßen?«

»Oben im Norden.«

»Tja, das müssen Sie von einem alten Hasen gehört haben. Die junge Truppe sagt das nicht mehr. Mit den roten Helmen sind auch die schillernden Helden verschwunden.«

»Lieutenant, was würden Sie tun, wenn ich Sie direkt auf den Mund küssen würde?«

Sie sagte einen Moment nichts. Ihre Augen hinter den Brillengläsern waren himmelblau. »Wenn Sie das gut tun würden, würde ich Sie währenddessen nicht zum Krüppel schlagen.«

Ich entschied mich statt dessen für ihre Hand. Als ich auf dem Weg nach unten allein im Aufzug war, schnüffelte ich an meiner Handfläche. Sie roch nach rosa Seife.

## 12

Bei Floyd Orlanders Anschluß in Romulus nahm keiner ab. Ich hängte das Münztelefon im Erdgeschoß von 1300 ein, stieg in den Renault, der im Parkverbot stand, und blieb dort sitzen, lauschte meinem Schweiß beim Ausbrechen und überlegte, was als nächstes zu tun war. Eine Uniform in einem Blauweißen traf diese Entscheidung für mich, indem sie ranfuhr und mir einen diesen Bullenblicke zukommen ließ. Ich startete und räumte den Platz.

Der Verwaltungstrakt von Marianne Motors saß in zwei Stockwerken des National Bank Building, das aus fünf Seiten und 22 Stockwerken grauen Steins bestand und auf den Cadillac Square blickte. Ich parkte auf einem Angestelltenparkplatz und fuhr mit einem messingverkleideten Aufzug in den siebzehnten. Ich hoffte, während der Fahrt würde mir eine Frage einfallen, die ich Alfred Hendriks am Morgen noch nicht gestellt hatte, aber so langsame Aufzüge gibt es nicht.

Die Türen glitten auf, und ich trat gerade rechtzeitig raus, um meine Arme um zweihundert Pfund zu schließen, die auf mich prallten.

Der Schwung des Mannes hätte mich in den Aufzug zurückgeworfen, wenn die Türen sich nicht geschlossen hätten. Ich klatschte dagegen, wobei sich mein Griff löste; er sackte auf ein Knie, sprang wieder auf, rotierte weg von mir und fingerte einen kurzläufigen 32er Revolver aus einem Holster mit Lasche. Ich verpaßte ihm meine Handkante dort, wo sein Hals in die Schulter überging. Der Revolver knallte auf den Boden.

Er wirbelte herum. Ich griff unter meine Jacke, und er ging zwei Schritte zurück. Sein Schießarm hing lahm an seiner Seite. Er trug eine graue Uniform und eine Kappe mit glänzendem Schild.

Hinter ihm hatte Richard De Vries einen anderen Mann in Uniform auf den Boden befördert und ihm einen seiner Größe-48er auf die Brust gesetzt. An seinem Zeigefinger baumelte lässig und rohrunter ein Revolver derselben Art wie der auf dem Boden. Das Holster des anderen Mannes war leer.

»Richie«, sagte ich.

Er brauchte einen Moment, um zu reagieren. Er schaute nicht auf die Waffe in meiner Hand. Er trug den Anzug, in dem ich ihn zum ersten Mal gesehen hatte; er war von dem Tauchbad zerknittert und saß noch schlechter als vorher. Die Wache auf dem Boden hatte eine schwarze Schramme auf einer Backe, und die Uniform der anderen hing noch an einem Knopf und einem Schulterstück. De Vries hatte eine verrutschte Krawatte.

»Ich hab sie gebeten, daß sie mich zu Hendriks führen. Das hier hab ich zur Antwort gekriegt.« Er schwenkte die Waffe an seinem Finger. Sie wirkte dort wie ein Anhänger an einem Kettchen.

Ich trat in den Raum, streckte meine freie Hand aus. Ich deckte die Wache am Aufzug. »Das ist ein Verstoß gegen die Bewährungsauflagen, Richie. Ich nehme sie.«

Er machte eine elegante kleine Bewegung, der Griff landete in seiner Hand und der Lauf zeigte auf mich. Ich blieb stehen.

»Seit ich eingefahren bin, hat keiner mehr Richie zu mir gesagt.«

»Davys Vater hat Sie so genannt. Ich habe heute mit den Jacksons gesprochen. Er haßt Sie nicht für das, was mit Davy passiert ist. Bei der Mutter sieht's etwas anders aus.« Halte ihn am Reden.

»Die mochte mich nie.«

»Ruf die Polizei.«

Das war die Wache, die ich erwischt hatte. Aus meinem rechten Augenwinkel sah ich einen platinblonden Haarberg und zwei Augen, die über einem kringelförmigen Tresen zu meiner Rechten hervorschauten. Sie würde sich weder rühren, noch jemanden anrufen. »Wahrscheinlich hat schon einer den Lärm gehört und angerufen«, sagte ich De Vries. »Wenn die Sie mit der Knarre in der Hand vorfinden, sitzen Sie den Rest Ihrer Strafe ab. Falls sie nicht gleich schießend aus dem Aufzug stürmen.«

»Mann, ich laß mich nicht mehr rumkicken. Hab die Schnauze voll davon.«

»Abgeknallt werden ist schlimmer.« Ich beobachtete seinen großen Finger am Abzug des 32ers. Und erwog, ob ich es wohl schaffen würde, falls sich der Finger rührte, die gesamte Ladung des 38ers in ihn zu pumpen. Die wäre mindestens vonnöten.

»Der Bewährungstyp hat gesagt, daß draußen keiner drauf wartet, mir was zu schenken. Er hat nicht gesagt, daß ich nix verlangen darf.« Er schwang die Waffe wieder und hielt sie mir hin.

Als ich vortrat, kam ein Mann durch eine Tür an der anderen Seite des Empfangstresens und nahm sie. Ich deckte ihn. Ohne den Blick von mir zu wenden, ließ er den Revolver mit einer Hand rotieren und die Patronen auf den Teppich fallen und legte ihn dann auf den Tresen. Dann trat er hinter mich, hob die Waffe auf, die der vertikalen Wache entfallen war, entlud sie auf dieselbe Weise und gab sie dem Besitzer zurück, dessen Hand und Arm allmählich wieder brauchbar wurden. Die ganze Sache dauerte weniger lang als ihre Beschreibung. Es hätte ein Traum sein können.

»Ich bin der Sicherheitschef hier. Lassen Sie ihn bitte aufstehen.«

De Vries blickte auf seinen Fuß auf der Brust der horizontalen Wache, grunzte und nahm ihn weg. Die andere Wache kam rüber und half ihrem Kollegen beim Aufstehen.

»Sie haben uns übel mitgespielt.«

»Ich habe den letzten Teil gesehen. Verschwinden Sie.«

Er schnappte nach Luft. »Sie meinen, verschwinden?«

»Aus dem Raum. Obwohl mir aus dem Gebäude auch nicht allzu fernliegt. Sie sollten sich in Bewegung setzen, bevor ich länger drüber nachdenke.«

»Was ist mit dem Typ hier?« Der Mann vom Boden sprach mit seiner guten Gesichtshälfte.

Unter dem prüfenden Blick des Sicherheitschefs erinnerte ich mich meines Revolvers und verstaute ihn unter meiner Jacke.

»Nehmen Sie die Treppe«, sagte er.

Nachdem sie sich gegenseitig stützend verschwunden waren, wandte sich der Chef der Blonden zu, die immer noch hinter dem Tresen kauerte. »Machen Sie eine Pause, Christine. Ich übernehme die Telefone.«

Sie stand auf, sah De Vries und mich an, glättete den Schoß ihres kohlschwarzen Blazers und glitt aus dem Kringel. Ich drückte den Aufzugknopf.

Mr. Piero wartete, bis sich die Türen hinter ihr geschlossen hatten. Er war eine kleine, schmale Gestalt mit weißen Haaren und einem dünnen schwarzen Menjou-Bärtchen. Mit seinem blauen Anzug und seiner schwarzen Strickkrawatte auf weißem Hemd wirkte er wie ein Westentaschen-Cesar-Romero.

»Keine Polizei«, sagte er. »Das bringt nichts, wenn die hier mit Martinshörnern und Pistolen rumlärmen. Das macht die Investoren nervös.«

»Das der Grund, warum Sie lieber hinter der Tür bleiben?« fragte ich.

Das erschütterte ihn etwa so wie Mondlicht einen ruhigen See. »Wer sind Sie?«

»Ich heiß De Vries«, platzte der große Mann dazwischen. »Hendriks kennt mich. Ich hab ihn heute morgen im Fernsehen gesehen.«

Ich sagte: »Im Alamo gibt's Fernseher?«

»Ich bin froh, daß es 'n Klo gibt. Ich hab's in 'ner Bar gesehen.«

»Bars sind Gift für die Bewährung.« Ich reichte Piero meine Ausweismappe. »Ich vertrete Mr. De Vries. Manchmal vergißt er das. Ich hätte Mr. Hendriks gern einen Moment gesprochen, wenn er sich nicht abgeseilt hat, als die Decke einbrach.«

»Ich hab nix angefangen.«

»Was haben Sie mit Mr. Hendriks zu tun?«

»Mein Klient meint, daß er ihn kennt. Ich möchte ihn fragen, ob das wahr ist.«

Piero gab mir die Mappe zurück. »Referenzen?«

Ich gab ihm ein paar Namen und Telefonnummern. Er wandte sich dem Telefon auf dem Empfangstresen zu. Während er telefonierte, fragte ich De Vries, was passiert war.

»Die Frau wollt nicht abspielen. Ich hab verloren, glaub ich. Ich hab keine Übung mit denen. Sie hatte 'nen Knopf unterm Tisch.«

»Das nächste Mal rücken sie mit Haubitzen an. Überlassen Sie besser mir das Steuer.«

Der Sicherheitschef legte den Hörer auf. »Sie können gehen. Ich schätze, ich bin Ihnen was schuldig dafür, daß Sie Ihren Klienten davon abgehalten haben, aus meinen Leuten Mus zu machen.«

»Sie brauchen neue Leute«, sagte ich.

»Man nimmt, was man kriegen kann, wenn man neu anfängt. Hendriks ist nicht hier. Die Büros in Detroit sind bloß eine Tarnung, damit der Bürgermeister stillhält. Mr. Marianne und die anderen Führungskräfte bringen nur drei oder vier Stunden pro Woche hier zu. Den Rest der Zeit sind sie in der Fabrik Downriver.«

Ich sagte: »Als ich heute morgen anrief, war Hendriks hier.«

»Christine hat vermutlich den Anruf durchgestellt. Die Sekretärinnen haben Anweisung, daß sie nicht abkömmlich sind, wenn sie nicht die Stimme kennen. Sie würden staunen, wie viele Anrufe von Spinnern ein frischgebackener Autofabrikant kriegt. Jeder Hinterhof-Irre denkt, er hat das Perpetuum Mobile erfunden.«

»Wie komme ich in die Fabrik?«

»Der große Mann bleibt zu Hause, ja?«

De Vries öffnete den Mund. Ich stieß mit einer Zehe gegen seinen Knöchel. Es war, als trete man einen Telegraphenmast. »Ich arbeite allein. Das heute war bloß ein Zufall.«

Piero dachte darüber nach. »Sagen Sie meinen Namen. Wenn ich einen wütenden Anruf von Downriver kriege, haben Sie ihn nicht von mir.«

»Danke.«

»Schon gut. Der Härtetest war nötig. Hier müssen ein paar Wachhunde Nachhilfe kriegen. Zwei ganz besonders.«

»Seien Sie nicht zu grob mit ihnen. Der Staat hat meinen Klienten grade nach zwanzig Jahren aus der Flasche gelassen. Er ist lebhaft.«

»Es muß schrecklich sein, wenn er aufgeregt ist.«

Auf dem Bürgersteig vor dem Bankgebäude fragte ich De Vries, wie rege sein Bewährungshelfer war.

»Ziemlich. Hat mir ’nen Job im Ausschank bei Krögers besorgt, fang Montag an. Bin aber weg da, wenn sie mich triezen.«

»Gut. Ich hab Durst.«

Wir nahmen einen der hinteren Tische in der Pontchartrain Bar. Am Piano war keiner. Wir hatten lediglich Gesellschaft von ein paar Geschäftsleuten am Tresen und einem kahlen Barkeeper in einer roten Jacke. Er brachte uns zwei Bier und geisterte von dannen. Da drin war es so kühl wie untertage.

»Er ist es, jede Wette.« De Vries füllte sich den halben Inhalt des Glases ein und stellte es ab. »Er hatte so 'ne Art, in 'ne andere Richtung zu grinsen, wenn er mit einem redete, als ob er einen auslacht. Ich hab's heut morgen wieder gesehen. Er ist es, der hat mich dazu gebracht, den Brand zu legen.«

»Mal überlegt, was aus der Blonden geworden ist?«

»Auf irgendner Wolke von psychedelischem Dreckszeug abgedriftet wahrscheinlich. Die da oben hinter dem Tisch war's nicht. Zu jung.«

»Ich hab heute morgen Hendriks an die Strippe gekriegt. Er sagt, er hat noch nie von Ihnen gehört.«

»Wette, das hat Sie komplett umgehauen.«

»Er sagt, er hätte in England studiert während der Aufstände. Das läßt sich überprüfen.«

»Schon gemacht?«

»Kommt noch. Der Punkt ist, daß er auf alles eine Antwort hatte.«

»Keiner, der nix gemacht hat, hat 'ne Antwort für alles.«

Ich analysierte das, nickte dann. »Das hat mich auch gestört. Außerdem hat er Ihren Namen falsch gesagt, und das gefiel mir gar nicht. Klang, als hätte er seinen Text genau gelernt.«

»Mach dem Schwein Druck.«

»Muß zuerst noch ein paar andere Sachen erledigen. Ich habe einen Hinweis auf den Cop, der Sie verhaftet hat, und ich habe rausgefunden, was ›Roter Retter‹ heißt.«

»Das hat Hank Wakely gesagt, hat der Bursche gesagt, als sie klargemacht haben, daß sie uns ausbremsen auf der Straße.«

»Feuerwehr-Jargon. Hatte Hendriks, oder wer's auch war, damals was mit der Feuerwehr zu schaffen?«

»Keinen Schimmer. Wär aber komisch, oder?«

»Rasend. Das ist der Ärger im Detektiv-Gewerbe. Die Antworten stellen die Fragen selbst.«

»Was hat der Cop gesagt?«

»Ist mir noch nicht gelungen, an ihn ranzukommen. Ich nehme an, daß er mir mehr über den Fall liefern kann als Downtown oder die Zeitungen. Haben sie den Verdächtigen in Gewahrsam, geben sie sich nicht mehr damit ab, die losen Fäden zu verknüpfen. Aber sie wissen sie noch. Hoffe ich.«

»Falsche Quelle«, sagte er. »Wir müssen an Hendriks bleiben. Er hat die Kohle.«

Ich nahm einen Schluck Bier. »Sie bezahlen mich fürs Rumstöbern. Was immer ich ausgrabe, ist wertlos für Sie, wenn Sie jemandem den Hals brechen. Haben Sie im Gefängnis nur was über Nummernschilder gelernt?«

»Ich weiß. Ich hab ihn nur im Fernsehen gesehen und konnte an nix andres mehr denken. Schätze, ich bin froh, daß sie da grade kamen.«

»Sie müssen das ablassen.«

»Ich muß 'ne Frau haben. Der Salpeter ist aufgebraucht.«

Ich gab ihm fünf Zwanziger. »Ich hab heute morgen Ihren Scheck eingelöst. Schauen Sie ihnen zuerst auf die Zähne. Wenn sie die nicht pflegen, pflegen sie andere Stellen auch nicht. Wann haben Sie zum letzten Mal Ball gespielt?«

»Hab's vor neun Jahren gesteckt. War witzlos. War, als spielt man mit Kindern, hat mich nur dran erinnert, was ich alles verpaßt hab.«

»Die Geschichte kann man sich auch nicht ewig erzählen.«

»Hab sie mir so lang erzählt, bis ich sie nicht mehr gespürt hab. Mann, ich wär schon ausgestiegen inzwischen. Einer von den Abgehalfterten, die Abos für *Sports Illustrated* verscheuern.«

»Marschieren Sie rüber zum Gemeindesportplatz und werfen Sie 'n paar hundert Mal. Auch wenn's Ihnen danach nicht bessergeht, sind Sie jedenfalls zu müde, um anderen Leuten ihre Knarren und Baseballschläger wegzunehmen.«

»Ich bin zu schwarz für den Gemeindeclub. Die sehen mich nicht bei dem schwachen Licht.«

»Das hat sich geändert. Nicht im Handumdrehen, aber jeder versucht, auf dem laufenden zu bleiben. Warum sollten Sie's nicht tun?«

»Vielleicht mach ich's.«

»Passen Sie nur am Korb auf Ihren Kopf auf.« Ich setzte an, Geld für das Bier zu hinterlassen. Er hielt eine bratpfannengroße Hand hoch und legte einen Fünfer hin.

»Bier ist teuer geworden.« Er stand auf. »Wo haben Sie das mit den Zähnen gehört?«

»Bei der Armee.«

»Hat mir in der ersten Woche jemand im Bau erzählt. Glauben Sie, da ist was dran?«

»An nichts, was ich in der Armee gehört hab, war was dran, außer Arsch runter und bloß nie freiwillig. Aber es ist eine Hilfestellung.«

## 13

Als ich in die Nähe von Romulus kam, setzte eine DC 8 mit kreischenden Düsen zur Bauchlandung auf dem Detroit Metropolitain Airport an und warf ihren Schatten über den Renault. Der Sog zerrte das kleine Auto zur Mitte der Straße, und die Erschütterung löste Schrauben am Armaturenbrett und ließ das Handschuhfach aufspringen. Als ich parkte und ausstieg, wunderte ich mich, daß ich keine Bremsspuren auf dem Dach fand.

Floyd Orlander, ehemals beim Detroit Police Department, wohnte auf einem gepflegten Grundstück, das just am Ende einer Startbahn saß und vom Flughafengelände durch 300 Meter Zyklondraht und einige Meilen Gemeindeoptimismus abgegrenzt war. Als ich zum ersten Mal klingelte, schluckte ein weiteres Flugzeug, das direkt über dem Haus startete, jedes Geräusch in der Umgebung. Beim zweiten Mal reagierte auch niemand, obwohl verhältnismäßige Ruhe herrschte. Ich erwog, ob vielleicht sämtliche Bewohner taub waren. Ich probierte es mit Klopfen.

Nach einer Minute erschien in der Tür eine mollige, grauhaarige Frau, die ein grünes Baumwollkleid und eine Straßbrille mit blauen Gläsern trug. Sie zeigte mir eine Reihe hübscher falscher Zähne und sagte: »Haben Sie schon mal geläutet? Wir sind alle hinten.«

»Ich habe versucht anzurufen, aber niemand nahm ab«, sagte ich. »Bin ich hier richtig bei Orlander?«

»Ich bin Mrs. Orlander. Falls Sie von der Stadt sind, wir verkaufen nicht. Uns gefällt's hier, Lärm hin oder her.«

»Ich bin nicht von der Stadt. Mein Name ist Walker. Ich möchte mit Mr. Orlander über einen alten Fall bei der Polizei sprechen, den er bearbeitet hat.«

»Grundgütiger, er ist seit zwölf Jahren in Pension. Der muß wirklich alt sein.«

»Ist Mr. Orlander zu Hause?«

Sie steckte die Finger in die Ohren. Es klang nach einem Fehlstart. Ich stellte die Frage erneut, diesmal mit erhobener Stimme. Dann durchbrach ein Jet, den ich nicht einmal hatte hochkommen hören, direkt über uns die Schallmauer. Das *Ka-Bumm* knallte in meinen Ohren und ließ das Geschirr im Haus rasseln.

»Grundgütiger, der war tief«, sagte sie und nahm die Finger raus. »Es gibt eine Verordnung dagegen, aber bis die das mitbekommen, sind wir alle tot. Alles in Ordnung, junger Mann?«

Ich las von ihren Lippen ab. »Woher wußten Sie, daß er kommen würde?«

»Ich würde Ihnen das gern erklären, aber man muß zehn Jahre hier gelebt haben, um das zu verstehen. Bitte kommen Sie mit.«

Das Wohnzimmer enthielt Bücher und einen Fernsehschrank, das Eßzimmer Glasschränke mit Nippes und chinesischem Porzellan und die Küche Einbauschränke. Alles stand in großzügigem Abstand voneinander und war so fest verankert wie auf einem Schiff. Es gab keine Bilder an den Wänden.

»Ich nehme an, die Steuern sind niedrig hier draußen«, sagte ich.

»Nicht niedrig genug. Aber niedriger als anderswo.« Sie trat hinten durch die Gittertür und hielt sie mir auf. Der Hof setzte sich auf jeder Seite durch weißen Palisadenzaun von dem Zyklondraht ab. Auf einem Rasenstück buddelten ein Gelbschopf und ein etwa vierjähriges Mädchen in einem Sandkasten Löcher und warfen den Sand nach draußen aufs Gras. Sie waren Zwillinge; beide trugen dieselben roten Shorts und Schlumpf-T-Shirts und waren barfuß. In einem Liegestuhl aus Segeltuch saß ein großer, schwerer Mann mit einem Glas in der Hand und sah ihnen zu. Auch er war barfuß und trug ein Hemd mit Papageienmuster und Khaki-Shorts und einen dieser breitkrempigen Strohhüte mit einem grünen Plastikschirm, der einen giftgrünen Schatten auf sein Gesicht warf. Sein Gesicht war so breit und kantig wie seine Hände und Füße. Neben ihm, auf einem Beistelltisch, stand ein Krug mit Eis und einer braunen Flüssigkeit.

»Kinder, das Gras«, sagte Mrs. Orlander.

»Zum Teufel mit dem Gras«, sagte der Mann. »Das sind meine Enkelkinder. Wie steht's mit dem Bier?«

»Trink deinen Tee. Du weißt, was der Arzt gesagt hat.«

»Nicht so gut wie du, Herrgott.«

Das Mädchen hörte auf zu buddeln. »Opa hat H.G. gesagt.«

»Sprich anständig, Floyd.«

»Ja, Dottie.«

»Das ist Mr. Walker. Er möchte mit dir über etwas reden, an dem du gearbeitet hast.«

Er schreckte auf, nahm den Hut ab und sah hoch zu mir. Der Schirm hatte ihm die Sicht verdeckt. Seine Haare waren einmal rot gewesen, aber mittlerweile zu einem ausgewaschenen Rosa verblaßt und so kurz geschnitten, daß er von weitem wahrscheinlich kahl aussah. Er hatte blaßblaue Augen, fleckige Haut und eines dieser Gesichter, die man entweder bekommt, wenn man alt wird oder zu tief in zu viele Bierflaschen guckt. So alt war er noch nicht. Nach einem ausführlichen Blick auf mich hängte er den Hut an die Armlehne des Liegestuhls und leerte sein Glas.

»Sie sind nach mir. Die meisten von Ihnen, schätze ich. Der Bürgermeisterwechsel hat eine Menge guter Männer wieder auf die Straße befördert.«

»Ich bin nicht vom Department.« Ich gab ihm eine meiner Karten. »Sie haben den Brandstiftungsfall De Vries bearbeitet, nicht?«

»Sie meinen den Raubüberfall.« Er las die Karte und wässerte sie in einer Pfütze Eistee auf dem Tisch.

»Darüber wollte ich sprechen. Er ist vielleicht unschuldig.«

Auf der anderen Seite des Tischs stand eine Chaiselongue. Mrs. Orlander nahm ein *Ladies Home Journal* von den geblümten Kissen, streckte sich aus und begann zu blättern. Orlander goß aus dem Krug nach. »Will er ein neues Verfahren?«

»Er ist draußen.«

»Worum geht's dann?«

Ich machte keine Umschweife. »Er meint zu wissen, wer den Überfall ausgeführt hat. Wenn er recht hat, will er das Geld.«

»Das ist in Ordnung. Wenn er unschuldig wäre, was er nicht ist.«

»Falls er es nicht ist, wird sich das zeigen. Ich bin kein guter Weißwäscher. Ich bin der Meinung, daß Sie mir eine Menge Dinge über den Überfall erzählen können, die nicht in der Akte stehen. Zumindest könnte man dabei auf Davy Jacksons Mörder stoßen.«

»Wer hat Ihnen davon erzählt?«

»Jacksons Eltern. Sie glauben nicht, daß De Vries ihn umgebracht hat, sonst hätten Sie ihn damals schon wegen Mord ersten Grades angeklagt.«

»Ihn nicht anklagen und nicht glauben, daß er's war, sind zwei Paar Stiefel.«

»Glauben Sie, daß er's war?«

»Nein.«

»Warum nicht?«

Er ließ etwas Tee in seinen Mund fließen und schluckte. »Rauch erzeugen, um von einem Raub abzulenken, ist eine wichtige Aufgabe. Der Bursche, der sie übernimmt, kann nicht nebenbei noch einen Mord durchziehen. Alles andere wäre zu knappe Planung. Den Fehler hätten sie nicht gemacht. Zwei Kerle nehmen den Wagen aus, Jackson und der andere. Jackson hat das Geld nicht bei sich, also linkt sein Kumpan ihn beim großen Abgang und verschwindet damit. Wenn sie De Vries auch noch rankriegten, mußte er mit keinem teilen.«

»Hätte er nicht zu befürchten, daß De Vries redet?«

»Damals wär ein schwarzer Missetäter lieber auf den Stuhl marschiert, als daß er einen anderen Schwarzen der Poo-lii-zei ausgeliefert hätte.« Er zerdehnte das Wort wie Willie Best.

»Mager.«

»Man muß dabeigewesen sein. Man muß es gesehen haben. Ich hab nie was gelesen oder gehört, was es annähernd wiedergegeben hätte. Wir mußten unseren Kindern verbieten, mit ihren schwarzen Freunden zu spielen. Mußten ihnen sagen, daß wir uns nicht vor den Kindern fürchteten. Aber vor deren Eltern.«

»Die Räuber trugen Strumpfmasken und Handschuhe. Woher wußten Sie, daß der, der sich absetzte, schwarz war?«

»Salz und Pfeffer? Nicht in der Woche.«

Ein Jet setzte über dem Zaun zur Landung an und ließ das Gespräch für eine Minute zum Erliegen kommen. Der Junge und das Mädchen spielten weiter im Sand und kümmerten sich nicht darum.

»Wann haben Sie den Fall abgeschlossen?« fragte ich, als das Geröhre vorbei war.

»Als ich zuletzt davon gehört hab, war er noch nicht abgeschlossen. Aber die Spitzel wußten nichts, und das Geld tauchte nie wieder auf; wir dachten uns, daß es irgendwo gewaschen wurde, Mexiko oder so. Man hat nur 'ne bestimmte Zeit zur Verfügung, und wir mußten eine Stadt wieder auf die Beine kriegen. Das haben wir genauso versaut.«

»Was ist mit einem Fahrer? Sie werden doch das Fluchtauto in dem ganzen Chaos nicht unbeobachtet gelassen haben.«

»Keine Spur. Die Untersuchungsbedingungen waren nicht grade ideal. Kugelsichere Westen und Maschinengewehre, schnell und drekkig, Arsch rein und wieder raus, und sieh zu, daß du kriegst, was rennt.«

»Der Fahrer könnte eine Frau gewesen sein«, sagte ich. »Der Mann, den De Vries verdächtigt, hing mit einer Blonden rum.«

»Age of Aquarius. Love und Peace. Scheiße.«

»Floyd.« Mrs. Orlander sah nicht von ihrer Zeitschrift auf.

»Ja, Dottie.«

»Wer hat ihnen verklickert, daß der Panzerwagen dasein würde?«

»Wenn Sie diese Sicherheitstypen in ihrer Aufmachung gesehen hätten, hätten Sie Ihr Geld im Garten vergraben. Wir konnten keinen Informanten ermitteln.«

»Prächtig.«

»Wünschte, mir würde noch mehr einfallen«, sagte er. »Aber nicht allzusehr. De Vries war schuldig wie der Teufel, auch wenn man von Jackson absieht. Fünfhundert war damals ein gutes Durchschnittseinkommen.«

»Wie ist das Gedächtnis Ihres Kollegen?«

»Barney Drake? Ich hab gehört, dem hat's vor zehn, zwölf Jahren 'ne Ader im Kopf zerrissen. Seine Tochter hat ihn in Kalifornien oder irgendwo in ein Heim gesteckt. Ich schätze, sie waschen ihn jeden Tag und ziehen ihn hübsch an, als wär er ein normaler Mensch. Hätte keinen Besseren treffen können. Ich hab in meinem ganzen Leben mit keinem so schlecht zusammengearbeitet.«

»Warum dann überhaupt?«

Er spreizte Daumen und Zeigefinger seiner rechten Hand und zeigte auf das Gewebe dazwischen. »Sehen Sie diese Narbe? Na ja, wahrscheinlich nicht mehr so gut. '52, als wir hinter der alten Demosthenes-Bar einen Spitzel etwas ausführlicher befragt haben, zog der einen 45er und drückte ihn Barney in den Bauch und entsicherte. Der Schleimer hatte sonst nie was bei sich, wir waren nicht drauf gefaßt. Es blieb keine Zeit mehr, ich konnte nur noch meine Hand zum Einsatz bringen. Danach schickten wir den jämmerlichen Spitzel auf die Intensivstation, um sich seinen Kiefer verdrahten zu lassen. Barnies Bauch hätte ohne mich gar nicht hübsch ausgesehen in der Nacht.«

»War er danach nicht Ihnen verpflichtet, statt umgekehrt?«

»Den Teufel war er, danach war's noch schlimmer mit ihm. Aber wenn du jemandem das Leben rettest, willst du natürlich dabeibleiben und zusehen, daß er's nicht vergeigt. Ich schätze, er ist zufrieden da draußen in seinem Hosenschisserheim für die völlig Verarschten in Pasadena oder sonstwo. 'tschuldige, Dottie.«

»Du übernimmst das Erklären, wenn diese Kinder nach Hause kommen und fluchen wie die Droschkenkutscher.«

Er hörte sie nicht. Er schaute zu den Zwillingen, und seine Gedanken waren so offensichtlich wie die Narben in seinem Gesicht. Ich sagte: »Wenn sie richtig erzogen werden, verfrachten sie Sie nicht an so einen Ort.«

»Fünf Minuten mit meiner Dienstwaffe, das ist alles, was ich je von ihnen verlangen werde.«

Er setzte seinen Hut auf. Es war eine Verabschiedung, aber ich war noch nicht bereit, das Plätzchen wieder zu verlassen. Die Sonne tat meinem steifen Nacken gut. »Will die Stadt den Flughafen erweitern?«

»Schon seit drei Jahren. Ich bin derjenige, der im Weg steht. Ich hab dieses Haus von meiner Pension gekauft, bar im voraus. Der einzige Ort, der uns je selbst gehört hat. Entweder sie zahlen meinen Preis, oder sie können uns beide plattplanieren.«

»Wieviel wollen Sie?«

»Fünfundsechzig.«

»Das könnten Sie kriegen. In Detroit würden sie Sie einfach enteignen und überrollen.«

»Deswegen bin ich da weg. War's das?«

Ich zögerte. »Mich interessiert diese Schießerei im Saal von Richter Lorenzo. Geht mich natürlich nichts an.«

»Hab ich wirklich versucht, ihn anzuschießen?«

»Das ist die Frage.«

»Diese kleine Kröte. Wissen Sie, was er jetzt macht? Verhandelt Unterhaltszahlungen für Schicki-Micki-Schwuchteln. Ich hätt richtig zielen sollen.«

»Vielen Dank für Ihre Zeit«, sagte ich.

»Schon recht. Wiedersehen.«

Mrs. Orlander machte Anstalten aufzustehen, aber ich sagte, ich wüßte den Weg nach draußen. Sie zeigte mir ihr Gebiß. Was sie mitgehört hatte, war nichts gegen das, was sie seit Jahrzehnten hörte. Als ich in Richtung Haus ging, entbrannte ein Ringkampf im Sandkasten. Orlander sagte, wenn das nicht sofort aufhöre, würde er ein paar Köpfe abschrauben. Der Junge lachte.

# 14

Es war ein vertrackter Fall, und es brachte mir auch nichts, zu wissen, wo der Mann steckte, für dessen Auffinden man mich bezahlte. Es war wie eine dieser Fernsehshows, wo sie einem die Antwort geben und man die Frage rauskriegen muß. Ich fuhr auf dem Edsel-Ford-Highway Richtung Osten von Detroit, schluckte die kühle Luft, die durch die Fenster hereindrang, und lauschte dem nicht so fernen Geräusch von Richard De Vries' durchbrennender Zwanzig-Jahres-Sicherung. Es klang genau wie ein großer schwarzer Jet, der auf der Startbahn in Floyd Orlanders Hof auf seinen Abflug wartete.

Als ich von der Schnellstraße abfuhr, zeigte die Schnauze Richtung Süden, und ich fuhr weiter. Dieser Weg barg Wissen. Das meiste von dem bißchen, was ich über den Fall wußte, hatte sich offenbart, als ich mich in diese Richtung bewegte. Das war ein gutes Stück logischer, als Tieropfer zu bringen.

Für die meisten Detroiter ist Downriver ein mystischer Begriff, wie es die Neue Welt im 16. Jahrhundert für Europäer war; ein Ort, an dem Drachen das Blut von Seeleuten tranken und schöne Frauen in ihren Unterkleidern auf den Felsen saßen, an Leiern zupften und auf Schiffe warteten, die sich zu nah heranwagten. Geographisch bezieht sich der Name auf eine Ansammlung von Notdurftsiedlungen, die südlich der Stadt auf der amerikanischen Seite der internationalen Grenze verstreut sind, Arbeitersiedlungen mit schmutziger Luft und sauberen Straßen, die von Strahlern und dem Zyklopenauge des Nachbarschaftsschutzes bewacht werden. Einige der Siedlungen tragen französische Namen, um ihre Nachbarn im Norden an die Entdecker zu erinnern, die die Welt an den Knick im Fluß brachten, den die Indianer den ›Krummen Weg‹ nannten. Aber das ist ein vertaner Aufwand, denn die Stadt ist sich ihrer Außenbezirke kaum bewußt und nennt alles, was sie nicht versteht, Downriver.

Kultivierter grauer Rauch hangelte sich aus den Schornsteinen der alten Traktorfabrik, die sich als Automobilcenter im High-Tech-Stil erwies, als ich durch den Durchlaß im Sicherheitszaun rauschte. Keine Wachen traten in Erscheinung, also fuhr ich weiter, bis ich zwischen zig Reihen geparkter Autos mit Sicherheitsstickern auf der Windschutzscheibe einen Parkplatz fand, und stieg aus. Der Asphalt war matschig in der nachmittäglichen Hitze und gab kleine schmatzende Geräusche von sich, wenn ich die Füße hob.

Eine rote Feuertür trug in gelben Lettern die Aufschrift: *Zutritt nur mit Genehmigung.* Ich zog sie auf. Drinnen sah ein Sicherheitsbeamter in einer grauen Uniform von dem Sandwich auf, das er an einem großen Arbeitstisch verzehrte. Ein Ventilator in einem weißen Plastikgehäuse blies mir den Geruch von harten Eiern entgegen.

»Sicherheitsmarke«, sagte er und spuckte dabei mit Eistücken um sich. Er war ein hart aussehender Kerl mit ergrauenden Haaren und schwarzen Augenbrauen und einem Nacken wie ein Schweinehintern. Sein Revolver hockte weit oberhalb seiner Hüfte und offenbarte seinen schwarzen Gummigriff oberhalb der Tischkante.

Ich ließ ihn meinen Ausweis sehen. »Mr. Piero aus dem Büro in Detroit sagte, ich soll seinen Namen benutzen.«

»Okay.«

»Okay?«

»Er rückt seinen Namen raus wie ich Hundert-Dollar-Noten. Büros oder Fabrik?«

»Büros.«

Er griff in eine Blechschachtel voll durchsichtiger bunter Plastikschildchen und hielt mir ein blaues hin. »Klemmen Sie sich das an die Tasche und nehmen Sie den Aufzug am Ende vom Flur. Keine Umwege.«

Eine große weiße Zwölf war darauf geprägt. Ich hängte das Schild an meine Brusttasche und marschierte durch einen engen, mit Korktapete gepflasterten Flur zu einem einzelnen Aufzug. Er hatte keine Knöpfe für einzelne Etagen, nur für »hoch« und »runter«. Als die Türen aufglitten, um mich zu entlassen, räumte ich das Feld einer Brünetten in einem pfirsichfarbenen Geschäftskostüm, die auf mein Schild schaute.

»Früher war ich mal 'ne Dreizehn«, sagte ich.

Daran kaute sie noch, als uns die Türen voneinander trennten. Das war schon mal besser, als sich mitten in einer Schlägerei wiederzufinden.

Es war eines dieser Fast-food-Büros; hinter einem Empfangstresen standen drei Frauen, und gegenüber befanden sich Reihen von halbhohen Trennwänden mit Tischen dazwischen, an denen Männer und Frauen saßen und arbeiteten wie die Ameisen. Ich fragte nach Alfred Hendriks.

»Um wieviel Uhr ist Ihr Termin?« Die Frau, die antwortete, hatte ich nicht angesprochen, sie hielt sich am entgegengesetzten Ende des

Tresens auf. Sie hatte silbern schimmernde Haare, trug eine randlose Brille und schaute über die Schulter zu mir, während sie damit beschäftigt war, eine Akte in einen Schrank zu räumen. Ich erkannte die qualitätsgeprüfte Stimme von meinem morgendlichen Telefongespräch. Ich sagte, ich hätte keinen Termin, und teilte ihr meinen Namen mit.

Sie wandte den Kopf ab. »Tut mir leid. Mr. Hendriks ist nicht da.«

»Wäre er da, wenn ich sagen würde, ich bin von Stutch-Petrochemie?«

»Sind Sie das?«

»Nein. Damit hab ich's schon mal probiert. Zweimal klappt nicht. Wann ist er zurück?«

»Er hat nichts hinterlassen. Sie können warten, wenn Sie möchten.«

Ich ließ mich nieder und blätterte ein Hochglanzmagazin durch, das sich *Moderne Aerodynamik* nannte. Es hatte eine Witzseite, aber der Jargon entzog sich mir. Ich legte es weg und steckte mir eine Zigarette an.

Ich saß seit zehn Minuten da, als eine Frau aus einem anderen Flur trat und vor dem Tresen stehenblieb. Sie war groß und schlank und trug einen Hosenanzug, der für eine ganz andere Art von Geschäft gemacht schien, als die, mit der ich mich in letzter Zeit abgegeben hatte. Er war aus Satin und in einem Blauton, den man diesseits von Las Vegas nicht in Büros vorfindet. Ihr Haar war schulterlang und kastanienfarben – im Sonnenlicht würde es rot sein –, ihre Gesichtsfarbe hell, und sie hatte hohe Backenknochen und schmale Wangen, die sie betonten, und mongolische Augen, denen sie mit einem Hauch von Wimperntusche an den Ecken nachgeholfen hatte. Sie hatten keine Hilfe nötig.

»Ist mein Mann da?« Ihre Stimme hatte eine mittlere Tonlage und erinnerte mich aus irgendeinem Grund an Magnolien und georgianische Säulen. Ich war noch nie in Georgia und kann das eine wie das andere nicht von Spargel unterscheiden.

»Gehen Sie ruhig rein, Mrs. Marianne«, sagte die Empfangsdame mit der Brille. »Er erwartet Sie.«

Sie ging mit klackenden Absätzen an mir vorbei und um den Tresen herum, wo sie von einem Flur verschluckt wurde. Der Laden wimmelte von Fluren. Nachdem ich sie aus den Augen verloren hatte, roch ich einige Minuten lang eine Frühlingsnacht.

Ich rauchte noch eine Zigarette und hörte den Geräuschen im

Raum zu. Eine Frau rief bei der *Free Press* an und ergänzte eine ganzseitige Anzeige für die morgige Ausgabe, die sie zuvor in Auftrag gegeben hatte. Ein Mann beschwerte sich telefonisch bei jemandem darüber, daß seine mittlere Initiale auf einem Namensschild fehlte, das er bestellt hatte. Zwei Typen schlossen über die Wand, die sie trennte, Wetten für das abendliche Spiel gegen New York ab. Die Frau rief wieder bei der *Free Press* an, um die Anzeige abzusagen. Es war ein geschäftiges Büro.

Der Rotschopf in dem blauen Anzug kam aus dem Flur hinter dem Tresen und nahm den Weg zurück, den er gekommen war. Ihren Gang hatte sie nicht bei Tante Pittiplatsch abgeguckt.

Ich stand auf und lehnte mich bei der Frau mit der Brille an den Tresen. »Das die Frau von Mr. Marianne?«

»Ja.«

»Sie sieht wie ein Model aus.«

»Sie war es.« Sie verschränkte die Arme auf ihrer Arbeitsfläche. Falls sie hinter der Brille geschminkt war, dann nur sparsam. Sie war jünger, als sie zu wirken versuchte. »Sie haben sich bei der Autoausstellung kennengelernt, als er bei Ford war. Er hat sie direkt von der Motorhaube von einem brandneuen Thunderbird runtergeholt. Ich dachte, die Geschichte kennt jeder. Stand in *People* und alles.«

»Ich schätze, in der Woche hab ich meine Zeit mit *Billy Budd* vergeudet. Brauchen Sie die?«

Sie faßte an die Brille. »Nur zum Sehen. Warum?«

»Sie sollten Kontaktlinsen versuchen. Grüne. Und waschen Sie sich diesen Schimmer aus den Haaren. Wie alt sind Sie wirklich, zwanzig, zweiundzwanzig?«

»Fünfundzwanzig. Und Sie sind ungehörig.«

»Nur ruhelos. Mr. Hendriks jetzt da?«

»Sie haben ihn nicht gesehen, oder?«

»Ich dachte, es gibt einen Hintereingang. Wissen Sie, wie Al Capone einen hatte.«

»Wer?«

»Das war ein italienischer Heiliger. Vergessen Sie ihn. Ob Mr. Marianne wohl Zeit hat?«

»Wann ist Ihr Termin?« Sie hatte auf höchste Gefrierstufe geschaltet.

»Das hatten wir schon. Sagen Sie ihm, es geht um seinen Generalmanager, Alfred Hendriks. Und einen alten Raubüberfall und Mord.«

Es wurde still im Raum, oder es schien zumindest so, weil alle drei Empfangsdamen zu mir sahen. Kurz darauf hob Brillenschlange den Hörer von ihrer Gegensprechanlage und drückte einen Knopf.

## 15

»Was Sie da draußen gesagt haben, war Rufmord, wie er im Buche steht«, sagte Timothy Marianne. »Wenn Al Sie nicht verklagt, dann bestimmt nicht, weil sein Anwalt schlechte Chancen hätte.«

Ich sagte: »Mein Vermögen umfaßt eine Flasche Scotch und eines dieser Küchenmesser mit Fünfzig-Jahres-Garantie. Den Scotch kann er haben, aber das Messer brauch ich. Kann sein, daß ich mir eines Tages die Kehle durchschneiden will.«

Er gab ein Geräusch von sich, das zwischen Grunzen und Kichern lag. Wir saßen in seinem Büro, das nicht annähernd so groß war, wie man es erwartet hätte, vor allem in einem Gebäude, das nach seinen Plänen gebaut worden war. Von seinem Schreibtisch aus hatte er eine gute Aussicht auf den Fluß und Fighting Island, aber wenn man von den Antiquitäten und dem rollschuhgerechten Parkett absah, hätte der Raum jedem Konzern-Vize der Stadt gehören können. Sein großer, gesteppter Polstersessel war bis an die äußerste Grenze zurückgekippt, und einer seiner Designerschuhe lagerte auf einer Tischecke. Er teilte sich die goldene Lederoberfläche mit einem Schreibset, einer Gegensprechanlage und einem Fiberglasmodell des Stiletto, das die Größe und annähernd die Form einer Bettpfanne hatte.

»Ich habe etwas über Detektivarbeit gelernt, als meine erste Frau sich von mir scheiden ließ«, sagte er. »Sogar die Miesesten von denen hängen genügend mit Anwälten rum, um zu wissen, daß sie nicht mit großen Revolvern vor Zeugen rumwedeln und damit davonkommen können. Was haben Sie in der Hand?«

»Einen Klienten, der sagt, Hendriks hätte ihn ohne sein Wissen dazu benutzt, 1967 Deckung für einen Panzerwagen-Überfall abzugeben. Und etwas, das Hendriks mir mitgeteilt hat, als ich heute morgen mit ihm telefoniert habe, worauf ich noch eingehen werde. Im Moment würde ich gerne mit Ihnen besprechen, wie es zu seiner Anstellung bei Ihnen kam.«

»Sollten Sie ihn das nicht selbst fragen?«

»Gerne, wenn er sich nicht jedes Mal unter seinem Schreibtisch verkriechen würde, wenn ich ihn zu sprechen versuche. Diese In-einer-Besprechung- und Zur-Mittagspause-Masche beherrscht er perfekt.«

»Er hat zu tun. Das haben wir alle.« Er bewegte das Stiletto-Modell mit der Fußspitze fünf Zentimeter vor und zurück. Er war ekkige einsachtzig groß und hing fast in der Horizontale, steckte in einem blauen Anzug, der aussah wie von einem Lastwagen gefallen, wo er ihn aufgehoben und angezogen hatte, um sich dann direkten Fußes hierher zu begeben. Sein Schneider konnte Spitzenklasse sein, Mariannes nachlässige Art, sich zu bewegen und zu sitzen, würde nach einer halben Stunde jeden Anzug in diesen Zustand bringen. Seine Schultern waren hoch und schmal, sein Hals lang, sein Gesicht nicht so groß, wie es mir zunächst erschienen war, nachdem ich es jahrelang in der Zeitung und im Fernsehen vor Augen gehabt hatte. Es war lang, gebräunt und zerfurcht, und seine Augenbrauen waren dunkler als seine Haare, die an den ausgedünnteren Stellen kurz geschnitten und an den volleren lang gelassen waren, um das Schwinden zu mildern. Ich mochte ihn, ich wußte nicht, warum. Vielleicht lag es an dem Anzug.

»Sie erwähnten Mord«, sagte er.

»Einer der Täter wurde getötet. Die Polizei denkt, von einem seiner Partner.«

»Sie denken, der Partner war Al Hendriks?«

»Was ich denke, gehört nicht zum Geschäft. Mein Klient denkt, Hendriks hat ihn reingezogen, damit er eingebuchtet wird. Wenn er recht hat, ist Hendriks ohne Ärger und mit zweihunderttausend Dollar davongekommen. Wieviel hat er in Marianne Motors investiert?«

»Am Anfang keine 200 000, obwohl seine Anteile das jetzt zwanzigmal wert sind. Er war einer meiner ersten Geldgeber, als ich bei Ford wegging und meine eigene Firma gründete. Er hat dort in der Buchhaltung gearbeitet, und ich habe ihn mitgenommen. Ich kenne keinen, der so gut mit Zahlen umgehen kann wie Al. Wenn er stehlen wollte, könnte er viel mehr haben, ohne auch nur vom Schreibtisch wegzugehen.«

»Als die Sache mit dem Panzerwagen lief, war er noch nicht Buchhalter. Wann ungefähr hat er bei Ford angefangen?«

»Ich weiß es nicht. Ich kannte ihn schon eine Weile, als er sagte, er wolle sich dem Team anschließen. Er hatte mir hin und wieder Kalkulationen gemacht. Hätte uns beide den Job gekostet, wenn die Oberen das rausgefunden hätten. Das ist acht lange Jahre her. Wenn ich gewußt hätte, wie lange es dauert . . .« Er spielte wieder mit dem Automodell.

»Laut Polizei ist keiner der gestohlenen Geldscheine je wieder aufgetaucht«, sagte ich. »Es braucht Zeit, so viel schmutziges Geld zu waschen. Jahre vielleicht, und man kriegt bloß ein paar Cents pro Dollar. In der Zwischenzeit mußte er von was leben. Als er dann das Bargeld raushatte, konnte er nicht gleich alles ausgeben. Ihr Unternehmen könnte grade zur Erntezeit gekommen sein.«

»Ich sollte nicht mit Ihnen reden.«

»Besser Sie reden mit mir als ich mit der Presse. Der alte Stutch könnte nervös werden und seine Investitionen zurückziehen.«

»Der Commodore muß sich zu sehr aufs Atmen konzentrieren, um sich Sorgen ums Geld zu machen. Der Mann ist einhundert Jahre alt. Aber seine Enkelsöhne sind sehr, sehr konservativ. Sie kommen mir nicht wie der Typ vor, der bei der Presse rumkrakeelt.«

»Bin ich auch nicht. War ein schlechtes Manöver. Aber offene Türen sind bei mir Mangelware, und ich denke, Sie sind in dieser Sache genauso neugierig wie ich.«

»Sie sagten, Al hätte Ihnen heute morgen etwas mitgeteilt, was Sie mißtrauisch machte. Was war das?«

Ich entknotete meine Beine und schlug sie in der anderen Richtung übereinander. »Der Mann, von dem mein Klient behauptet, er hätte ihn reingelegt, studierte zur Zeit des Überfalls an der Wayne State University. Hendriks gab zu, daß er auf der Wayne State war, aber er sagt, er war Austauschstudent in England während der Rassenunruhen, sprich: zu der Zeit, als das Ding lief.«

»Ich weiß nur, daß er in Cambridge war.«

»Nicht damals. Ich habe Wayne State angerufen. Nach deren Akten hatte er in diesem Juli einen vollen Stundenplan, just hier in Detroit.«

»Ein Versehen.«

»Kann sein. Ich will hören, wie er das sagt.«

Nach einer Pause nahm er seinen Fuß vom Tisch und setzte die Gegensprechanlage in Gang. »Denise, wenn Mr. Hendriks kommt, würden Sie ihn zu mir bitten? Ist er? Ja, gleich.« Er hängte auf. »Er ist in seinem Büro.«

Es wurde still im Raum. Dann kam der Mann persönlich herein. Seine dunklen Haare trug er inzwischen kürzer, und sie hatten begonnen grau zu werden, aber sein ebenmäßiges Gesicht, die gepflegte Figur und der sinnliche Mund waren noch immer dazu angetan, die weibliche Hälfte jeder Single-Bar der Stadt in Aufruhr zu versetzen. Sein dunkler Anzug und seine Paisley-Fliege gewandeten ihn wie goldener Stoff. Als er mich auf der Besucherseite des Tischs sitzen sah, wurde sein Schritt langsamer, aber er ging stetig voran und blieb dann mitten im Raum stehen. Er kannte mich nicht.

»Al, das ist Amos Walker«, sagte Marianne. »Er möchte dich etwas fragen. Ich bin sicher, daß du ihn zufriedenstellen kannst, und dann kann er gehen, und wir können uns wieder der Arbeit zuwenden.«

»Walker.« Er zog seine Hosen leicht hoch und ließ sich in dem Stuhl mir gegenüber nieder. Bei Schuhen hatte er Dandy-Geschmack, Alligator mit goldverzierten Quasten. Er erkannte den Namen von heute morgen. Als ich ihm gesagt hatte, was ich Marianne gesagt hatte, schlug er die Beine übereinander.

»Ich bewundere Ihre Verschlagenheit«, sagte er. »Sie könnten es schaffen in der Geschäftswelt. Nicht allzuweit, aber die Bürointrigen würden Sie überstehen. Universitäten geben nicht jedem Frager Einblick in die Studentenakten. Vor allem nicht in dem Zeitraum, seit wir uns unterhalten haben.«

»Ich habe nicht mal angerufen.«

»Das hatte ich nicht anders erwartet. Noch etwas, Timothy?«

»Ich denke nicht.«

Hendriks erhob sich und sah auf mich herunter. »Ich sollte Sie vor Gericht bringen. Thanksgiving säßen Sie mit nacktem Arsch auf der Straße.«

»Hübsche Schuhe«, sagte ich. »Wo krieg ich 'n so'n Paar für dreißig Eier?«

»Idiot. Ihr Klient hat einen Idioten als Detektiv.«

Er ging. Marianne plazierte seinen Fuß auf dem Tisch, steckte die Hände in die Taschen und hob die Augenbrauen. »Was war das denn? Wie ein Spinner kamen Sie mir nicht vor.«

»Ich habe nicht erwartet, daß er weich wird und gesteht. Vielleicht hab ich gehofft, daß er irgendeine Ausflucht zusammendichtet, aber auch nicht allzusehr. Hauptsächlich wollte ich sehen, wie er's nimmt.«

»Ziemlich ruhig, habe ich gedacht.«

»Ich ebenso. Wenn er nur das kleinste bißchen Entrüstung gezeigt hätte, würde ich seine Akte vielleicht auf der Stelle schließen.«

»Sie machen weiter?«

»In diesen Dingen bin ich wie ein übler Schnupfen.«

»Sind Sie sich Ihrer selbst immer so sicher?«

»Jetzt bin ich es nicht. Wenn ich's wäre, stünde dieser Auftrag viel eher vor dem Abschluß. Ich werde bezahlt, damit ich diejenigen finde, die diesen Raub begangen haben.«

»Sie könnten das letzte Hemd verlieren. Al macht keine leeren Drohungen. Das ist einer der Gründe, warum ich ihn zum Geschäftsführer gemacht habe.«

»An dem Tag, an dem ich eine Vorladung mit seinem und meinem Namen drauf kriege, weiß ich, daß ich den falschen Mann habe.«

»Erklären Sie mir das.«

»Ich müßte seine Schuld beweisen. Das würde nur ein Unschuldiger riskieren.«

»Sie müssen noch verflucht viel über das Gesetz lernen«, sagte er. »Grade wenn Sie denken, Sie haben's im Griff, wechselt es die Farbe und gleitet Ihnen unter den Händen weg. Warum glauben Sie, habe ich acht Jahre gebraucht, um so weit zu kommen?«

»Es ist weit«, sagte ich.

»Je höher ich komme, desto ängstlicher werde ich. Am Anfang hatte ich Angst, daß ich nie das Geld hätte. Jetzt, wo ich's habe, habe ich Angst, daß jemand es mir wegnimmt. Nimm nie eine schöne Frau zum Weibe.«

Mir war nicht klar, ob er das Autogeschäft oder seine Frau meinte. Ich stand auf. »Ich halte Sie nicht länger von der Arbeit ab.«

Er stieß das Modellauto an. Es rollte zehn Zentimeter und blieb am Rand des Schreibtischs stehen. »Mein Sicherheitschef funktioniert nicht. Es könnte da bald eine freie Stelle geben.«

»Ich bin ihm begegnet. Es wäre ein Fehler, ihn zu feuern. Ich wünschte, Sie hätten das nicht gesagt. Jetzt stehen Sie auf der Minus-Seite der Liste.«

»Ich kann Sie nicht rumrennen und Anschuldigungen verbreiten lassen, vor allem unbegründete. Diese Branche ist abergläubisch. Ein böses Gerücht, und die Geldgeber suchen das Weite.« Er schubste das Auto in die andere Richtung. »Zwingen Sie mich nicht, Sie zu zerstören, Walker. Ich fange grade an, Sie zu mögen.«

Die Wache im Parterre hatte ihr Sandwich aufgegessen und las ein Taschenbuch mit einer nackten Frau und einem narbengesichtigen Cowboy auf dem Umschlag. Er nahm mein Schild entgegen und ließ es in das Kästchen fallen, ohne aufzusehen.

»Mr. Hendriks bat mich, etwas in sein Auto zu legen«, sagte ich. »Ich habe vergessen, wie es aussieht.«

Er blätterte um. »Was bin ich denn, 'n Parkwächter?«

Ich ließ es sein. Draußen krallte sich die Skyline an der Sonne fest. Ich zog mein Jackett aus, lockerte meine Krawatte, entschied mich für eine Richtung und ging die Vorderseite des riesigen Gebäudes entlang. Es würde nicht da stehen, wo das Volk seine Autos parkte.

Mein Hemd war klatschnaß, als ich den Parkplatz der Führungsetage fand, zwei Reihen schräger Plätze am anderen Ende hinter dem Gebäude. Der andere Weg wäre kürzer gewesen. Aber der Gang hatte meine Muskeln gelockert. Die meisten der Autos, einschließlich dem, das vor einem Namensschild mit Mariannes Namen parkte, waren Stilettos. Der Wagen auf Hendriks' Platz war ein blauer Porsche. Das mußte oben Gegenstand eines recht lebhaften Gesprächs gewesen sein.

Ich sah mich um. Der Platz war unbewacht. Ich inspizierte die Unterseite des Dachs über dem Eingang der Geschäftsführung, trat zurück und nahm die obere Seite in Augenschein, aber auch dort war keine Kamera. Mr. Piero in die Scheinbüros in Detroit zu stecken war Vergeudung. Ich ging hinter den Porsche, zog den Smith & Wesson raus und zerschlug mit dem Griff das rechte Rücklicht, wobei ich die Bewegung mit dem Körper deckte. Ich fegte alle Splitter vom Boden auf, wickelte sie in mein Taschentuch und steckte sie in meine linke Seitentasche. Dann machte ich mich auf den kurzen Rückweg, um mein Auto zu holen.

Gegenüber dem Porsche waren einige Plätze frei. Ich fuhr auf einen, der anfing, im Schatten zu liegen, und stellte den Motor ab. Ich kurbelte auf der Beifahrerseite das Fenster runter, um Durchzug zu kriegen, lehnte mich zurück und ersehnte eine Zigarette, steckte aber keine an. Die Sonne sackte tiefer und tiefer in meinem Heckfenster und fiel schließlich über den Rand.

## 16

Als Alfred Hendriks das Gebäude verließ, war es fast dunkel. Er schritt in diesem Manager-Gang voran, den ich in Mariannes Büro bemerkt hatte, schloß den Porsche auf, und setzte sich ans Steuer. Die Rücklichter blinkten auf, eines davon weiß, wo die Birne bloßlag, und der Wagen schoß rückwärts aus dem Parkplatz, schwang herum und fegte an dem Renault vorbei, in dem ich zusammengekauert hinter der Kopfstütze saß. Ich mußte mich ranhalten, um schnell den Motor zu starten und hinter ihm rauszukommen; ich hatte erwartet, daß der Porsche beim Anlassen laut würde. Er war schon halb auf der Jefferson, als ich das Gebäude umrundet hatte, aber es gab keinen Anlaß zur Unruhe. Das weiße Rücklicht ragte raus wie ein Segelohr.

Die Schicht hatte schon vor einer halben Stunde gewechselt, aber es war immer noch dichter Verkehr. Bis Detroit behielt ich ihn mühelos im Auge. Dort wurde es etwas übersichtlicher, und er legte Geschwindigkeit zu. Der Renault mußte es sich erst überlegen, bevor er umschaltete, als ich Gas gab. Als er in die Woodward einbog, verlor ich ihn fast, aber ich sichtete in letzter Sekunde das Rücklicht und schnitt jemanden, als ich die Kurve nahm, was mir ein Bremsenkreischen und ein wütendes Hupen im rechten Ohr einbrachte. Auf der Woodward schloß ich bis auf einen halben Block auf. Dort waren die Ampeln gegen ihn.

Bei der Detektivarbeit sind die Anweisungen, was zu tun ist, wenn sich der Vogel nicht aufscheuchen läßt, sehr speziell. Ihm zu folgen, bis er es tut, ist zeitraubend und langweilig und zahlt sich in einem Drittel aller Fälle aus, aber bis zu einem gewissen Grad ist es besser als aufgeben. Das Festlegen des Grades obliegt dem Detektiv. Wie man es auch macht, man hat künftig Hämorrhoiden.

Wir kurvten fünfundvierzig Minuten durch die Innenstadt und die nördlichen Vororte – mittlerweile war es völlig dunkel, und die Straßenbeleuchtung war eingeschaltet –, und dann schlugen wir uns in die Seitenstraßen von Birmingham, einer Gegend, wo die Straßen hell erleuchtet und die Einbrecher überdurchschnittlich zahlreich sind. Autos waren rar. Ich gab ihm ein paar Blocks. In einer Straße auf einem Hügel, die von Bäumen und niedrigen Ziegelsteinmauern gesäumt war, blinkte das Rücklicht, und die Strahlen der Scheinwerfer harkten über einen Betonpfosten am Ende einer Auffahrt. Ich fiel zurück, schaltete das Licht aus und ließ den Wagen zwei Häuser weiter an den Randstein rollen.

Der Mond war sicheldünn. Ich stieg aus, nahm die Taschenlampe aus dem Handschuhfach mit, ging zurück, schob meinen Körper zwischen den Strahl der Taschenlampe und das Haus und sah mir die Hausnummer auf dem Betonpfosten an. Das Haus hatte ein Flachdach und zwei Ebenen in der Waagrechten; es sah aus wie ein Päckchen Spielkarten, von dem man die obere Hälfte zur Seite gedreht hat. Beide Ebenen waren in Höhe der Fensterbretter von niedrigen Hekken umgeben.

Die Haustür öffnete sich, und Licht fiel auf das andere Ende der Auffahrt. Ich trabte zum Renault zurück und stieg ein. Zwei Türen klappten, dann fuhr der Porsche rückwärts von der Auffahrt und auf die Straße. Eine Gaslaterne auf dem Rasen ergoß etwas Licht auf eine Frau auf dem Beifahrersitz, dann glitt der Wagen darunter weg und preschte den Weg zurück, den er gekommen war. Ich erhaschte einen zu kurzen Blick, um sie erkennen zu können. Ich fuhr eine Schleife und folgte.

Bei der zweiten Ampel hängte er mich ab. Als er bei Gelb langsamer wurde, tat ich dasselbe, dann ging er aufs Gas und schoß über die Kreuzung. Ich blieb bei Rot stehen, um nicht einem Lieferwagen in die Seite zu rasen. Als ich mit ein paar Sekunden Mogeln endlich rüberkam, war das weiße Rücklicht verschwunden.

Ich fuhr um ein paar Häuserblocks, steuerte dann zurück zur Woodward, die mich zu meinem Büro führte. Ich rief Lee Horst an, einen Informationsmakler, der nie nach Hause geht. Wir feilschten eine Weile, dann gab ich ihm die Adresse in Birmingham und bat ihn um einen Namen. Nach ungefähr einer Minute Computer-Zeit war er wieder dran.

»Du brauchst neue Klamotten, wenn du dich in die Gesellschaft begeben willst«, sagte er mit seiner hohen, sanften Stimme. »So wie du dich anziehst, könnten sie dich wegen Streunen in Timothy Mariannes Nachbarschaft aufgreifen.«

Ich dankte ihm und sagte, ich würde am nächsten Morgen einen Scheck losschicken. Ich saß eine Weile da und kaute auf meiner Lippe, dann machte ich das Büro dicht und ging nach Hause. Ich bin nicht Lee Horst.

Es ging mich nichts an. Hendriks hatte vermutlich einen komplett legitimen Grund, mit der Frau seines Chefs rumzufahren.

Es war ein langer Tag gewesen. Ich war zu hungrig, um das Abendessen auszulassen, und zu müde, um mit einer Kellnerin zu reden. Ich spürte im Kühlschrank zwei Steaks zum Kurzbraten auf, die schon dabei waren, sich zu rollen, grillte sie auf jeder Seite fünfzehn Minuten, fügte etwas Okra hinzu, das sich in einer Dose im Schrank versteckt hatte, und überstellte die ganze Chose meiner Aufsicht. Detektivsein ist eine Gewohnheit, die schwer abzustellen ist, sogar zu Hause. Ich nahm eine Flasche Bier ins Kreuzverhör und stellte den Fernseher an, der ein Bullenpaar in unförmigen Jacken dabei zeigte, wie es mit automatischen Waffen ein paar Schurken und einen unschuldigen Passanten oder auch zwei niedermähte, das Ganze in Stereo; aber nicht auf meinem Apparat. Als ich umschaltete, klingelte das Telefon.

»Gibt's was?« Es war mein Klient.

»Wo haben Sie diese Nummer her?« fragte ich.

»Gibt jetzt drei Bücher mehr, als wie ich eingefahren bin. Ich hab gedacht, Sie übertreiben's mit den Telefongesellschaften. Ich hab Sie gefragt, ob's was gibt.«

»Ich hatte ein Gespräch mit dem Cop, der sie festgenommen hat. Und mit Hendriks, diesmal persönlich. Marianne war auch dabei.«

»Und?«

»Und nichts. Hendriks sagt immer noch, er war in England. Der Unterschied ist, daß ich jetzt weiß, daß er lügt.«

»*Ich* wußte es.«

»Sie leiten nicht diese Ermittlungen.«

»Und was jetzt?«

»Jetzt gehe ich schlafen. Sollten Sie auch tun. Sie sind es nicht gewöhnt, so lange aufzubleiben.«

Ein kurzes Schweigen folgte. »Wieso krieg ich beim ersten Mal nie 'ne Antwort auf 'ne Frage?«

»Was?«

»He, ich hab gedacht, Sie sind zumindest freundlich.«

»Tut mir leid. Ich hatte nicht unbedingt einen produktiven Tag. Vielleicht hab ich eine schwache Stelle bei Hendriks. Vielleicht auch nicht, aber es lohnt jedenfalls dranzubleiben. Inzwischen sollten Sie vielleicht an diesem Wochenende in Nähe Ihres Zimmers bleiben. Ich will nicht, daß Sie ihn verschrecken. Außerdem könnte derjenige, der den Versuch im Norden gestartet hat, hier Ausschau nach Ihnen halten.«

»Macht mir keine Angst.«

»Ihr Hirn in Ihrem Schoß würde Ihnen keine Angst machen. Ich sorge mich um Ihre Bewährung. Der Ausschuß ist nicht wild auf Ex-Sträflinge mit hohem Bekanntheitsgrad, auch wenn die Publicity nicht Ihre Schuld ist.«

»Wo liegt Ihr Problem? Sie haben Ihr Geld.«

Ich sagte: »Das war alles andere als freundlich.«

»Yeah. Okay. Rufen Sie einen an, okay? Die scheiß Warterei ist schlimmer als der Bau.«

»Haben Sie's mit Ballwerfen versucht, wie ich gesagt habe?«

»Ich hab damit angefangen, aber ich bin nicht soweit gekommen. Wissen Sie, was Sie gesagt haben, über ihre Zähne?«

»Ja.«

»Stimmt nicht.«

Ich sagte, ich würde anrufen. Er sagte wieder okay und unterbrach die Verbindung.

Mein Nacken war fast wieder im Normalzustand, aber jetzt tat mir der Kopf weh. Ich spülte zwei Aspirin mit Scotch direkt aus der Flasche runter und ging ins Bett. Als ich drin lag, dachte ich über Gefängnis nach.

Die Zeit ist die wirkliche Strafe, keine der verschiedenen Sachen, die einem drinnen zustoßen können. Sadistische Wächter sind eher in Filmen ein Problem. Es gibt sie, aber aufgrund von Rotation und der hohen Verschleißquote stellen sie nur eine Kurzzeithölle vor. Duschraumvergewaltigungen gibt es nicht öfter als die Straßenvariante, und jeder, der auf der Public School war, weiß, was er bei den Schikanen im Hof anzustellen hat. Je länger du drin bist, desto weniger schrecklich die Vorstellung, die Zelle mit einem anderen Insassen zu teilen, weil alles relativ wird. Die Doppelstockzelle ist vernichtet. Moderne Planer wissen, daß sie unnötig ist. Sie haben Isolation, und die alte Dunkelzelle mit nichts drin als dem unsanitären Loch im Boden ist nicht schlimmer und vielleicht sogar etwas besser, als für einen unbestimmten Zeitraum in mittelgrauem Licht sitzengelassen zu werden, ohne etwas tun zu können, ohne Bücher zum Lesen und ohne jemanden zum Sprechen. Außerhalb der Isolation ändert sich nichts im Ablauf: hoch um sechs, zwanzig Minuten zum Rasieren, Duschen, Anziehen, Frühstücken, Arbeit bis elf, dreißig Minuten Hof, Arbeit bis vier, zwanzig Minuten zum Abendessen, eine Stunde im Fernsehraum, wenn du nicht kürzlich einen Insassen umgebracht oder eine Wache ungebührlich behandelt hast, Licht aus um neun. Das hält einen vom Denken ab, ist also keine Strafe. Das Schlimmste ist, Tag für Tag in einer Anstalt zu sein, während draußen die Zeit vergeht. Die Dunkelheit ist abgeschafft. Von irgendwoher kommt immer Licht rein, und wie ein Weltraumfahrer, der auf einem Planeten mit zwei Sonnen ausgesetzt ist, schließt du die Augen und bildest dir ein, um dich sei Nacht. Dann öffnest du sie, da ist das seichte Licht, und du weißt, daß du es nie schaffen wirst. Oder du hast Angst davor, daß du es schaffst. Das ist die eine Sache im Leben, die schlimmer ist, als man denken kann. Ich wollte nicht einmal mehr daran denken, wie es war, unschuldig zu sein.

Ich überlegte, was zwischen Alfred Hendriks und Timothy Mariannes Frau stattfand, und ob es irgendwas mit irgendwas zu tun hatte.

Ich schien zu schlafen. An irgendeinem Punkt hörte ich auf, über Gefängnis nachzudenken und war drin. Ich trug gestärkte Köperhosen und Schuhe, die rauh waren von den vielen Füßen, die sich darin gerieben hatten. Jemand Großes und Haariges legte mir in der Bibliothek den Arm um die Schultern – eine Bibliothek, in deren Büchern Verbrechen oder Gewalt oder Sex keine Erwähnung fanden, reihenweise *Die Vögel Nordamerikas*, Angelführer, und Laura Ingalls Wilder – und teilte mir mit, daß ich für heute nacht seine Freundin sei. Ich tauchte unter dem Arm weg und war dann froh, als ich mich im Dunkeln in meinem eigenen Bett wiederfand. Bloß daß daran etwas nicht stimmte, denn mein Schlafzimmer ist nie dunkel. Draußen vor dem Fenster steht eine Straßenlaterne. Dann roch ich Zigarrenrauch.

Er saß vor dem Fenster. Seine dunkle, massige Gestalt hob sich leicht gegen das Dunkel der Nacht ab. Das orange Auge seiner Zigarre hing über seinen Schenkeln, kam dann hoch, brannte eine glühende Spur, leuchtete auf, als er daran zog und warf einen Schein auf ein wohnblockgroßes Gesicht und helle Haare und Bart. Dann versiegte es. Grauer Rauch schluckte das Licht und wirbelte in der stillen Luft herum.

»Sie schlafen fest.« Er klang heiter.

»Sie arbeiten leise.« Ich setzte mich auf, nicht zu schnell. »Meine Brieftasche liegt dort auf dem Sekretär. Die Uhr mögen Sie bestimmt nicht. Den Weg zum Pfandhaus nicht wert.«

»Ich bin kein Einbrecher.«

»Das hatte ich befürchtet. Geht's klar, wenn ich das Licht anschalte? Ich möchte gern sehen, wenn man mich kurz und klein schlägt.« Der Smith & Wesson liegt nachts auf dem Lampentisch.

»Ich bin auch kein Schläger.«

»Hören Sie, alles klar, solange Sie mich nicht anziehend finden. Das hab ich grade durchgemacht.«

»Kaum. Sie müssen ein interessantes Leben führen.«

»Zunehmend.« Ich wartete.

»Ich habe geklopft. Keiner sagte was, also bin ich reingekommen.«

»Der Typ, der mir das Schloß verkauft hat, sagte, es wäre einbruchssicher.«

»Nicht im mindesten. Ich war Schlosserlehrling. Es gibt so viele Arten, und ich hab sie alle zerlegt und wieder zusammengesetzt. Zahlenschloß ist das beste, aber wer will schon im Banksafe leben.« Er paffte. Er hatte tiefliegende Augen unter runden Brauen. »Ziehen Sie sich an. Wir gehen wohin.«

»Lässig, oder Hemd und Schuhe?«

»Spielt keine Rolle. Der Commodore ist nicht pingelig.«

## 17

Ich stellte das Licht an. Zum Teufel mit Erlaubnis. Der Revolver lag nicht da.

»Hier drüben«, sagte er. »Auf dem Fensterbrett. Sie sollten ihn unters Kopfkissen legen.«

»Nicht bei diesem Wetter. Sie rosten, wenn man draufschwitzt.«

Ich sah ihn mir an. Er war ein gesund wirkender Dreißiger in einem grauen Doppelreiher. An den Händen trug er eng anliegende schwarze Lederhandschuhe. Sein Gesicht war rund und glatt und, von dem roten Bart abgesehen, babyhaft. Seine Haare waren heller, lockig, und machten zunehmend der Stirn Platz. Er hatte irische Augen. Er trug schwarze Vinyl-Stiefel mit Reißverschlüssen an der Innenseite der Knöchel und die Hosen darüber. Soweit ich es beurteilen konnte, war er etwas unter einsachtzig und etwas unter zweihundert Pfund, einiges davon Fett, aber nicht genug. Ich sagte: »Ich kenne einen, der Sie schaffen würde.«

»Würde mich nicht wundern. Ich bin kein Harter.« Er wendete die Zigarre zwischen schimmernden schwarzen Fingern und drückte sie in einem meiner Aschenbecher mit seiner anderen Hand aus. »Ich möchte Sie nicht drängen, aber der alte Herr lebt nicht mehr ewig.«

»Ist ihm doch schon gelungen. Falls wir von Commodore Stutch sprechen.«

»Gibt's einen anderen?«

Ich stand auf und zog eine Hose und ein Sporthemd aus der Kommode. Ich sah mich in dieser Nacht sowieso nicht mehr ins Bett kommen. Der Wecker zeigte elf nach zwei. »Um diese Zeit ist er wach?«

»Das ist seine beste. Gegen vier blendet er sich aus, aber in diesen zwei Stunden schafft er mehr als jeder, den Sie kennen, in acht. Ich hab mal gesehen, wie er 'nem ganzen Land aus der Klemme half.«

»Muß ja ein Schauspiel gewesen sein.« Ich steckte das Hemd rein.

»Eigentlich nicht. Nur der alte Mann, der ein paar Anrufe macht, bis man anfing zu überlegen, was er da tut. Machte der Limousinenmietbranche den Garaus.«

»Waren Sie da vorher beschäftigt?«

»Yeah. Sein Stammtyp erschien einmal nicht am Flughafen, und ich war da und bot Fuhren an. Er hat mich auf dem Weg zu seinem Haus angestellt und übers Autotelefon seinen alten Typ gefeuert. Die Kutsche war neu, also hat er die auch gekauft. Das war, wann, vor sechs Jahren.«

Ich band meine Schuhe zu. »Sie müssen den Job mögen.«

»Die Arbeitszeit ist übel, aber die Bezahlung stimmt. Er geht nicht mehr viel raus. Meistens mach ich Besorgungen.«

»Zum Beispiel Privatermittler entführen.«

»Das ist keine Entführung. Fast hätt ich's vergessen.« Er zog einen Umschlag aus seiner Jacke und warf ihn aufs Bett. Die Federn wippten. »Für Ihre Zeit.«

Ich nahm ihn hoch und zählte die Scheine darin. »So viel ist meine Zeit nicht wert.«

»Sehen Sie's als Trinkgeld.«

Ich hielt einen der Scheine hoch – Grant ist einer meiner Lieblingspräsidenten – und schnippte ihm den Rest in den Schoß. »Kaufen Sie sich 'n paar bessere Zigarren. Ich werde erst mal mit dem Mann reden.«

»Sechs Jahre«, sagte er und schaute hinter die Lasche. »Noch keiner hat 'nen Umschlag von dem alten Mann zurückgegeben, wenn er nicht 'n dankbares Publikum hatte.«

»Vielleicht fürchteten sie, Sie würden vergessen, es ihm zu erzählen.«

»Ihr Haus. Ich schätze, hier dürfen Sie Gauner nennen, wen Sie wollen.« Er stand auf und steckte das Päckchen weg. »Fertig?«

»Fahr ich vorne?«

»Klar. Wird nett sein, zur Abwechslung mal jemanden zum Reden zu haben.«

Er redete mit Vorliebe. Ich erfuhr, daß er die Schlosserei aufgegeben hatte, weil seine Finger zu groß waren, dann für eine Mietwagenfirma gearbeitet und für einen ausgebauten, extralangen eigenen Lincoln gespart hatte, als der Commodore auf den Plan trat und ihm das Doppelte bot, was er auf dem freien Markt verdiente. Jetzt fuhr er einen grauen Cadillac mit cremefarbenen Ledersitzen und einem Radarwarner und einem eingebauten CD-Spieler. Sein Geschmack ging in Richtung Julie Andrews und die Original Ink Spots.

»Was war das mit, ich fände Sie anziehend?« fragte er. Er ließ auf der ganzen Strecke nicht eine einzige grüne Ampel aus.

»Hatte ich nur geträumt. Schon mal gesessen?«

»Ah-ah. Sie?«

»Nur die milde Form.«

»Ich würd verrückt werden«, sagte er. »Ich muß mich bewegen. Noch 'n Grund, warum ich nicht mehr im Laden arbeiten wollte.«

»Wie nennt man Sie, den Iren?«

»Gerald. Und ich bin von beiden Seiten Schweizer.«

Das Grosse-Pointe-Haus lag natürlich am Lake Shore Drive. Es hatte Blick auf den Lake St. Clair, der unter demselben schmalen Mond, den ich in dieser Nacht schon in Birmingham gesehen hatte, wie polierter Schiefer schimmerte. Gerald lenkte durch das offene Tor, wand sich durch ein Viertelmeile Rasenfläche, hielt vor einem weißen, runden Porticus, der vor der Gesamtheit aller Ziegel östlich von Wisconsin angebracht war, und entriegelte meine Tür mittels eines Knopfs auf seiner Seite des Wagens.

»Gehen Sie gleich rein, Sie werden erwartet. Der alte Mann will nicht, daß sein Auto in der feuchten Luft draußen bleibt. In manchen Dingen ist er gewöhnlich.«

Ich hatte die Wahl zwischen zwei Türen, von denen jede Moby Dick auf einem Tablett Einlaß gewährt hätte. Ich entschied mich für die rechte. Der große Eingangssaal hallte, als ich die Tür hinter mir zuzog. Ein Teppich mit Goldrand, groß genug, um sämtliche Wände, Böden und Decken meines Hauses damit zu tapezieren, lag in der Mitte eines Hektars Mosaikboden und machte einen verlorenen Eindruck. Bis auf ihn war der Raum, den ein Oberlicht über der Tür erhellte, leer. Ich hatte eine gute Minute dort gestanden, als sich ein schwerer, kahlköpfiger Mann in einem dunklen Anzug aus dem Schatten löste und in meine Richtung kam, wobei er sorgfältig um den Teppich herumging. Ich erwog, ob es sich dabei um eine Hausregel handelte.

»Mr. Walker? Ich bin Hector Stutch, der Enkel des Commodore.« Er nahm meine Hand in seine nachgiebige.

Ich holte sie mir so schnell zurück, wie es möglich war, ohne ihn zu beleidigen. »Ich habe Sie auf einem Foto gesehen, Mr. Stutch. Sie leiten Stutch-Petrochemie.«

»Ich bin der Chef und Vorsitzende des Aufsichtsrats, ja. Leitet unsere Generation denn wirklich etwas?«

Er hatte mindestens eine Generation Vorsprung, aber ich sagte nichts. Er verpaßte seinem Gesicht einen geschäftsmäßigen Ausdruck. Er war so lasch wie seine Hand. »Ich fragte mich, ob ich mit Ihnen sprechen könnte, bevor Sie zu Großvater gehen.«

»Der Commodore erwartet Mr. Walker.«

Den hatte ich weder kommen sehen noch gehört. Er war in meinem Alter, dunkel und arabisch wirkend, in einer weißen Jacke und Hose und weißen Schuhen mit Gummisohlen, was sein geräuschloses Erscheinen erklärte. Die Aufmachung sah medizinisch aus, aber ein Schneider war dran gewesen. Er warf sie abends nicht in den Gemeinschaftswäschekorb.

»Ja.« Alle Spuren von Geschäft wichen aus dem sanften Gesicht. Es war, als hisse er die weiße Flagge. »Das ist Raf, Großvaters Pfleger.« Er buchstabierte den Namen. »Er wird Sie zu ihm bringen. Ich wäre Ihnen dankbar, wenn Sie zu mir kämen, bevor Sie gehen.«

»Kommen Sie nicht mit?«

»Er wurde nicht eingeladen«, sagte Raf.

Hector blitzte ihn an. »Das kann ich Mr. Walker selbst sagen.«

»Das Arbeitszimmer ist hier entlang.«

Ich folgte Raf durch einen Gang, den Neonröhren über Porträts erleuchteten, die besser im Dunkeln geblieben wären. »Worum ging's denn hierbei?«

»Der Commodore vertraut seinen Enkeln sehr selten.«

»Das kommt Ihnen zugute, wie?«

»Ein Mann in seinem Alter verbirgt nichts vor seinem Pfleger.« Er klopfte an eine schwere Ahorntür und öffnete sie mir.

Der Raum war annähernd so groß wie die Eingangshalle.

Der Teppich war identisch, und die mit barocken Schnitzereien getäfelten Wände verschwanden über einem grünen Lichtturm auf einem massiven alten Schreibtisch am anderen Ende in der Dunkelheit. Dahinter bedeckten riesige Vorhänge ein Cinemascope-Fenster etwa bis zur Hälfte. Exakt dazwischen saß ein dünner sehr alter Mann. Seine Ohren standen ab, das Haar, das er noch hatte, war sehr hell und sehr fein, und sein Schädel zeichnete sich scharf unter der Gesichtshaut ab. Nur sein Kopf war in dem schauerlichen grünen Licht zu sehen und glich in seiner körperlosen, absoluten Reglosigkeit dem Pendel einer angehaltenen Uhr. Er sah tot aus.

Die Tür klappte hinter mir, und ich bemerkte, daß ich allein mit ihm war. Ich setzte mich in Bewegung.

»Bleiben Sie dort«, schnarrte er. »Ich brauche ein Vergrößerungsglas, um eine Zeitung zu lesen, aber ich kann aus hundert Metern Entfernung die Flügelschläge einer Hummel zählen.«

Ich blieb stehen. »Das ist sicher ein heißumwetteter Gag bei Picknicks.«

»Bei den Jungen ist Leichtfertigkeit unziemlich. Bei den Alten abstoßend.«

»Ich liege irgendwo in der Mitte.«

»Schweigen Sie und hören Sie zu.«

Seine Stimme war dünn, aber alles andere als schwach. Es lag etwas straff Neuenglisches darin, was man nicht mehr oft hört, nicht einmal in Neuengland. Ich schwieg.

»Ihr Name ist Amos Walker, keine mittlere Initiale«, sagte er. »Sie sind sechsunddreißig Jahre alt. Sie kämpften in Vietnam und Kambodscha, nicht ohne Auszeichnung, meldeten sich erneut und wechselten zur Militärpolizei, nachdem Sie sich nach Hause eingeschifft hatten, gingen dort nach drei Jahren weg und erhielten Ihre Lizenz als Privatdetektiv, während Sie bei Dale A. Leopold, verstorben, Apollo-Ermittlungen, angestellt waren. Sie sind geschieden – unversöhnliche Widersprüche –, leben allein, trinken meist zuviel, sind aber kein Alkoholiker, und rauchen Winston. Ihr Antrag auf eine Master-Card, den Sie im letzten Monat eingereicht haben, wurde abgelehnt. Richtig bis jetzt?«

»Von dem Antrag wußte ich noch nichts. Ich warte immer noch auf Antwort.«

»Vertrauen Sie mir. Direkt vor dem Abschluß wurden Sie aus der Polizeischule Detroit ausgeschlossen, wegen Körperverletzung an einem anderen Kadetten, dem Sohn eines Kongreßabgeordneten. Als Grund wurde angegeben, daß er sich Ihnen unter der Dusche homosexuell näherte. Was war es wirklich?«

»Ich fand sein Handtuch scheußlich.«

»Bah. Was interessiert Sie an Alfred Hendriks?«

»Ich geb's auf, was?«

Der Kopf bewegte sich den Bruchteil eines Zentimeters. »Ich habe Sie für diese Information gut bezahlt.«

»Sie haben mir fünfzig Mäuse bezahlt, um mich aus einem schönen warmen Alptraum zu reißen und mich in dieses Mausoleum zu verfrachten. Fragen Sie Gerald nach dem Rest.«

»Sie haben es zurückgegeben?«

»In den letzten Tagen hat man zweimal versucht, in mein Haus einzubrechen. Ich wollte es nicht rumliegen lassen.«

»Setzen Sie sich. Bitte.«

Er mußte den Mund verzerren, um das Wort rauszukriegen. Es war lange darin eingesperrt gewesen. Der Stuhl, der seinem Schreibtisch am nächsten stand, war ein riesiger, schokoladenbrauner Polstersessel, schwer wie ein Traktorreifen. Ich sank hinein, und als ich auf Grund stieß, waren wir immer noch weit genug voneinander entfernt, um uns Brieftauben zu schicken. Aus diesem Blickwinkel trug er einen metallgrauen Anzug und eine gestreifte Fliege, die für drei Uhr morgens qualvoll eng saß. Lose Haut hing in fleckigen Girlanden über den Kragen.

»Nun rauchen Sie schon«, sagte er. »Ich hab's nie getan, aber ich mochte immer das Brennen. Henry nicht. Er war der allerletzte, der Aschenbecher in seine Autos gebaut hat. Verbohrter Mistkerl.«

Es dauerte einen Moment, bis mir klarwurde, daß er über Henry Ford sprach. Ich steckte mir eine an und benutzte meine hohle Hand als Aschenbecher. Sein Büro hatte Henrys Autos nichts voraus. Raf hätte sich vermutlich darum gekümmert.

Er sah mich an. Die Augen in seinem Schädel waren groß und sehr lebhaft. »Das Geld zurückgeben. Sie sind aus der Zeit. Ich hab diesen Betrieb mit einem Händedruck gestartet. Nicht das Petrochemie-Geschäft, das andere. So machten wir das damals. Nicht wie heutzutage. Wenn ich das an Steuern zahlen würde, was ich Anwälten zahle, damit sie mir die Steuern ersparen, hätte ich die Nase vorn. Wenn ich spukken könnte, wozu ich nicht mehr die Kraft aufbringe, seit ich neunzig wurde, würde ich jedesmal eine kalbslederne Brieftasche treffen. Das ist das einzige Leder, was man heute noch in der Industrie findet, Anwaltsbrieftaschen. Haben Sie in letzter Zeit mal ein neues Auto gerochen, Walker?«

»Billige Schuhe.«

»Schlimmer. Ein neues Auto sollte nach Leder und poliertem Holz riechen. Nun, das ist einer der Gründe, warum ich aufhörte. Das Geschäft riecht nicht mehr wie früher. Es lag nicht nur am Plastik, es lag am Geruch der Leute, mit denen ich plötzlich Geschäfte machen mußte. Japsen und Gangster. Jetzt auch Araber, wie mein Pfleger. Haben Sie Raf kennengelernt?«

»Er hält nicht viel von Ihrem Enkel.«

»Welchem, Hector? Hector ist zuverlässig. Er riskiert allerdings nichts, und ich habe diesen Betrieb so aufgebaut. Es ist wohl mein Fehler. Er hat Angst vor mir. Sein Vater nicht, aber den hab ich selbst großgezogen. Mein Sohn wollte nichts mit der Branche zu tun haben. Ich wünschte, seine Söhne hätten nur halbsoviel Mumm wie er, aber dann wären sie auch nicht hier. Ich würde das Steuer ja abgeben, wäre ich nicht sicher, daß es das ist, was mich am Leben hält. Ich lebe offensichtlich gern.«

»Sie sind mein erster Hundertjähriger«, sagte ich.

»Ich bin ein Kuriosum. Aber niemand behandelt mich so. Ich schweife ab, wo war ich? Ja, die Japse. Ich machte nie gern mit denen Geschäfte. Nicht daß ich einer dieser Weichlinge wäre, die nach Handelsbeschränkungen schreien. Die großen Drei sitzen seit Jahrzehnten im Butterberg, haben vergessen, was Wettbewerb heißt. Pearless, Hudson, Studebaker, Durant, Edison, Packard, Rickenbacker – ich wette, Sie wußten nicht, daß Captain Eddie sich mit Autos versucht hat, hat auch das letzte Hemd verloren –, noch zwei Dutzend, alle sind sie weg. American Motors treibt's mit jedem. Es wird den Überlebenden guttun, ein bißchen zu schwitzen. Das hat etwas damit zu tun, warum ich Hector aufgetragen habe, 750 Millionen auf Marianne zu überschreiben.«

»Darüber habe ich nachgedacht.«

»Er hat keine verdammte Chance«, sagte der Commodore. »Ich habe das auch Kaiser gesagt, aber er hörte nicht, und jetzt zermahlen ihn GM und Ford zu Staub. Ich habe die Investition unter bestimmten Konditionen getätigt. Wenn Marianne eingeht, fallen die Fabriken und die Ausrüstung und sämtliches Material auf Lager an Stutch-Petrochemie. Ich werde es einem der anderen verkaufen, den gesamten Gewinn in die Firma stecken und jeglichen Verlust von der Steuer abschreiben. Die neuen Gesetze haben Lücken, so groß, daß ein Lastwagen durchpaßt.«

»Was, wenn er nicht eingeht?«

»Dann bin ich erheblich reicher als ich es jetzt schon bin.«

Ich kniff meine Zigarette aus, ließ den Stummel in eine Tasche fallen und rieb mir die Asche mit einem Taschentuch von den Händen. Sagte nichts.

»Zweifellos fragen Sie sich, warum ich Ihnen das alles erzähle«, sagte er. »Nicht, weil ich ein geschwätziger alter Mann bin.«

»Ich nehme mal an, da Sie soviel über mich wissen, wissen Sie auch, daß ich haltlos neugierig bin. Sie handeln.«

»Sie sind pfiffig. Ein Jammer, daß Ihr Mund pfiffiger ist, aber da wachsen Sie raus. Ich habe Marianne ein Jahr gegeben, um kaputtzugehen. Das ist der Zeitraum unter normalen Umständen. Wenn Sie nun natürlich etwas über ihn oder seinen Geschäftsführer wissen, was die Uhr beschleunigen könnte, möchte ich es hören. Man muß Hebel in Bewegung setzen.«

»Wer ist Ihr Lauscher in Mariannes Büro, eine der Empfangsdamen?«

»Sie haben nicht bezahlt, um meine ganze Hand zu sehen«, sagte er. »Sagen Sie Raf erst, er soll was sterilisieren gehen.«

»Raf.«

Eine Partie der barocken Täfelung rechts neben dem Fenster glitt zurück. Die weiße Aufmachung des Pflegers sah grün aus im Licht der Lampe.

»Das wäre alles. Kommen Sie zur Bettzeit wieder. Nein, nehmen Sie die Tür. Lassen Sie die Wand auf, damit Mr. Walker hineinsehen kann.«

Der Araber durchquerte den Raum so still wie fließendes Wasser und ging hinaus. Ich wartete auf das Klacken. Dann: »Noch andere, oder hängt er draußen am Fenster?«

Der alte Mann bewegte verneinend den Kopf. »Alle Jahre einmal, wie heute nacht, mache ich einen direkten Kontakt, ohne meine Enkel zu beanspruchen. Da niemand mehr Verträge mit Handschlag besiegelt, ziehe ich es vor, einen Zeugen bei mir zu haben. Aber man verhält sich anders, wenn ein Dritter im Raum ist. Woher wußten Sie, daß er da war?«

»Er sah genau aus wie die Sorte, die rumschleicht.«

»Ich kann ihn auch nicht leiden. Er hat ein verläßliches Gedächtnis für Unterhaltungen, und seine Anwesenheit hält meine Erben davon ab, mich in ein Heim zu stecken. Hat man mal alles überlebt, muß man sich vor seiner Familie schützen.«

Die Haut auf seinem Schädel zuckte. »Sie haben mein Wort, daß niemand mithört, elektronisch oder anders.«

Ich glaubte ihm. Ich erzählte ihm fast alles. Den Namen meines Klienten und Alfred Hendriks' Mondscheinfahrt mit Mariannes Frau ließ ich aus. Auch ohne das dauerte es lange. Am Ende hörte er noch genau zu, aber seine Augen waren weniger lebhaft. Es ging auf vier Uhr zu.

»Ich kann diese Information von Cambridge und Wayne State bekommen«, sagte er. Er sprach jetzt langsamer. »Dafür kommen Sie zu mir, mit allem, was Sie haben. Ich entscheide dann, ob sie damit zu den Behörden gehen und wann.«

Dieses Mal schüttelte ich den Kopf. »Ich bin noch nicht so weit, daß ich an die Behörden denke. Wenn es aussieht, als ob's was für sie ist, geh ich zu denen. Aber ich laß es Sie wissen, bevor es an die Öffentlichkeit kommt. Damit bleibt Ihnen genug Zeit, um ein paar Hebel zu ziehen.«

»Mein Vater betrieb ein bißchen Pferdehandel. Er hatte Freude am Feilschen. Ich nie. Ich sagte eine Zahl, der andere sagte eine Zahl, und wir entschieden uns für die eine oder die andere, oder ließen es bleiben. Klare Sache. Macht es Ihnen was aus, wenn Sie die Information von Raf bekommen?«

»Gerald wäre mir lieber.«

»Mein Fahrer? Warum?«

»Er hängt zu sehr an seinem Job, um eigene Spielchen zu machen. Und er ist Schweizer. Vielleicht hat er ein Stück Neutralität abbekommen.«

Er setzte sich zurück. Zum ersten Mal bewegte er mehr als nur seinen Kopf. »War ein Vergnügen, mit Ihnen Geschäfte zu machen, Mr. Walker.« Er zog seine rechte Hand unter dem Tisch hervor und streckte sie aus.

Ich stand auf und ging rüber und nahm sie. Sein Griff war erstaunlich schwach. Seine Knochen standen unter der fleckigen Haut hervor und wirkten zerbrechlich. Der metallgraue Anzug hing lose um seinen geschrumpften Körper. Das Hirn in seinem Schädel war das einzig Starke an ihm, und es wurde müde.

»Hector wird vorne herumstehen«, sagte er. Die dünne alte Stimme hatte fast ihre ganze Straffheit verloren. »Immer wenn ich jemanden privat treffe, denkt er, ich schmiede ein Komplott, um ihn aus dem Aufsichtsrat zu entlassen. Beruhigen Sie ihn, aber sagen Sie ihm nichts.«

Ich sagte, ich würde mich darum kümmern. Er zog die Hand zurück und schloß die Augen. Ich wartete, bis ich sah, daß er atmete. Dann ging ich.

## 18

Hector Stutch wartete in der Eingangshalle auf mich. Er konnte die ganze Zeit dort gestanden haben. Raf war nirgendwo in Sicht, was aber in Anbetracht seiner Vorliebe für dunkle, enge Orte nicht zwangsläufig hieß, daß er uns nicht Gesellschaft leistete. Ein Wesen aus cäsarischen Zeiten vermutlich, ewig auf der Suche nach dem Schoß.

»Wie gefiel Ihnen der Commodore?« fragte Hector.

»Er gefiel mir gut«, sagte ich. »Ich komme mit den meisten Meilensteinen in der Stadt gut zurecht.«

»Ich habe mitgehört, wie er Gerald beauftragt hat, Sie abzuholen. Deshalb weiß ich Ihren Namen. Sie waren ziemlich lange da drin.«

»Ich hab 'ne Geschichtsstunde gehört. Als der erste Reifen platzte, hatte er den Wagenheber zur Hand. Ich schätze, Sie wissen, daß jeder denkt, er ist nicht mehr aktiv im Geschäft.«

»Sein Einfall. In welchem Geschäft sind Sie?«

Er hatte meine Hose und Slipper und mein grünes Sporthemd mit Golfschläger auf der Tasche beäugt. »Ich bin der Profi in Metro Beach. Ihr Großvater hatte Probleme mit seinem Abschlag.«

Er entschied sich für ein finsteres Gesicht. »Kein Grund, unverschämt zu werden. Ich habe eine Familie zu Hause. Ich stehe nicht um diese Uhrzeit hier rum, um mich wie ein dummes Kind behandeln zu lassen.«

»Tut mir leid, Mr. Stutch. Für mich ist es genauso spät, und ich habe Kopfschmerzen. Der Commodore macht seine Geschäfte gerne im stillen. Ihr Name war nicht im Spiel, wenn Ihnen das was bedeutet.«

»Natürlich nicht. Ich habe Großvaters Wohlwollen nicht nötig.« Aber sein Gesichtsausdruck hatte sich um 180 Grad gewandelt. Aus irgendeinem Grund erinnerte er mich an Pillsbury. »Er ist nur – schwierig. Ich mache mir Sorgen um ihn, er bleibt zu lange auf.«

»Ich denke nicht, daß er irgendwelche Katzenheime oder Ähnliches finanzieren wird. Um seine geistige Regheit braucht man sich mit Sicherheit nicht zu sorgen. Ist Gerald greifbar, oder geh ich zu Fuß?«

»Er wartet draußen im Auto. Das macht er immer, wenn Großvater jemanden hierhat. Um diese Zeit –«

»Er dämmert weg. Ich hab's gesehen.«

»Das nehme ich an. Nun, wenn es nichts mit der Firma zu tun hatte.«

Ich sah ihn weiter an. Sein kahler Kopf glitzerte im Oberlicht.

»Nun«, sagte er, »dann gute Nacht.«

Es war Morgen, aber es schien mir nicht lohnenswert, darüber zu streiten. »Gute Nacht, Mr. Stutch.«

Gerald saß hinterm Steuer des Caddy und hörte »My Echo, My Shadow and Me«. Ich stieg auf der Beifahrerseite ein. Er grinste in seinen Bart. »Ist er nicht großartig?«

Mein Besucher war zögerlich.

Es war nach neun. Ich hatte zwei Stunden geschlafen, nachdem Gerald mich abgesetzt hatte, und als ich aufwachte, fühlten sich mein Kopf und mein Nacken prima und meine Augen wie zwei Fleischwunden an. Ich hatte mit den Füßen auf der Kalenderunterlage und weit offenem Mund an meinem Schreibtisch im Büro kombiniert, als der Summer losging und mir mitteilte, daß soeben jemand die Tür zum Vorraum geöffnet hatte. Ich wartete auf das Klopfen. Es kam nicht, und ich beschloß, daß jemand in das falsche Büro geschaut hatte und weiter den Flur entlanggegangen war. Es war sowieso Samstag, und ich war nur hier, weil die Concorde ausgebucht war. Dann kam er rein.

Er öffnete die Zwischentür nicht weit genug, stieß dagegen und glitt um die Kante. Sie weiter zu öffnen, wäre ein Zugeständnis gewesen, zu dem er nicht bereit war. Diese Art von Widerstand ist ein alter Hut in meiner Branche. In diesem Fall erwartete ich, daß er mit der Knarre erheblich weniger schüchtern war.

Die war ein Witz mit Plastikgriff und in diesem Ich-bin-mein-eigener-Waffenschmied-Blau, das bei zunehmender Feuchtigkeit abfärbt. Es war mehr Schwarz als Blau, und die Waffe selbst war kompakt und häßlich und vermutlich an beiden Enden tödlich. Der Mann, der sie hielt, war ebenfalls schwarz. Er hatte graue Haare und die Lebensmitte erreicht und steckte in einem marineblauen Anzug, der so billig war, wie der von Timothy Marianne aussah. Dieser hier trug seinen ohne Ironie. Er hatte keine Krawatte um, und sein Hemd war zerknittert. Sein Gesicht war eben ein Gesicht. Er hatte einen dicken Nacken.

»Hände hoch.«

Ich erhob sie. Er hielt die Knarre so nachlässig, wie sie es immer beim Film machen, und ich wollte nicht so gern, daß er vor Wut an die Decke ging. Ich bearbeitete mit dem Knie die mittlere Schublade unter dem Tisch. Der Smith & Wesson lag drin. Meine Nieren entspannten sich.

»Fehlanzeige«, sagte ich. »Im Safe liegt nur meine schmutzige Wäsche.«

»Das ist kein Überfall.«

Das war mir schon mal untergekommen. Falls ich immer noch schlief, träumte ich jetzt von Fremden. Ich sagte: »Ich hab das Raten aufgegeben. Hängt mir zum Hals raus.«

»Wo ist Ihr Klient?«

»Welcher?«

Auf seinem Gesicht lag ein Schweißfilm. Die Waffe zitterte. Ich hasse es, wenn sie zittern. »De Vries. Wo steckt er?«

»Keine De Vriese heute. Sicher, daß Sie im richtigen Haus sind?« Die Schublade war jetzt auf. Der Smith lag sechzig Zentimeter von meiner Hand entfernt in der falschen Richtung. Ich schlief nicht.

»Lassen Sie die Witze. Ich hab 'nen Freund in Lansing. Er hat Ihre Autonummer gecheckt. Ich weiß, daß Sie ihn nicht bei sich haben, weil ich das Haus gestern die ganze Zeit beobachtet hab. Sagen Sie mir, wo er ist, oder ich erschieß Sie. Ich mein's ernst.«

»Ist mir klar. Wie seh ich denn aus, wie'n Roter Retter?«

Es überraschte ihn. Sein Hirn arbeitete jedenfalls nicht so schnell. Es beschäftigte ihn noch, als ich das Telefon auf ihn warf. Er versuchte es zu fangen.

Das hatte ich nicht erwartet. Die meisten Leute ducken sich. Es sagte mir etwas über ihn, daß nämlich, so langsam sein Hirn sein mochte, seine Reflexe mehr als gut waren. Aber während er versuchte zu fangen, vergaß er die Waffe, und ich langte über den Tisch und schlug sie ihm aus der Hand. Bevor sein Revolver auf dem Boden landete, war meiner auf ihn gerichtet.

Ich stieß meinen Stuhl zurück und erhob mich vollends. »Stellen Sie das Telefon auf seinen Platz zurück. Ich krieg Nervenschmerzen von dem Gequäke.«

Einen Moment später bückte er sich, nahm in jede Hand ein Teil und plazierte sie auf dem Tisch aufeinander. Ich ging herum, hielt ihn in Schach und hob seinen Revolver auf. Es war ein 32er aus Deutschland. Am Griff haftete noch Kleber vom Schild des Pfandleihers. »Schon mal abgefeuert?«

»Nee.« Er rieb seine Hand, die umgeknickt war, als ich ihm die Waffe weggeschlagen hatte. »Hab ihn vor sechs Monaten gekauft. Kann man in Detroit nicht abschießen.«

»Sie haben Glück. Zumindest hab ich Ihnen eine Hand gelassen. Wer sind Sie?«

»George St. Charles.«

Er sagte das, als sei es bedeutungslos, und das war es auch. »Schauen wir mal in Ihre Brieftasche«, sagte ich. »Werfen Sie sie auf den Tisch.«

Er rieb weiter seine Hand. Ich verpaßte ihm einen dieser Schießeisenblicke. Er sagte: »Sie erschießen mich nicht.«

»Mister, dafür sind die Dinger da. Die Wand.«

Er ging hin und stützte sich auf seine Handflächen. Ich kickte ihm die Füße auseinander, steckte seinen Revolver in meine Jackentasche und hielt meinen auf ihn gerichtet, während ich ihn abtastete. Ich setzte das fort, nachdem ich die Brieftasche gefunden hatte. Keine Verstecke. Ich trat zurück.

»Setzen Sie sich.«

Er richtete sich unbeholfen auf und tappte zum Kundenstuhl, wo er sich niederließ und die verstauchte Hand bearbeitete. Ich steckte den Smith weg und sah die abgenutzte Brieftasche durch. Auf dem Führerschein, der ihn als in Cleveland ansässig auswies, stand George St. Charles. Ich fand eine Sozialversicherungskarte auf denselben Namen und eine Versicherungskarte von der Detroiter Vereinigung der Feuerwehrleute, letztere schmuddelig und mit Eselsohren. Einhundertunddreiundvierzig Dollar in bar. Ich warf ihm die Brieftasche zu. Diesmal war er schneller und fing sie.

»Reisegeld«, sagte ich. »Sie sehen nicht aus, als ob Sie soviel immer rumtragen. Wo wohnen Sie?«

»Red Roof Inn bei Inkster. Bin von Ohio hochgefahren. Meine Frau denkt, ich bin bei 'nem Treffen von ehemaligen Feuerwehrleuten in Cincinnati.«

»Die DVF-Karte erklärt den Fachjargon. Sie hätten vorsichtiger sein sollen, als Sie mit den Wakelys geredet haben.« Ich lehnte mich mit einer Hüfte an eine Ecke des Schreibtischs. »Was haben Sie gegen De Vries einzuwenden?«

Er sagte nichts. Die Brieftasche lag vergessen in seinem Schoß, und er starrte auf mein rechtes Ohr. Ich nahm seinen Revolver raus und legte ihn auf die Kalenderunterlage.

»Sie sollten sich ans Fahren halten. Hinterm Steuer sind Sie besser als im Anschlag. Ich rate mal, daß Sie die Verantwortung für den Feuerwehrwagen hatten. Arbeiten Sie allein oder mit Hendriks?«

»Kenn ich nicht.«

»Ich glaube Ihnen. Wenn er die Sache angeleiert hätte, hätte er sich jemanden gesucht, der 'ne Waffe von 'nem Türstopper unterscheiden kann. Also wären wir wieder bei den Einwänden. Was bedeutete Davy Jackson für Sie?«

»Kenn ich auch nicht.«

Ich beugte mich nach hinten über den Tisch und riß die Büroflasche und zwei Gläser raus. Ich füllte beide und hielt ihm eines hin. Er ließ von meinem Ohr ab, identifizierte den Gegenstand und wickelte seine Finger darum. Dann hielt er das Glas.

Ich schwenkte meines durchs Büro. »Das ist der zweite Schlag. Der erste war, als Sie und Hank versucht haben, uns im Norden zu stoppen. Ist meine treffsichere Meinung.«

»Buchten Sie mich ein?«

»Das wäre ein Gedanke.«

»Scheiße.« Daraufhin beugte er den Arm und trank. Zog ein Gesicht und senkte das Glas. »Ich war dreizehn Jahre dabei, zuletzt mit Wagen 21. Wissen Sie, wo das ist?«

Ich schüttelte den Kopf.

»Tja, ich weiß nicht mehr, wo's heute ist, aber damals waren wir auf Bettbrände und explodierte Öfen spezialisiert. Sagt Ihnen das was?«

»Sie waren nicht in Grosse Pointe.«

»Nicht mal auf demselben Planeten. Wenn irgendein altersschwaches Haus in der Stadt hochging, hatten wir gute Chancen, daß das unser Einsatz war. Sherman, Antietam, Mt. Elliott –«

»Zwölfte Straße.«

»Vor allem Zwölfte. Vor allem im Juli '67. In dem März kam der Junge von meiner Schwester zur Truppe. Legte sich ins Zeug. Wollte von seinem alten Onkel was lernen, wissen Sie. Er war zwanzig. Henry Waters, schon mal gehört?«

Ich trank einen Schluck. »Wenn, dann zum letzten Mal vor zwanzig Jahren, nicht?«

»Genau. Henry liebte die Arbeit. Ließ sich seine Uniform schneidern, polierte seinen Helm für Paraden. Der erste, der die Stange runter war, wenn die Klingel schrillte, der erste oben auf der Leiter, wenn jemand schrie. Er war wirklich gut. Sogar außer Dienst, wenn man irgendwo Rauch roch, war klar, Henry war mittendrin, mit zerrissenem Anzug und verschmiertem Gesicht. Tja, ich glaub, ich muß Ihnen nicht erklären, was 'n Roter Retter ist. Er machte 's aber nicht, um mit den Weißen mitzuhalten. Er wollte ein guter Feuerwehrmann sein.«

Er leerte sein Glas und streckte es mir hin. Ich füllte nach. Er trank es zur Hälfte aus.

»Sonntag nacht«, sagte er, »am ersten Sonntag, nach dem's losging, machten wir 'ne Fahrt zu 'ner Reinigung in der Clairmont. Brandstiftung. War alles besetzt, als wir da hinkamen. Der Besitzer hatte auf alle Fenster groß und weiß SOUL geschrieben, aber nach dem ersten Tag war das egal. Sie wollten uns nicht durchlassen –«

»Wer?«

»Die Leute. Die scheiß Brüder und Schwestern, die in der Straße wohnten. War wurscht, was für 'ne Farbe man hatte, oder ob man bloß die verdammte Stadt vorm Abbrennen bewahren wollte, wenn man 'ne Uniform anhatte, war man 'n Bulle. Sie nahmen sich an den Händen, als sie die Sirenen hörten, machten 'ne Kette. Ich bin gefahren – da hatten Sie recht –, und ich schaltete runter und kroch nur noch, bis einer die Nerven oder seinen Nachbarn verloren hat und ausbrach. Dann schmissen sie mit Scheiße und Pflastersteinen und Ziegeln und Scheiße. So was Scheußliches hab ich noch nie gesehen, und ich hab schon geholfen, völlig verbrannte Leute aus 'm Feuer zu ziehen, von denen ich nachher die Haut in der Hand hatte.

Wir kamen durch. Henry war schon oben drauf, bevor wir ankamen. Er griff sich sofort den Schlauch und fuhr die Leiter zum Dach hoch. Als er hochstieg, traf ihn ein Ziegel am Bein, und er wär fast gefallen, aber er hielt sich fest, mit der Düse unter einem Arm, und kletterte ein paar Streben weiter, ich nehm an, um aus der Wurfweite zu kommen. Er hat die Stromleitung nicht gesehen. Er hat 4800 Volt abgekriegt, hat der Untersuchungsbeamte gesagt.«

Ich nahm einen kräftigen Schluck aus der Flasche. Der Alkohol platschte laut in die Stille. »Sie hatten Ihrer Schwester versprochen, auf den Jungen aufzupassen.«

»Das hab ich gründlich versaut.«

»Wie kam sie damit zurecht?«

»Was denken Sie? Sie gab mir die Schuld. Aber sie hat's überwunden.«

»Nur Sie nicht.«

»Vielleicht hätt ich's, wenn sie's nicht geschafft hätte. Ich weiß nicht.«

»Haben Sie da aufgehört?«

»Nee, ich war noch 'n Jahr dabei. Sie hatten vor, mich zu feuern, also bin ich gegangen. Ich fuhr nur noch Mist. War mir egal, ob wir rechtzeitig dawaren oder nicht. Hatten sie was dagegen. Ich hab die Frau genommen und bin ausgezogen. Ich bin jetzt amtlicher Mechaniker in Cleveland.«

»Können Sie ein Auto kurzschließen?«

»Wird jedesmal einfacher, wenn sie 'n neues Anti-Einbruchs-Teil dazubauen. Ich seh fern. Ich weiß, daß man nie sein eigenes Auto nimmt, wenn man einen umbringt. Ich hab aber nicht gedacht, daß es trotzdem soviel kostet. Sie sehen ja, was ich noch übrig hab.« Er trank sein Glas leer und stellte es umgedreht auf den Tisch. »Wie gesagt, ich hab 'nen Freund in Lansing. Von dem weiß ich, wann De Vries rauskam.«

»Er hat das Feuer nicht gelegt, in dem Henry umgekommen ist. Das war ein anderes Haus.«

»Das weiß ich. Was soll ich 'n machen, den Bruder oder die Schwester aufspüren, die den Stein geschmissen haben?«

Ein Symbol. Ein großes schwarzes, mit Schlagzeilen umwickeltes Symbol: Richard De Vries. Ich fragte mich, wie viele George St. Charlese es in Detroit gab, in der ganzen Welt. Ich fragte mich, wie viele Angehörige von Opfern immer noch die vergessenen Schulden begleichen wollten. Plötzlich bekam ich zuviel. Vielleicht lag es an dem Whisky auf nüchternen Magen. Ich rutschte vom Tisch. Der Raum wankte, rückte dann wieder gerade. »Gehen wir. Mein Auto steht einen Block weiter.«

Sein Gesicht wurde müde. »Sie buchten mich ein?«

»Nein. Hier.« Ich hielt ihm seinen Revolver hin.

Er starrte darauf. »Wo gehen wir hin?«

»Sie wollten meinen Klienten sehen.«

Nach langer Zeit nahm er den Revolver an.

## 19

Bei Tag sah das Alamo noch schlimmer aus. Schmutziges Sonnenlicht fiel schräg durch das Frontfenster und bildete die Neonlettern auf dem alten Teppich und dem noch älteren Mann ab, der schnarchend in dem Elefantenfuß-Sessel hing. Er trug eine fleckige, formlose Sportjacke über einem schmuddeligen Unterhemd, und oberhalb seiner Schnürschuhe, aus denen vorne seine Zehen ragten, waren die nackten Knöchel zu sehen. Das Loch zwischen den grauen Stoppeln wies einen einzigen Zahn auf.

In diesem Licht sah der Mann, der mit aufgestütztem Kinn hinter dem Tresen saß, weniger wie Vincent Price und mehr wie Brackwasser, gekrönt von schwarzer Schuhcreme, aus. Er trug denselben Strickpullover und dieselben Budapester, aber er hatte sich kürzlich rasiert. Fetzen blutverschmierten Klopapiers hingen an seinem Kinn wie Löwenzähne, kurz bevor sie samen. Seine tränenden Augen nahmen St. Charles und mich mit einem Blick wahr, der besagte, daß nichts ihn überraschen oder anwidern könnte.

»Doppelt kostet vierzig Kröten. 1. Stock vorne.«

Ich sagte: »Wo steckt Hank Aaron?«

Das Erkennen sickerte rein wie ranzige Butter, wenn sie schmilzt. Er nahm seine Hand vom Kinn. Ein Stück Klopapier flatterte wie eine Motte Richtung Tresen. »Zuhaus«, sagte er. »Mit vier gebrochenen Rippen und 'nem Krankenwisch. Ich hab ein Schießeisen hier hinten.«

»Ist mir in Erinnerung. Mr. De Vries da? Wir möchten mit ihm reden.«

Er entspannte sich sichtlich. »Achtzehn. 1. Stock.«

»Am Ende vom Flur. Auch daran erinnere ich mich.« Das enge Treppenhaus roch nach Staub und Schlimmerem. Wir behielten unsere Hände bei uns. Als wir oben waren, zögerte St. Charles. Ich drehte mich um, und er kam nach. Seine Hand hatte er in der Tasche auf dem Revolver. Vor achtzehn hielten wir an, und ich brachte meine Knöchel in Kontakt mit dem rissigen Holz.

»Ja.« Die Stimme des großen Mannes auf der anderen Seite klang gedämpft.

»Walker«, sagte ich. »Ich hab jemanden mitgebracht.«

Die Tür ging einen Spalt auf. Ein braunes Auge betrachtete uns vom oberen Ende der Tür.

»Wer ist der?«

»George St. Charles. Sie können ihn nicht kennen.«

»Was hat er in der Tasche?«

»Die häßlichste Knarre, die Ihnen je untergekommen ist. Ich hab ihm gesagt, er soll sie verdeckt lassen, sonst kriegt er eine Vorladung wegen Verschandelung.«

»Was hat er damit vor?«

»Sie erschießen, was sonst? Machen Sie die Tür auf.«

Der Befehl war entweder ausreichend seltsam, oder aber er war es gewohnt, Befehlen von Männern zu gehorchen, die sich anhörten, als ob sie genau das erwarteten. Jedenfalls machte er auf. Als er da stand, drang kein Licht mehr aus dem Raum. Er trug steife, neue Kleidung aus einem Laden für Übergrößen, aber die Knöpfe auf dem karierten Flanellhemd spannten, und die Köperhose hing bedrohlich weit unten auf seinen Hüften.

»Bleiben Sie vom Magen und der Mitte weg«, riet ich St. Charles. »Dauert zu lange; da kann er noch 'nen Arzt kriegen. Das Herz verfehlt man zu leicht. Manchmal prallen Kugeln am Schädel ab. Auf kurze Distanz ist der Unterleib am besten. Da liegt eine Hauptarterie, und in ein paar Minuten ist alles vorbei. Schaffen Sie's mit dem ersten.«

De Vries rührte sich nicht. St. Charles blieb ebenfalls ein paar Sekunden unbeweglich. Dann zog er die Waffe aus der Tasche.

Er zitterte nicht mehr. Das war irgendwie bedrohlicher, als wenn er es getan hätte. Ich bewegte meine Finger unter den Saum meines Jacketts. Wenn ich ihn falsch eingeschätzt hatte, mußte ich schnell sein. Der Police Special saß ganz hinten an meiner Hüfte.

»Scheiße.« Er wirbelte den deutschen Revolver vor seinem Körper herum und fing ihn mit dem Griff nach oben.

Ich nahm ihn. Zum ersten Mal nach geraumer Zeit atmete ich wieder. »Gehen Sie heim«, sagte ich. »1967 ist endgültig vorbei. Frohes Neujahr.«

Er wandte mir sein erschöpftes Gesicht zu. »Woher wußten Sie's?«

»Sie sind kein Mörder. Vielleicht wären Sie's vor zwanzig Jahren gewesen. Henry ist lange tot.«

»Ich hoffe, Sie erwarten keinen Dank.«

»An der Jefferson kriegen Sie 'n Taxi.«

Er ging den Flur entlang und die Treppe hinunter. Wir hörten die Tür zum Eingangsraum klappen.

»Was zum Teufel war das?« wollte De Vries wissen.

»Kein Roter Retter«, sagte ich. »In dem Punkt hat er den Wakelys nichts vorgelogen.«

»Der war das? Kann nicht wahr sein. Was hat er für'n Problem?«

»Hat nichts mit Ihnen zu tun. Können wir reingehen, oder haben Sie 'ne Frau da drin?«

Er zuckte leicht zusammen, dann rückte er zur Seite. »Machen Sie schnell. Ich geh grad aus.«

Das Zimmer bestand aus einem Stuhl, einem Bett und gelbgestrichenen Wänden. Ein geflochtener Läufer hatte die Umrisse der Dielen darunter angenommen. Das Fenster ging auf eine Betonwand. Die Toilette, über die er sich erfreut geäußert hatte, befand sich am Ende des Flurs, das Telefon neben der Klotür. Beides benutzte er gemeinsam mit dem Flur und vielleicht dem Rest des Hauses. Er ließ die Tür zum Flur aufstehen und hängte ein Bein über das Fußende des Betts.

Ich deutete mit dem Kinn zur Tür. »Hausregel?«

»Ist heiß hier drin, Mann. Fenster klemmt.«

»Haben Sie ein bestimmtes Ziel, oder treibt Sie's bloß raus?«

»Dachte, ich mach mal, was Sie gesagt haben, 'n paar Bälle schmeißen. Sind Sie jetzt mein Bewährungshelfer?«

»Sie sind nervös.«

»Yeah. Sie glauben, ich bin's gewöhnt rumzusitzen. Ist aber schwer, wenn einen keiner rumkommandiert. Hätten Sie's zugelassen, daß der Kerl mich abknallt?«

»Wenn er das wirklich vorhatte, hätte er's oben im Norden gemacht, als wir aus dem See kamen. Eine einzige Sirene hätte ihn nicht davon abgehalten. Sie machten keinen allzu verängstigten Eindruck.«

»Ich hab den Burschen nie im Leben gesehen. Ich wußt ja nicht, worum's ging.«

Ich teilte ihm mit, worum es ging. Er fuhr sich mit der Hand über seinen kurzen Bart.

»Ich dachte, ich bin der einzige, der den Kampf kämpft«, sagte er.

»Einige Wunden brauchen mehr Stiche zum Zuwachsen.«

»Ich war ein dummer Junge. Macht mir kein Problem, das heut zuzugeben. Aber ich hätt nie jemanden umgebracht. Vor allem keinen Bruder.«

»Er wußte das. Schlußendlich.« Ich wirbelte den Stuhl herum und setzte mich rittlings darauf. Die Beine bogen sich unter meinem Gewicht. Ich nahm an, daß De Vries noch nicht darauf gesessen hatte.

»Kann sein, daß man uns von ganz hoch oben das Leben erleichtert. Leland Stutch hat angeboten, ein paar Sachen für uns rauszukriegen, wenn er dafür alles erfährt, was wir zusammenklauben.«

»Wer ist Leland Stutch?«

»Sie haben noch nie vom Commodore gehört?«

»Ach, er. Ist denn der nicht schon längst tot?«

»Nicht im geringsten.«

»Was springt für ihn raus?«

»Das hat er eine Stunde lang erklärt. Hauptsache ist, daß er Einfluß hat.«

»Meinen Sie, er kann Hendriks das Geld rausleiern?«

»Wenn er wollte, könnte er den Scheck aus der Haushaltskasse ausstellen. Er wird uns dabei helfen zu beweisen, daß Hendriks während des Raubüberfalls hier war. Sagen Sie jetzt nicht, das wissen Sie. Die Cops wissen es nicht.«

»Was haben die damit zu schaffen? 'n Kerl im Knast kann mir nix geben, was ich zu kriegen hab.«

»Kann er, wenn er gern aus dem Knast draußen bleiben möchte.«

Er grinste langsam, lehnte sich an den Kopfteil und verschränkte die Hände hinter seinem rasierten Schädel. Die Bettfedern jammerten. »Haben Sie nicht gesagt, Sie wär'n ehrlich?«

»Es gibt ehrlich und ehrlich. Dieben gestohlenes Geld rauspressen stand Erroll Flynn gut zu Gesicht.«

»Sie tragen aber kein Grün.«

»In Detroit würde sogar Erroll Grau anlegen.«

»Sie glauben mir, daß ich den Panzerwagen nicht ausgeraubt hab?«

»Ich könnte damit nicht vor Gericht gehen. Noch nicht. Aber, ja. Wenn wir Hendriks irgendwie dazu kriegen können, daß er sich Ihnen stellt, tun wir's. Aber wenn er den Wagen überfallen und Davy Jackson umgebracht hat, fährt er sowieso ein.«

»Ich bezahl Sie nicht für Sowiesos.«

»Rufen Sie sich 'nen Klempner. Die geben Garantie auf ihre Arbeit.«

Etwas fing an zu summen. De Vries war vom Bett runter und halb bei der Tür, als er bemerkte, aus welcher Richtung das Geräusch kam. Er blieb unentschlossen stehen. Ich löste den Summer von der Innentasche meines Jacketts und stellte ihn ab. »Haben Sie 'n Rendezvous zum Basketball oder so?«

»'ne Lady hat angerufen«, sagte er. »Meldet sich noch mal. Nicht der Rede wert.«

»Bestimmt.« Er begann auf und ab zu gehen. »Sie lassen mich das machen, wie vereinbart?«

»Ja, ja. Scheiße. Sie sind so neugierig wie die Wärter. Ich laß mir bloß die Eier kraulen.«

»Sie halten sich richtig gut für 'nen Typen, den sie grade aus dem Bau gelassen haben.«

»Der Trainer meinte immer, ich würd von selbst loslegen.«

Ich beschloß, daß auch ich nervös war. Allmählich waren mir nicht mal mehr meine zwei Stunden Schlaf pro Schicht sicher. Ich stand auf und drehte den Stuhl wieder um. »Ich hab eine Nachricht. Geht das klar, wenn ich von hier durchrufe?«

»Wenn Sie nicht die Leitung kappen.«

Wenn man in Betracht zog, wie wenige Telefonnummern an der Wand neben das Telefon gekritzelt waren, mußte der Flur kürzlich frisch gestrichen worden sein. Es bildete sich schon eine Schmutzschicht. Ich ließ zwei Münzen in den Schlitz klackern und wählte meinen Telefondienst an. Der Hörer stank nach Mundgeruch.

»Ein Anruf, Mr. Walker«, sagte die zuckrige Stimme. »Sie hat eine Nummer zum Rückrufen hinterlassen. Eine Mrs. Marianne.«

## 20

Die verfrühte Hitzewelle hielt schon den dritten Tag an. In Birmingham führte man in Kabrios, auf Fahrrädern und beim Gassigehen Ralph-Lauren-Träger-Tops und Krokosandalen spazieren. Ich fühlte mich etwas weniger umnachtet, als ich zwischen den Betonpfosten hindurchfuhr und vor einer offenstehenden Garage mit einem Stiletto und einem Saab Turbo bremste. Ohne Alfred Hendriks' Porsche sah die Auffahrt seltsam aus.

Im hellen Tageslicht ähnelte das Haus weniger einem abgedeckten Satz Spielkarten als vielmehr James Masons Unterkunft über dem Mount Rushmore in *Der unbekannte Dritte.* Veranden und Balkone umgaben beide Ebenen des Hauses, und seitlich gepflanzte Zedern vermischten sich harmonisch mit großen Immergrüns im Hof. Überall zischten Sprenger, Teile einer unterirdischen Anlage.

Sie kam selbst an die Tür, in einer goldfarbenen Seidenbluse und diesen engen schwarzen Hosen, die man Toreros nannte, als man sie in Illustrierten an gesund aussehenden Blondinen bewundern konnte, die diese und sonst nichts trugen. An den Seiten waren sie goldbestickt. Sie hatte Pumps an, die die Zehen freiließen, und keine Strümpfe. »Mr. Walker? Meine Güte, Punkt zwölf. Ich bin Edith Marianne. Danke, daß Sie Zeit haben.«

Sie plazierte eine schlanke kühle Hand in meine, gab etwas Druck zu und hielt die ganze Zeit Blickkontakt. Ihre Augen waren grau und standen schräg wie die einer Katze. Ihre Haut war hell, fast blaß, und ihr Kinn war eine Spur zu groß für ihr restliches Gesicht, aber vollendet gerundet. Es gab ihrem Gesicht einen aggressiven Zug. Ich hatte recht behalten: Im Sonnenlicht wurde ihr Haar rot.

»Es ist so schönes Wetter, daß ich dachte, wir könnten draußen essen. Ich hoffe, Sie leiden nicht an Heuschnupfen oder so etwas.«

»Wenn's so wäre, würde ich lügen.«

Sie gab ein höfliches Lachen von sich und führte mich durch ein Wohnzimmer, das in Eierschale und Creme und hellen Tönen gehalten war. Überall hingen künstlerische Kohlezeichnungen des Stiletto in Passepartouts und Rahmen. Wir gingen drei Stufen hoch und traten durch offene Glasschiebetüren auf eine Rotholzveranda, auf der sich Timothy Marianne aus seinem Stuhl an einem Korbtisch erhob, um mir die Hand zu schütteln.

»Freut mich, Sie wiederzusehen, Walker. Wir arbeiten an diesem Wochenende gerade eine neue Köchin ein. Leisten Sie uns Gesellschaft bei dem Wagnis.«

Er trug eine leichte weiße Strickjacke mit blauen Paspeln über einem blauen Sporthemd und aufgerauhte Jeans. Die Aufmachung belief sich auf rund fünfhundert Dollar und sah aus, als hätte sie einen Ringkampf hinter sich. Ich sagte: »Ich hab schon an Orten gegessen, wo's zum Nachtisch Gegenmittel gab. Ich werd's überstehen.«

Von unseren Bistro-Stühlen aus hatte man einen Blick auf Hügel und Bäume und Vorortssiedlungen bis nach Iroquois Heights. Aus dieser Entfernung wirkte Heights geordnet und sauber, was es bis zu einem ganz gewissen Punkt auch war. Eine Latino-Frau mit dicken Beinen und einem Haarknoten kam mit einem Tablett aus dem Haus und stellte vor jeden ein hohes Glas mit Fruchtstücken hin. Wir entfalteten unsere Servietten und tauchten langstielige Löffel hinein.

»Ich kann hier viel besser arbeiten als im Büro«, sagte Marianne. »Edith sagt, ich bin charmanter, wenn ich entspannt bin, aber ich glaube, es liegt an ihr. Als ich ihr begegnet bin, hat sich mein Leben schlagartig verbessert.« Er griff über den Tisch und drückte ihre Hand. Sie lächelte.

»Ich hab gehört, es war bei der Autoausstellung.«

Er gab ihr die Hand wieder. »Diese Geschichte. Ich weiß nicht, wo die herkommt. Es stimmt, sie hat für eine dieser Agenturen, die die Messe organisieren, als Model gearbeitet, aber wir haben uns in Wirklichkeit bei einer Party nach der Eröffnungsfeier der General-Motors-Fabrik in Hamtramck kennengelernt. Sie war da mit einem alten Schnarcher von der Werbeabteilung von Chrysler.«

»Public Relations«, berichtigte sie. »Er war süß. Ich erinnerte ihn an seine Enkelin.« Sie hatte eindeutig Magnolien in der Stimme. Einer dieser Delta-Akzente.

»Jedenfalls habe ich ein Jahr gebraucht, um sie rumzukriegen. Ich machte damals grade eine Scheidung durch. Jemals verliebt gewesen, Walker?«

»Einmal. Ich machte damals grade 'ne Ehe durch.«

»Die richtige Ehefrau ist nicht nur eine Lebensgefährtin. Sie kennt Ihr Hirn besser als Sie selbst. Jedesmal, wenn ich etwas bei ihr vorgetestet habe, als ich das Geschäft aufbaute, hat sie genau dieselben Zweifel geäußert, die ich auch hatte, aber vor mir selbst nicht zugeben wollte. Ich bin sicher, wenn ich ihr früher begegnet wäre, hätte es keine acht Jahre gedauert.«

»Eher achtzehn«, sagte sie.

Er lachte. Dann lachte er nicht mehr. »Aus diesem Grund habe ich Edith gebeten, Sie zum Essen herzubitten.«

»Das habe ich erwogen.«

»Zuerst wollte ich Alfred Hendriks auch einladen, aber er hat heute im Büro in Detroit zu tun. Jetzt bin ich froh darüber. Ich habe gestern eine Feindseligkeit zwischen Ihnen gespürt, die nichts mit diesem Chaos zu tun hat, in dem Sie ermitteln.«

Ich aß den Rest der Früchte auf. Bis jetzt war die Küche okay.

Mrs. Marianne sagte: »Al ist ein harscher Mensch, aber er ist ehrlich. Ich fühle diese Eigenschaft bei Menschen. Ich sehe sie bei Ihnen.« Sie lächelte. »Wenn er in seiner Vergangenheit etwas Unrechtes getan hat – Tim und ich sind überzeugt davon, daß es nicht so ist –, dann sollte das keinen Einfluß auf seine gegenwärtige Position als Generalmanager von Marianne Motors haben. Das wird einem Betrieb, der in den nächsten fünf Jahren plant, 600 000 Menschen zu beschäftigen, nur Schaden zufügen.«

»Meinem Klient wurde ein bewaffneter Raubüberfall angehängt. Er saß zwanzig Jahre ab.«

»Er war ein Brandstifter.«

Ich sah Marianne an. Sein Gesicht war versteinert, aber in seinen Augen flackerte die freie Marktwirtschaft. »Ich habe Beziehungen bei der Polizei«, sagte er. »Sie haben den Fall für mich überprüft. Ihr Mann hat ein Haus in Brand gesteckt. Wohl kaum ein Unschuldiger.«

Die Köchin sammelte unsere Gläser ein und verteilte Holzschüsseln mit Salat und Tomatenscheiben ohne Dressing. Ich wartete, bis sie sich zurückzog.

»Sie kriegen nicht zwanzig Jahre für eine verpfuschte Brandstiftung an einem leerstehenden Haus, wenn alle andern das gleiche machen und nach zwei Jahren wieder rauskommen. Sie haben ihn wegen bewaffneten Raubüberfalls mit Waffenbesitz, der mit dem Tod eines der Komplizen endete, festgesetzt. Er hat es nicht getan.«

»Warum?« verlangte Marianne zu wissen. »Weil Sie ihn vertreten?«

»Es ist genau umgekehrt.«

Er setzte an, etwas zu sagen. Seine Frau berührte seinen Arm. Ihr Blick lag auf mir. »Was möchte Mr. De Vries? Seinen Namen reinwaschen?«

»Er findet das nutzlos. Er will Bargeld.«

»Wieviel?«

»Zweihunderttausend. Das ist die Summe, die gestohlen wurde.«

Mrs. Marianne griff wieder zum Arm ihres Mannes, obwohl er diesmal nicht den Eindruck machte, sprechen zu wollen. »Muß es von Al sein?«

»Das hat er nicht gesagt.« Ich biß krachend auf ein Salatblatt.

»Was meinen Sie?«

»Ich meine, daß er es von jedem annimmt, der's ihm anbietet, und daß er dann zufrieden ist. Zumindest dahingehend, daß er dann nichts gegen Hendriks unternimmt.«

Marianne schob seinen Salat unberührt zur Seite. »Sagen wir, ich gebe ihm die zweihunderttausend. Ich sage nicht, daß ich's tue. Wie kann ich sicher sein, daß er nicht wiederkommt und mehr will?«

»Rufen Sie die Polizei, wenn er das macht. Sie haben nichts zu verlieren, wenn Sie diese Geschichte nicht glauben. Das hier ist keine Erpressung. Dazu braucht man Beweise, und die haben wir nicht. Das Geld ergibt einen Lebensunterhalt für zwei Jahrzehnte. Er denkt, es steht ihm zu.«

»Tim, gib ihm die zwei Dollar.«

Er sah sie an, dann mich. Ich faltete mit der Gabel eine Tomatenscheibe. Ich habe noch keine dezente Form gefunden, wie man sie ohne Schneiden in den Mund kriegt.

»Ich müßte was Schriftliches haben«, sagte er. »Eine Vereinbarung, daß das nicht publik wird.«

»Unsinn, Tim. Was würdest du dann damit tun, wenn er nicht Wort hält, es zum Gericht tragen? Betrachte es als Beseitigung eines Störfaktors, und verbuche es unter Public Relations.«

Einen Moment später legte er seine Handfläche auf den Tisch. »Ich hole mein Scheckbuch.«

»Wenn Sie grade dabei sind«, sagte ich, »schreiben Sie noch einen über eine Million auf Mr. und Mrs. Cleveland J. Jackson aus.«

»Wer zum Teufel ist das?«

»Die Eltern des ermordeten jungen Mannes. Wenn zwanzig verlorene Jahre zweihundert Riesen wert sind, beläuft sich das Leben eines Sohnes doch schätzungsweise auf mindestens eine Million.«

»Sie sagten, Mr. De Vries würde sich zufriedengeben.«

»Wir reden jetzt nicht davon, De Vries zufriedenzustellen. Wir reden davon, mich zufriedenzustellen.«

Er stand auf. »Ich hatte vor, mich bei Ihnen dafür zu entschuldigen, daß ich Sie gestern bedroht habe. Ich war überrascht von der Sache und besorgt um eine Firma, die ich in acht langen Jahren aufgebaut und von der ich mein Leben lang geträumt habe. Jetzt tut es mir nicht mehr leid. Im Gegenteil –«

Die Köchin kam mit leeren Händen herausgelaufen. »Telefon, Mister.«

»Wer ist dran?« schnauzte er.

»Onderson, er sagt. Er sagt, er warten, wo Sie sein?«

»Anderson. Verflucht, das hab ich vergessen. Ich habe versprochen, ihn selbst durch die Downriver-Anlage zu führen.«

»Laß es jemand anderen machen«, sagte seine Frau.

»Geht nicht. Ich hab es versprochen. Er ist der größte Händler im Südosten.« Er sah mich an. »Wir sind noch nicht fertig.«

»Geh und spiel Fremdenführer. Ich spreche mit Mr. Walker.«

Er zögerte. Sie sagte: »Zwanzig Prozent Marianne-Aktien laufen auf meinen Namen. Ich verkaufe bestimmt nicht die Firma.«

»Keine Abmachungen ohne mein Einverständnis.«

»Du bist der Vorsitzende. Nun geh schon, husch.«

Er ging, die Köchin zockelte hinterher. Nach einer Minute hörten wir den Auspuff des Stiletto die Auffahrt entlangdröhnen. Seine Frau lächelte mich an. »Meine Rivalin ist ein Sportwagen«, sagte sie.

»Er ist ein Idiot.«

»Diese Dinge, die er gesagt hat – er ist nicht so, wirklich nicht. Er ist ein sanfter Mann mit Träumen.«

»Ich habe nicht gesagt, daß ich ihn nicht mag.«

Sie stützte ihr Kinn in die Hand. Bis auf die Haare sah sie beinahe orientalisch aus. »Ich bin eigentlich mehr durstig als hungrig, wie steht's mit Ihnen?«

»Ich hab meine wöchentliche Dosis Obst und Ballaststoffe intus«, sagte ich.

Sie ließ die Köchin kommen. »Elda, wir essen nun doch nicht. Nehmen Sie den Nachmittag frei.«

»Braten is fast fertig.« Sie wischte die muskulösen Hände an der Schürze ab.

»Ich stelle ihn in den Kühlschrank. Mr. Marianne und ich werden ihn heute abend essen.«

Nachdem sie mit Türknallen verschwunden war, gingen wir ins Wohnzimmer. Mrs. Marianne lief etwas vor mir. Sie hatte eine feste Taille und schlanke, leicht gerundete Hüften. Während ich hinter ihr hertrottete, roch ich eine Frühlingsnacht.

»Was darf ich Ihnen einschenken?« Sie bestieg ein Podest hinter der Bar.

»Alles auf Eis ist gut.«

Sie nahm Eis aus einem Zwergkühlschrank, füllte zwei Gläser, spritzte in eines Sodawasser und goß aus einer Stolichnaja-Flasche ein. Ich hatte mich in einem elfenbeinfarbenen Polsterschaukelstuhl niedergelassen, als sie mit den Drinks ankam. »Die Couch ist bequemer.«

Sie sah danach aus, ein Meter achtzig weißes Knautschleder mit gelben Klauenfüßen. Ich wechselte den Platz und nahm das Glas ohne Soda in Empfang. Sie kringelte sich auf dem nächstliegenden Kissen, streifte die Schuhe ab und schlug die Beine unter. Aus dieser

Nähe entdeckte ich feine Linien in ihren Augenwinkeln und am Mund. Sie sahen besser aus als die Schicht Make-up, die notwendig gewesen wäre, um sie vollständig zu verdecken.

»Waren Sie bei der Polizei?« Das Z klang ganz weich. Wir waren jetzt sehr weit südlich am Mississippi.

»Ich hab den Eid geschworen.«

»Und?«

»Er schwor nicht auf mich.« Der importierte Wodka brannte. Das hier war unter keinen Umständen ein förmlicher Samstagnachmittagsdrink.

»Sie sagten, Sie waren einmal verheiratet.«

»Nicht genug.«

»Tim hat meine Meinung über die Ehe sehr verändert. Meine Schwester lebte in einer furchtbaren, eheähnlichen Beziehung. Kurz nachdem die zu Ende ging, starb sie bei einem Autounfall. Ich glaubte immer, daß es Absicht war.«

»Tut mir leid.«

»Sie war ein frühes Opfer der sexuellen Revolution. Sie wissen, wie es damals war.«

»Ich machte meinen Abschluß in Soziologie. Ich hab Woodstock verpaßt.«

»Sie wirken nicht, als ob Sie danach noch viel verpaßt hätten.« Sie war jetzt sehr nah. Der Scotch vom Morgen und der Wodka von jetzt und ihr taufrisches Parfüm ließen mich aus mir herausschweben. Ich trat auf Nebel.

»Gehört Ihnen wirklich ein Fünftel von Marianne Motors?« fragte ich.

»Steuerabschreibung. Tim hat meine Vollmacht.« Sie betrachtete mein Gesicht. »Ist Ihre Nase einmal gebrochen?«

»Zweimal. Gibt der dunklen Brille besseren Halt.«

»Ich finde es gut, daß Sie sie nicht haben graderichten lassen. Das bewahrt Sie davor, hübsch zu sein. In der Modelbranche hab ich genug gekriegt von hübschen Männern.«

»Davon bin ich überzeugt.«

»Ich bin nicht erst auf die Welt gekommen, als ich Tim traf.«

»Das sagten Sie.«

Sie sah mich über den Rand ihres Glases an. »Haben Sie mehr weibliche als männliche Kunden, oder ist es umgekehrt?«

»Am Anfang waren die Frauen in der Überzahl. Jetzt ist es ungefähr gleich. Frauen und Mütter verschwinden aus ihren Familien, um sich selbst zu verwirklichen. Die Männer kommen zu mir.«

»Die Frauen – die, die Sie anstellen, und die, die Sie finden – ich stelle mir vor, sie müssen verzweifelt sein. Ein Casanova in Ihrem Beruf könnte doch ungestört wildern.«

Ich nahm einen Schluck. »Ich sollte Sie vorwarnen, daß ich nach Melonenbällchen und Salatblättern kein allzu wilder Verführer bin.«

»Da bin ich nicht sicher.«

Sie kletterte auf meinen Schoß, hungrige Lippen und fliegende Hände und ihr Schenkel, der sich zwischen meine Beine preßte. Ich leistete Widerstand, aber nur so viel, daß ich meinen Drink nicht verschüttete. Ihre Lippen schmeckten nach Erdbeergloss und Stolichnaja.

Als wir uns lösten, sagte sie: »Gibt es etwas, was Sie mich fragen möchten?«

»Ja.«

»Fragen Sie.«

»Wo sind Alfred Hendriks und Sie letzte Nacht hingefahren?«

Sie wurde steif und entzog sich. Ließ das Eis in ihrem Glas klirren.

»Na fein. Ganz der brave kleine Detektiv.«

»Der brave, geile kleine Detektiv. Ich finde, man soll jemandem immer sagen, wenn er gut gewesen ist. Aber ich arbeite samstags. Weiß Ihr Mann davon?«

»Warum, wollen Sie's ihm erzählen?«

»Also hab ich recht. Sie und Hendriks poussieren rum.«

Sie lachte. Es war ein Glöckchenlachen, frisch vom Nachmittagsempfang. »Ich schätze, meistens klappt das. Aber in diesem Fall nicht, denn wir tun es nicht. Ich bin Tim treu.«

»Sie fühlen sich treu.«

»Was ich hier getan habe, war für ihn. Sie sind ein attraktiver Mann, genauso wie Al. Ich habe schon gesagt, daß mich das nicht berührt. Selbst wenn ich Tim nicht lieben würde, wenn ich irgendein Blutsauger wäre, glauben Sie, ich würde eine Goldmine aufs Spiel setzen, um mit dem Handlanger zu flirten?«

»Ich weiß nicht, was Sie tun würden, Mrs. Marianne. Ich habe Sie eben erst kennengelernt. Bis jetzt bin ich gefüttert und unter Alkohol gesetzt und von der Herrin der Plantage beinahe geschändet worden. Eine Million Komma zwei hinzublättern, wäre erheblich weniger Aufwand. Ich möchte gern wissen, warum ich den Aufwand wert bin.«

»Machen Sie ruhig, erzählen Sie's meinem Mann. Er wird Ihnen ins Gesicht lachen, und Sie vor den Richter zerren lassen.«

»Da gibt es nichts zu erzählen. Eine Autofahrt sagt noch gar nichts, und inzwischen haben Sie doch schon an der Erklärung gebastelt. Außerdem funktioniert es nicht so. Ich habe Sie nur gefragt, wo Sie beide hingefahren sind. Sie haben mir den Rest geliefert.«

Sie ließ einen Fuß am Rande der Couch hin und her baumeln. »Falls Sie darauf warten, daß ich Sie zur Tür begleite: Vergessen Sie's.«

»Ich werd sie finden. Ich bin Detektiv.« Ich stellte mein Glas auf den Teppich und stand auf. »Danke fürs Essen. Ich werde das Lokal meinen übergewichtigen Freunden empfehlen.«

»Sie haben keine Freunde. Nur Klienten.«

»Und von denen nicht genug. Es geht mich ja nichts mehr an, aber ich glaube, Ihr Braten brennt an.«

Sie rührte sich nicht vom Fleck. »Was wird De Vries sagen, wenn er hört, daß Sie zweihunderttausend Dollar abgelehnt haben?«

»Könnte sein, daß er mich feuert. Ich bin schon öfters gefeuert worden. Wenn Sie 'ne Liste von den Leuten hätten, die mir den Tritt gegeben haben, wären Sie beeindruckt. Wir sind nicht immer einer Meinung darüber, wofür sie mich eingestellt haben.«

»Sie behaupten immer noch, Sie seien Detektiv. Was sind Sie wirklich?«

»Protoplasma in einem 89-Dollar-Anzug, inklusive Mehrwertsteuer. Aber es ist mein Anzug. Ich wünsche ein angenehmes Wochenende, Mrs. Marianne.«

Noch als ich von dort wegfuhr, roch ich ihr Parfum. Ich machte die Fenster auf und rauchte eine Zigarette, um meine Nebenhöhlen durchzuspülen. Trotz der Klimaanlage im Haus hatte ich leicht geschwitzt, und als ich auf dem Platz in Büronähe parkte, fröstelte ich. Die Hitze im Treppenhaus wärmte mich.

Es gab keinen vernünftigen Grund, hier zu sein, außer dem Nestinstinkt. Ich steckte wieder in einer Sackgasse und hatte nichts zu tun, als nachzusehen, ob Klienten auf mich warteten. Zufällig hatte sich einer eingefunden.

21

Heute war ein blauer Einreiher dran mit passender Schirmmütze, die auf seinem Hinterkopf saß, als wolle sie dem Rückzug der gelockten Haare Einhalt gebieten. Wenn ich die Etikette meines Chauffeurs richtig sah, bedeutete das, daß er heute blau fuhr statt des grauen Cadillac. Als ich in den Warteraum trat, erhob er sich gemächlich von der Polsterbank und grinste in seinen Bart.

»Sie sind wichtiger als ich dachte«, sagte er. »Der alte Mann arbeitet so gut wie nie um diese Uhrzeit.« Er reichte mir einen grauen Kartonhefter, der mit glänzendem schwarzem Band verschlossen war.

»Geb ich jetzt Trinkgeld oder wie?«

»Nur, wenn Sie einen gebrochenen Arm möchten. Das hab ich alles hinter mir gelassen, als ich anfing, für den Commodore zu arbeiten. Schlafen Sie auch mal? Sie sehen furchtbar aus.«

»Das macht mein Liebesleben.«

»Mann, ich hoffe, sie ist's wert.« Er zog die Mütze nach vorn. »Gibt's was auszurichten?«

»Sagen Sie ihm danke, und ich melde mich.«

Nachdem er weg war, sammelte ich die Post ein, schloß das innere Büro auf und ließ sie auf den Tisch fallen, ohne sie eines Blickes zu würdigen. Ich schlitzte den Hefter mit einem Brieföffner auf, den ich nie benutze, und breitete den Inhalt aus. Die Angestellten von Wayne State und der Universität von Michigan hatten in Windeseile Studienunterlagen kopiert und eigenhändig dem Haus in Grosse Pointe zugestellt, und Cambridge hatte in fast ebenso großer Eile Informationen über den Atlantik an einen Computer bei Stutch-Petrochemie geschickt. Vermutlich ging es um Stipendien, vielleicht ein oder zwei Colleges. Hie und da hatte jemand in einer schwachen, aber festen Schrift, die auf den Commodore schließen ließ, erläuternde Kommentare am Rand vermerkt. Diesen Vorgang hatte jemand geleitet, der entweder nicht wußte oder sich weigerte wahrzunehmen, daß im Zeitalter des Computers nichts irgendwo landen muß, ohne auf diversen Tischen unterwegs Staub und Desinteresse auf sich zu ziehen.

Nach zwanzig Minuten wandte ich mich ab und schaute durch das Fenster auf das Dach des Finanzamtes nebenan, wo ein halbnackter, bis zur Taille braungebrannter Arbeiter Teer verstrich. Das was ich erfahren hatte, änderte sein Aussehen nicht, ob ich nun den Arbeiter ansah oder das Gedruckte und die dünne Schrift des alten Mannes.

Für Alfred Hendriks, Erstsemester an der Wayne State, war an der Fakultät für Wirtschaft ein Stipendium bewilligt worden, ab April 1967. Er schrieb sich erst im Herbst dieses Jahres ein, bat um Aufschub aufgrund eines Todesfalls in der Familie. Post und Nachrichten sollten bis dahin an eine Adresse in der Zwölften Straße in Detroit geschickt werden, zu einer Frances Souwaine. Sie war wohl ein mageres, blondes Hippiemädchen, obwohl davon nichts in dem Ordner stand. Ob sie es war oder nicht, es bewies, daß Alfred Hendriks zur Zeit der Unruhen im Juli genau dort war, wo Richard de Vries behauptete.

Das andere Dokument von Interesse, nur beigelegt, weil der Commodore gründlich war und alles verlangt hatte, war die Kopie eines Antrags auf Studienkredit bei der Universität von Michigan, wo Hendriks 1970 seinen Abschluß als Buchhalter gemacht hatte. Unter »Frühere Anstellungen« hatte Hendriks verschiedene Stellen, unter anderem einen Teilzeitjob in der Buchhaltung eines Kopierladens in der Brady Street aufgelistet.

Es war kein Beweismaterial für die Justiz. Es besagte lediglich, daß Alfred Hendriks den Überfall, für den De Vries ins Gefängnis gewandert war, geplant und ausgeführt hatte. Er hatte es so angelegt, daß De Vries als Ablenkung ein Haus hochgehen ließ, und seinen eigenen Komplizen Davy Jackson erschossen, als dieser dabei war, vom Tatort zu fliehen. Aber es war nicht genug für die Dame mit den verbundenen Augen. Ihr mußte man es in den Schoß legen.

Ich steckte die Papiere in den Hefter zurück, klebte ihn mit dem Band wieder zu und brachte ihn bei meinen Hemden und Unterhosen im Safe unter. Dann schloß ich das Büro ab, machte dem Miet-Renault Dampf und setzte mich in Richtung des National Bank Buildings in Bewegung, in dem Alfred Hendriks laut Marianne samstags seine Überstunden absolvierte. Unterwegs zog ich den Smith & Wesson aus dem Holster und prüfte die Trommel. Die Patronen in den Kammern glänzten golden im Sonnenlicht. Vielleicht würde er gestehen, und ich würde ihn verhaften, genau wie im Fernsehen.

Die Eingangshalle war so unbelebt wie die Straße davor. Am Lake St. Clair wimmelte es wahrscheinlich von Sonnenbadern und bunten Segeln. Hendriks und ich schienen an diesem Nachmittag die einzigen zu sein, die ihre Zeit der Arbeit widmeten. Ich drückte den Knopf des Expreßaufzugs und wartete. Von den anderen hielt keiner bei den Marianne-Büros. Ich probierte es noch zweimal. Er funktionierte nicht. Ich fuhr mit einem der internen zum nahe liegendsten Stockwerk und legte den Rest des Wegs per Treppe zurück. Treppenhäuser vermitteln den wirklichen Charakter eines Hauses. Das hier war so trostlos wie das Mitgefühl eines Bankers.

Ich trat durch die Feuertür in einen gesichtslosen Gang mit verschlossenen, unbeschilderten Türen. Durch ein Fenster am Ende drang ungedämpftes Licht in diesen eckigen Tunnel, der nach Putzmittel roch und bis auf ein wiederkehrendes Geräusch von irgendwoher auf der Etage vollkommen still war.

Zuerst dachte ich, es sei ein Lastwagen auf dem Expressway. Mehr ein Rollen als ein Rumpeln, das klang, als ob ein gelangweiltes Kind ununterbrochen einen Einkaufswagen über unebenen Boden schob. Ich stand da und horchte ein paar Sekunden, bevor ich die Richtung ausmachen konnte. Dann drehte ich mich um und ging in dieser Richtung den Gang entlang, nur meinem eigenen grauen Schatten folgend.

Ich traf keine Menschenseele. Meine Schritte hallten von den Wänden wider. Sie waren die einzigen Schritte in diesem Gang.

Nach einem Drittel des Flurs stieß ich auf eine Tür, die ein Stück aufstand. Ich schob sie weiter auf und sah einen Stahltisch mit einem Computer darauf und einen Drehstuhl im rechten Winkel davor. Bis auf das Wort HOLD, das in der Mitte smaragdgrün aufblinkte, war der Bildschirm leer. Ein Handbuch vom Umfang einer Mönchsbibel lag geschlossen auf dem Computer. Ich zog den Kopf zurück. Das Geräusch, das jetzt lauter war, schien einen bestimmten Rhythmus angenommen zu haben, eine Art Conga-Trommeln. Ich konnte nicht erklären, weshalb, aber ich griff nach hinten und schloß meine Hand um den Griff des Revolvers im Holster.

Der Flur beschrieb am Ende eine Kurve, wo ich in einen nicht minder längeren bog, die Waffe mittlerweile draußen. Das Geräusch wurde lauter. Auf der Hälfte des Flurs ging ein weiterer kurzer Gang rechts ab. Er führte zu dem Empfangsraum, in dem De Vries gestern die zwei Wachen verschlissen hatte. Das Geräusch kam von dort. Dort lag auch ein Arm auf dem Boden; in einem dunklen Ärmel ragte er hinter der Wand hervor.

Ich hielt mich dicht an dieser Wand, als ich mich ihm näherte. Auf dem Arm lag ein Kopf mit dunklen Haaren und grauen Einsprengseln. Beide standen aus dem Aufzug heraus, dessen Türen sich zu schließen versuchten, auf den Arm stießen, zurückfuhren und es erneut probierten. Das Rollen war hypnotisierend.

Ich nahm den Revolver in beide Hände, trat vor und vollzog eine

Polizistendrehung, wobei ich auf den Aufzug zielte. Er enthielt nichts als toten Mann und Air-Condition. Die Wände waren mit Rauchglas getäfelt, und in der hinteren, wo etwas vom Durchmesser meines Fingers durchgeschlagen war, klafften drei Löcher.

Der Teppich hatte einen dunklen Fleck. Der Fleck zog sich bis in den Flur. Als ich ihn mit der Fußspitze berührte, verschmierte er.

Ich fühlte nicht mehr den Puls. Wenn die Tür offen war, starrte Alfred Hendriks' sichtbares Auge über meine Schulter auf etwas, was ich hoffentlich so schnell nicht sehen würde. Auch er hatte das gestern noch nicht vorgehabt. Das stimmte einen besinnlich, wenn man an morgen dachte.

Nicht lange allerdings. Ich steckte die Waffe weg und trat rein, um die Taschen zu untersuchen, an die ich rankam, ohne den Körper zu bewegen. Man weiß nie, was sie heutzutage in diesen Labors alles rauskriegen. In seiner Brieftasche befand sich Taxigeld und genügend Karten in Sichtfenstern, um die Abwesenheit größerer Summen auszugleichen, zumindest bis die Rechnungen kamen. Ich steckte sie zurück und holte ein Lederetui heraus, das die Schlüssel von seinem Porsche und einige weitere enthielt. Das behielt ich. Das Berühren seiner Haut sagte mir, daß er auszukühlen begann, aber noch nicht steif zu werden.

Das war alles, was sein Körper mir mitteilen konnte. Ich konnte nicht gründlicher suchen, ohne mir Hände und Kleidung mit Blut zu beschmieren. (»Wohl mit Spaghetti-Sauce rumgekleckert, Walker. Macht Ihnen doch nichts aus, wenn sich die Forensiker mal ihre Krawatte vornehmen.«) Ich ging, ohne mich darum zu kümmern, wie laut ich dabei war. Der geschossen hatte, war ebenso verschwunden wie der Geruch des verbrannten Pulvers.

An einer Milchglastür im vorderen Flur stand in Goldlettern Hendriks' Name. Die Tür ging mit dem ersten Schlüssel auf, den ich ausprobierte. In diesem Büro kam noch mehr kaltblütiges Design zum Einsatz als in dem von Marianne Downriver: vom tiefroten Teppich bis zum handpolierten Walnußholz über ungelesene Erstausgaben in Einbauregalen – gestylt für die Macht. Sogar das Fenster war größer, wenn auch nicht annähernd so groß wie das in Commodore Stutchs Arbeitszimmer in Grosse Pointe. Die Stühle waren mit kastanienbraunem Leder bezogen, und an der Wand hing in einem schweren Goldrahmen ein impressionistisches Gemälde von einer Lokomotive, die sich durch eine neblige Nacht kämpfte.

Der Künstler hatte das Bild unsigniert gelassen, aber alles wies darauf hin, daß er Franzose und tot war.

Ich hob das Gemälde an einer Ecke an, fand dahinter bloße Täfelung und senkte es wieder. Ich inspizierte den Teppich rund um den Schreibtisch, sah aber keine Kerben oder Ritzen, die auf einen Bodensafe hindeuteten. Der Schreibtisch war aufgeräumt, keine Papiere oder Ordner lagen herum. Ein ordentlicher Mann, Alfred Hendriks. Oder ein vorsichtiger. Die Schubladen waren verschlossen. Ich wählte den kleinsten Schlüssel des Bunds, schob ihn in den Schlitz an der obersten Schublade und drehte ihn. Im Inneren glitt ein Bolzen aus einer Schiene und gab alle Schubladen frei.

Ich vergeudete Zeit mit Bleistiften und Büroutensilien, bis ich zur zweiten Schublade rechts kam. Dort hatte man ein Regal angebracht, das ein halbes Dutzend senkrecht stehender Disketten in Papierhüllen enthielt. Alle bis auf zwei waren fein säuberlich mit Filzschriftgroßbuchstaben auf Markierband beschriftet; laufende und geplante Ausgaben und Einnahmen und monatliche Geschäftspost steckten alle in ihren eigenen Hüllen und waren entsprechend markiert, damit nichts durcheinandergeriet. Die zwei restlichen Hüllen waren unbeschriftet. Eine von ihnen war leer. Ich nahm die Diskette aus der anderen. Auch sie war unmarkiert. Ich steckte sie in meine Jackentasche.

Mehr Schreibzeug in den weiteren Schubladen, alles hochwertige Qualität, aber uninteressant. Ich hob Sachen auf dem Schreibtisch hoch und sah drunter. Nichts, noch nicht einmal etwas respektabler Staub. Ich fragte mich beunruhigt, wo die Diskette geblieben war, die fehlte. Dann wurde mir klar, was noch in dem Büro fehlte, und dann erinnerte ich mich. Ich faßte alles, was ich berührt hatte, ein zweites Mal an, diesmal mit einem Taschentuch, um keine Abdrücke zu hinterlassen, und verließ den Raum.

Die Türen des Aufzugs versuchten immer noch, sich zu schließen, als ich vorbeikam. Ich wußte nicht, wie ich sie davon abhalten konnte, ohne den Körper zu verrücken, und Hendriks schien sich im übrigen auch nicht sonderlich dran zu stören. Als ich um die Ecke kam, fand ich die Tür zu dem Computerraum noch offen vor. Und noch etwas anderes fand ich vor: eine unbeschriftete leere Hülle auf dem Tisch neben dem Terminal.

Auf dem Bildschirm blinkte noch immer HOLD. Ich setzte mich und studierte die Tastatur. Die sagte mir gar nichts, also wuchtete ich das Handbuch vom Terminal herunter und machte ein paar Hausaufgaben. Nach zehn Minuten legte ich es zurück und drückte den ACCESS-Knopf. Falls das stimmte, was ich gelesen hatte, und HOLD bedeutete, daß die Akte noch offen war, hatte ich die Sicherheitsschranken bereits hinter mir.

Der Bildschirm leerte sich, und eine Sekunde lang tat sich nichts. Ich fing schon an zu denken, ich hätte die Diskette in der Maschine gelöscht, als sie loslegte. Die leuchtenden grünen Lettern schossen von links nach rechts, unter drei graden vertikalen Reihen, die INVESTOR, AMT INVEST und DATE überschrieben waren. Linie für Linie gliederten sie den Bildschirm schneller, als die menschliche Hand schreiben oder das menschliche Auge folgen konnten. Als sie damit fertig war, war der Bildschirm voll, und das kleine grüne Licht, das die Zeilen hinter sich her geschleppt hatte, hing an der untersten und blinkte, offensichtlich auf weitere Instruktionen wartend.

Ich hatte keine mehr, obwohl ich wußte, wie ich sie eingeben konnte. Ich blickte in ein Universum jenseits meiner kleinen Welt aus Dieben und Gaunern, Scheckfälschern und davongelaufenen Töchtern. In der Reihe links gab es zu viele Abkürzungen und Akronyme, in der mittleren zu viele Zahlen. Ich hatte einmal eine Tausend-Dollar-Note in Händen gehalten und ein anderes Mal in einen Aktenkoffer gelinst, der mehrere hunderttausend Dollar in ordentlichen Packen mit Banderolen enthalten hatte. Millionen waren abstrakte Zahlen in einem Zeitungsartikel mit einer Schlagzeile über Washington. Wie sie da auf dem Bildschirm glimmerten, verkörperten diese Nullen schwarze Löcher, durch die man ins Bodenlose stürzen konnte. Sie waren wie die Augen eines toten Mannes. Hendriks war der letzte, der sie gesehen hatte, kurz bevor er hineingestolpert war.

Ich schüttelte ihren Bann ab und suchte die Taste, die die Diskette auswerfen konnte. Ich glaubte nicht, daß die Diskette in meiner Tasche mir mehr mitteilen würde als diese hier. Vielleicht jemandem, der diese Sprache sprach. Schließlich spuckte die Maschine sie durch einen Schlitz an der Seite aus, und ich steckte sie in ihre Hülle und ließ das dünne Päckchen in meine andere Jackentasche gleiten. Ich schaltete das Gerät aus und wischte mit dem Taschentuch meine Fingerabdrücke von der Tastatur. Dann stand ich auf und wandte mich zur Tür, in der die Wache hockte, die De Vries gestern zu Boden gestreckt hatte, mit einer Knarre in der Hand, die genau auf mein Herz zielte.

## 22

»Was ist mit Ihrem Gesicht los? War der das?«

»Nee, das war der große Schwarze gestern. Ich hab's Ihnen erzählt.«

»Tun Sie's noch mal.«

Die Wache seufzte und spulte die Geschichte ab. De Vries und ich hatten ihn und seinen Partner von hinten angefallen. Grade langweilig war ihnen nicht gewesen, aber sie kriegten die Oberhand, als Mr. Piero, ihr Boß, reinkam und die Sache auflöste. Sie waren dafür, uns auf der Stelle einzufahren, aber Mr. Piero sagte, das schade dem Ruf. »Wenn Sie mich fragen, is 'n schlechter Ruf, daß die beiden frei rumlaufen, und daß Mr. Hendriks kalt is wie'n Karpfen«, sagte er.

»Berichten Sie noch mal, wie Sie ihn gefunden haben.«

»Ich war mit meinen Runden auf den andern Etagen fertig und hab nach dem Aufzug gedrückt. Der ging nicht, also bin ich die Treppen hoch, um nachzuschauen, und da hab ich ihn liegen sehen. Dann hör ich Schritte. Ich kann nirgendwo hin außer in den Aufzug, und dann läuft dieser Kerl vorbei. Ich hab die Knarre draußen, aber der geht weiter. Ich denk mir, er macht sich aus dem Staub, macht er aber nicht, weil, wie ich rauskomm in den Flur, hör ich, wie er da drin den Computer bearbeitet. Da knöpf ich ihn mir vor. Das is seine Knarre.«

Der Zuhörer, ein untersetzter Flachskopf namens Sergeant Toynbee, den ich vom Department kannte, sah auf meinen Revolver, der auf dem kringelförmigen Tresen lag. »Haben Sie ihn angefaßt?«

»Na, ich mußt ihn ihm doch abnehmen, oder?«

»Untersuch ihn.«

Sein Partner, der in der Nähe stand, hob ihn hoch, klappte die Trommel raus und hielt ihn gegen das Licht, um das Innere des Laufs zu inspizieren. Er war ein schwarzer Ziviler mit feinen Gesichtszügen und Wimpern, die so lang waren wie die einer Frau.

»Sauber.« Er ließ die Trommel zurückschnappen. »Bißchen Staub.«

Toynbee nickte. Er nannte den schwarzen Beamten Banks, Duane, wenn er ihn nicht vorstellte. Der Sergeant kam rüber, lagerte eine breite Backe auf dem Tisch und betrachtete mich, wie ich auf der Couch saß und Winston rauchte. Die Wache, die mich entwaffnet und die Polizei geholt hatte, saß in dem Kringel. Eine Gesichtshälfte war immer noch blau und geschwollen von der unsanften Begegnung mit

De Vries. Banks stand bloß herum und klatschte meine Waffe an seinen Schenkel, und die zwei Uniformierten, die den Anruf entgegengenommen hatten, beugten sich mit Daumen in den Gürteln über den toten Mann im Aufzug. Jemand hatte es geschafft, die Türen zu stoppen. Hendriks war immer noch tot.

»Was haben Sie mit der gemacht, mit der Sie ihn umgelegt haben?« fragte mich Toynbee.

»Hab ich aufgegessen.«

»Sie wird auftauchen. Wenn nicht, kriegen wir den Fall trotzdem hin. Wir haben sowieso nie die Zeit, die ganzen losen Fäden zu verbinden.«

»Dieser Fall wird nicht mehr Ihrer sein, wenn Alderdyce hier auftritt.«

»Wer sagt Ihnen, daß er kommt?«

»Der Typ auf dem Boden hier. Konzernchefs sind 'ne Nummer zu groß für Sergeantenhändchen. Außerdem wäre ich schon mit Handschellen unterwegs nach Downtown, wenn Sie ihn nicht erwarten würden.«

Er nahm das Lederetui hoch, das ich Hendriks abgenommen hatte. Die Wache hatte es neben den Revolver auf den Tisch gelegt. »Ihres?«

»Yeah.«

»Es trägt die Initialen A.H. an der Innenseite.«

»Es hat Adolf Hitler gehört. Ich hab's aus 'nem Naziladen in Dearborn.«

Er hob den Bund mit den Schlüsseln aus dem Renault, meinem Haus und dem Büro hoch. »Was ist mit denen?«

»Ich bin Sammler.«

Er sah Banks an. »Du hast ihn richtig abgetastet?«

»Er hat keine Möbel mitgehen lassen, wenn du das meinst.«

Tatsächlich hatten die Wache und er die flachen Disketten in den Innentaschen meiner Jacke übersehen. Ich ließ etwas Asche auf den Boden fallen und verrieb sie mit der Fußspitze. »Zum Teufel auch, filzen Sie mich noch mal. Ich bin der Dreimal-am-Tag-Typ.«

»Was haben Sie an dem Computer getrieben?« fragte Toynbee.

»Die Welt vor der Invasion aus dem All bewahrt.«

»Wir haben 'nen Komiker erwischt, Duane, 'n waschechten Chevy Chase.«

»Sehnt man sich wirklich nach den Typen, die ihr Schweigerecht nutzen«, sagte Banks.

Weitere trafen ein, darunter ein minderjähriger Fotograf und ein vietnamesischer Mediziner, der bei der Arbeit summte. Als letzter kam John Alderdyce in einem kakaofarbenen Popelineanzug, zu dem er ein sandfarbenes Hemd mit einer braungold gestreiften Krawatte trug. Er sah zu, wie der Mediziner an Hendriks' Fingernägeln rumfummelte.

»Erschossen?«

»Einen in den Magen, einen in den Oberschenkel.« Der Vietnamese hockte sich auf die Fersen und streifte die Plastikhandschuhe ab. »Der am Oberschenkel war's, durch den Blutverlust. Kann nicht länger als zwanzig Minuten gedauert haben, bis der Schock eintrat.«

»Zeit?«

Er zuckte die Achseln. »Heute. Wenn ich weiß, was er gefrühstückt hat und wann, leg ich mich fest.«

Alderdyce machte eine Runde bei den Uniformierten und Zivilen und führte mit jedem einzelnen ein gedämpftes Gespräch, wie ein Theaterregisseur. Schließlich landete er bei der Wache am Empfangstresen. »Wo ist Ihr Mr. Fierro?« fragte er.

»Piero. Vermont. Er hat ab heute Urlaub. Ansonsten würden Sie mit ihm statt mit mir reden. Wenn's dem Ruf nicht schaden würde.«

»Beschreiben Sie den Schwarzen, mit dem Sie hier gestern Ärger hatten.«

Er lieferte eine ganz ordentliche Beschreibung von De Vries, schätzte ihn allerdings ungefähr zehn Zentimeter größer, ein naheliegender Irrtum. Alderdyce sagte: »Gut, danke. Haben sich die Beamten Ihre Adresse und Telefonnummer notiert?«

»Ja.«

»Dann gehen Sie nach Hause.«

»Ich hab noch vier Stunden Schicht.«

»Bleiben Sie in den anderen Stockwerken. Keiner haut mit dem Mobiliar ab, während wir hier sind.«

Die Wache erhob sich und steuerte Richtung Treppe. Alderdyce brachte noch ein paar Minuten mit Toynbee und Banks zu und schickte sie dann nach 1300 zurück, um den Bericht zu schreiben. Toynbee zögerte. »Was ist mit dem Typ hier?«

»Er hat heute keinen umgebracht.«

»Er war bewaffnet.«

»Das sind dreiviertel aller Leute hierzulande. Wenn Sie jemanden schnappen wollen, stellen Sie Infos über Richard De Vries zusammen.« Er buchstabierte den Nachnamen. »Lassen Sie sich aus Lansing sein Foto und die Abdrücke kabeln und fragen Sie die, wer sein Bewährungshelfer ist. Er kommt frisch aus Marquette.«

Toynbee schrieb alles in sein Notizbuch und wandte sich zum Gehen. »Oh, Glückwunsch, Lieutenant.«

»Danke.«

Ich entledigte mich meiner Zigarette und sah zu Alderdyce hoch. »Inspektorenliste raus?«

»Ich bin drauf. Sobald sieben Inspektoren abnippeln oder pensioniert werden, rücke ich auf. Oder wenn sie sieben neue Reviere einrichten. Was ist passiert?«

»Ich hab ihn gefunden. Dann fand die Wache mich.«

»Woher wußtest du, daß er hier sein würde?«

»Marianne sagte mir, er arbeitet.«

Eine Braue zuckte. »Lieutenant Thaler?«

»Nicht sie, Timothy Marianne. Ich hab heute so was wie Mittag gegessen bei ihm.«

»Geschäftiges Wochenende.«

»Überdurchschnittlich. Ich hab 'ne Leiche gefunden und bin beinah verführt worden.«

»Wann hast du deinen Klienten zum letzten Mal gesehen?«

»Heute morgen.«

»Was hat er mit Hendriks zu schaffen?«

»Nicht hier.«

Er warf einen Blick in die Runde. Das Team von der Leichenhalle war eingetroffen, und ein Mann in einer karierten Sportjacke und grüner Krawatte pinselte die Knöpfe im Aufzug ein, um Fingerabdrücke festzustellen. »Können wir hier irgendwo hin?«

Ich nickte in Richtung des Lederetuis auf dem Empfangstresen. »Einer von denen paßt wahrscheinlich in Hendriks' Bürotür.«

»Wahrscheinlich?«

»Die Wache tauchte auf, bevor ich das prüfen konnte.«

»Aha. Tun wir's.« Er nahm das Etui.

Ich stand auf und paßte mich seinem Schritt an. »Was ist mit meinem Revolver? Banks hat ihn mitgeschleppt.«

»Du weißt, wie das läuft.«

»Beim letzten Mal ist er sechs Wochen nicht gereinigt worden.«

»Hast du immer noch die unregistrierte Luger?«

»Welche unregistrierte Luger?«

»Hauptsache, ich seh sie nicht. Der Präsident behält mich im Auge.« Er fand die richtige Tür und ließ uns in das Büro des Toten ein.

»Das hier schreit nach Durchsuchungsbefehl«, sagte ich. »Was hält der Präsident vom Verstoß gegen die Verfassung?«

»In Detroit ist die Verfassung außer Kraft getreten, wußtest du das nicht? Wir haben an Straßenecken und in öffentlichen Toiletten Videokameras. Die Verkehrler beschäftigen sich damit, unrechtmäßige Suchaktionen nach betrunkenen Fahrern durchzuführen.« Er ließ die Finger über die glänzende Oberfläche des Schreibtischs gleiten. »Der Bursche hier hat's richtig gemacht. Zu schade, daß er abgekratzt ist.«

»Wenn man bedenkt, daß das alles mit zweihundert gestohlenen Riesen anfing.«

Er steckte die Hände in die Hosentaschen und wartete. Bewußt oder unbewußt hatte er sich so plaziert, daß der Tisch zwischen uns war.

»De Vries hat im Bau ein Foto von Hendriks gesehen«, sagte ich. »Er erkannte ihn als den kleinen Studenten, der ihn dazu gebracht hat, das Haus anzuzünden. Ein paar der Nummern von dem Panzerwagen-Ding waren registriert, also machte Hendriks sich ein paar Jahre lang rar, zum einen, weil das Geld gewaschen wurde, und dann, weil er keine Aufmerksamkeit auf sich ziehen wollte. Er hat sogar bei der Universität von Michigan einen Studienkredit aufgenommen, um sich über Wasser zu halten. Er fing an, in der Buchhaltung von Ford zu arbeiten, und investierte schließlich das gestohlene Geld in Marianne Motors.«

»Das alles aufgrund eines Fotos?«

»Hendriks sagte mir, er wäre in England gewesen, als die Unruhen und der Überfall stattfanden. Die Akten sagen allerdings, daß er dort erst im Herbst dieses Jahres eintraf. In der Zwischenzeit wohnte er da, wo De Vries ihn kennengelernt hat, in einem Apartment in der Zwölften, mit einer Blondine namens Frances Souwaine. Sie war vielleicht eine Komplizin, vielleicht auch nicht. Der Punkt ist, daß er gelogen hat.«

»Okay, er hat gelogen. Bis jetzt würde ich mir den Burschen nicht mal für 'ne Befragung vornehmen, wenn er noch lebte.«

»Ich glaube doch. Du hast dieselben Instinkte wie ich. Aber wie wär's damit. Laut seines Kreditantrags an der Michigan hatte er im Sommer '67 einen Teilzeitjob in einem Laden namens Merc-U-Print in der Brady.«

»In der Brady haben sie den Wagen zerlegt«, sagte er.

»Er war dazu da, Geld aus Geschäften, die von den Unruhen bedroht waren, zur Bank zu transportieren. Jemand, der in den Geschäften arbeitete – vor allem ein Buchhalter, wie Hendriks es damals war –, wußte, daß der Wagen zu einer bestimmten Zeit da sein würde. Somit hatte er Zeit, den Überfall zu planen und De Vries für die Verhaftung zu präparieren.«

»Warum der Mord an Jackson?«

»Vielleicht haben sie sich zerstritten. Vielleicht wollte Hendriks Jacksons Anteil. Der Überfall war gelaufen, sie zogen ab, und seine Dienste waren nicht länger vonnöten. Die andere Möglichkeit ist, daß mit Jackson tot und identifiziert am Tatort die Chancen besser standen, daß De Vries die Strafe abkriegt. Man wußte, daß er und Jackson Freunde waren. Das würde von allen, die noch drinsteckten, eine Menge Druck nehmen.«

»Zu riskant. Hendriks konnte nicht sicher sein, daß De Vries es sich nicht zusammenreimen und plaudern würde.«

»Eventuell doch. Er hatte bei mindestens einer Gelegenheit mitgekriegt, wie betrunken und desorientiert De Vries sein konnte. Indem er ihn wieder betrunken machte, konnte er hoffen, daß De Vries die Details nicht mehr klar sah. Oder auch nicht. Er brauchte das Feuer als Ablenkung, und Brandstifter kamen überall ohne Festnahmen davon. Daß De Vries nicht mehr fähig war, den Cops irgendwas zu erzählen, kann eine glückliche Fügung gewesen sein.«

Alderdyce fing an, die Schubladen zu durchsuchen. Ich hatte den Tisch unverschlossen gelassen. »Du übersiehst den naheliegendsten Plan. De Vries war von Anfang an eingeweiht. Ich kauf ihm nicht ab, daß er so blöd ist, wie du sagst.«

»Nach deiner Version war er dann blöd genug, sich für achtzehn bis dreißig Jahre zu entscheiden statt den mildernden Umständen, die ihm die Cops fürs Auspacken anboten. Beides zugleich paßt nicht.«

»Denkst du. Sei mal mitten in einem Aufstand schwarz und laß dich vertrauensvoll mit 'nem weißen Polizeirevier ein.« Er hielt bei der Schublade inne, deren Gestell die nicht ganz vollzählig vorhandenen Disketten enthielt. »Du warst ganz sicher nicht hier?«

»Ich möchte nicht behaupten, daß ich's nicht vorhatte.«

»Was hast du in dem Computerraum getrieben?«

»Untersucht. Die Tür stand auf.«

»Was gefunden?«

»Nicht das geringste.«
»War das Gerät aus oder an, als du reinkamst?«
»Aus.«
»Komisch, ich hab drangefaßt, als ich reinging. Es war warm.«
»Hast du nicht.«
Er ließ den Daumen über das Gestell gleiten. Dann schloß er die Schublade. »Du hast recht, hab ich nicht. Jedenfalls hoffe ich, daß dein Klient seinen kurzen Urlaub genossen hat. Er geht nämlich lebenslänglich zurück. Nicht daß ich's ihm verdenke, daß er Hendriks umgebracht hat. Wenn ich ohne Kohle zwei Jahrzehnte abgerissen hätte, wär wahrscheinlich bei mir auch der Teufel los.«
»Er hat ihn nicht umgebracht.«
»Wer dann?«
»Jemand, dem er vertraute. In den Fluren hier schleichst du dich nicht ran.«
»De Vries könnte hier gewartet haben, als Hendriks aus dem Aufzug kam. Oder er könnte ihn mit Knarre im Rücken gezwungen haben, hierher zu gehen, und dann hat er ihn abgeknallt, als er in den Aufzug ging.«
Darauf wußte ich keine Antwort. Das war einer der Gründe, warum ich kein Beamter war.

## 23

Die Eingangshalle des Bankgebäudes lag still da, übte sich in Demut. Ich hätte genausogut an Martin Luthers Geburtstag in einer Kathedrale sein können. Als ich einen Quarter in den Telefonschlitz warf, schlug mir das Rasseln entgegen.
»Ja.«
Es war mir ein Rätsel, wie es Raf gelang, ein so kurzes Wort mit so viel arabischem Akzent zu versehen. Ich sagte: »Walker. Der Commodore hat mir heute zusammen mit einigem Zeug seine Telefonnummer geschickt. Können Sie ihm etwas ausrichten?«
»Er schläft.«
»Ich bin sicher, daß er hierfür geweckt werden möchte.«
Der Braten, den ich bei Mariannes nicht gegessen hatte, suchte mich heim. Vielleicht hatte es etwas damit zu tun, daß Alfred Hendriks totes Fleisch war, aber ich mußte welches haben. Nachdem Raf und ich un-

ser Gespräch beendet hatten, kaufte ich in einem White Castle einen Sack voll Burger und aß sie im Auto. Ich fühlte mich nicht gesellschaftsfähig.

Ich stellte das Radio an, hörte Musik und die Nachrichten. Hendriks war nicht drin. In der nächsten Sendung würde er es sein: Detroit ist eine Reporterstadt. Ich drehte ab und aß und dachte nach. Hauptsächlich aß ich.

Ich kannte John Alderdyce länger als jeder andere. In dieser Zeit hatte ich es aufgegeben, die Arbeitsweise seines Hirns verstehen zu wollen. Es ließ sich nicht vorhersehen, was er mit einem Indiz wie Edith Mariannes Nachtfahrt mit Hendriks anstellen würde. Es legte einige einfache Erklärungen nahe. Polizisten wollen ihre Morde simpel, und die Mörder kommen ihnen da meist entgegen, da ihr Verbrechen fast immer von Amateuren begangen wird. Aber man fiel gewaltig rein, wenn man annahm, daß Alderdyce wie alle Cops dachte. Und was im jahrhundertealten Schädel des Commodore vorging, konnte nur ein Archäologe entschlüsseln. Also hockte ich auf meiner Information. Ich fühlte mich wie einer dieser Vögel, die sich in Nester von anderen setzen und nicht sicher sein können, ob sie einen Vogel oder vielleicht eine Schlange ausbrüten.

Dieser Gedankengang war etwa so gehaltvoll wie die Burger. Ich drehte die Zündung, dann mußte ich herumsitzen und warten, bis sich die Batterie nachlud, bevor ich den Renault starten konnte. Schließlich sprang er an, und ich fuhr über die Woodward zur Jefferson.

Ich hielt nicht beim Alamo. Auf dieser Straßenseite stand ein grauer viertüriger Chrysler bar jeden Chroms. Vorne saßen zwei Männer. Sie trugen ihre Jacketts und hatten die Fenster oben. Es hatte um dreißig Grad, und sie standen in der Sonne, aber Funk kann man schlecht leise stellen, und sie wollten wohl nicht, daß der Lärm rausdrang. Das sagte mir zweierlei: De Vries war nicht da, und unsere Polizei ist unterbezahlt. In bezug auf beides machtlos, machte ich kehrt und fuhr in die Stadt zurück, parkte hinter einem Lastwagen, der riesenhafte Rollen von Zeitungspapier auf ein Dock an der Lafayette entlud, und betrat das *News*-Haus. Die weibliche Sicherheitsbedienstete telefonierte nach oben und teilte mir dann mit, daß Barry Stackpole zum Schlagballspielen im Detroit Athletic Club sei.

Als noch nicht Glaser und Stahlarbeiter das architektonische Feld beherrschten, hatte sich Albert Kahn in ganz Downtown in Form von italienischen Renaissance-Arkaden und griechischen Piastern verewigt. Im Detroit Athletic Club, gleich nach dem Grand Circle auf der Madison, findet sich beides in einer Art siebenstöckiger Bonbonschachtel. Ich mogelte mich mittels meines ausgedienten County-Sterns an dem silberhaarigen Herrn am Eingangstisch vorbei und marschierte zu den Hallen. Ein Ball knallte direkt neben meinem Ohr an die Wand, als ich die Tür öffnete.

»Idiot! Lebensmüde?« Barry fing den Ball beim Rückprall ab und schmetterte ihn gegen die Betonwand auf der anderen Seite.

Keine herzliche Begrüßung für einen alten Kriegskameraden, aber wir hatten im vergangenen Jahr nicht eben viel miteinander geplaudert, und wenn, dann ging es um unsere jeweiligen Geschäftsdinge. Aus Freunden waren zwei Kerle geworden, die einander kannten; ich weiß nicht mehr, warum. Ich sagte: »Ich dachte, Sport ist gut für die Gesundheit.«

»Quatsch. Es hält einen davon ab, Leute zu attackieren.« Er ließ den Ball gegen Boden und Wand prallen und schlug ihn mit der Rückhand zurück, wenn er wiederkam. Er trug ein grünweißes Basketball-Trikot von der Michigan State University, das an seinem Körper pappte, und graue Trikothosen, die sein künstliches Bein bedeckten. Seine Haare waren feucht und dunkler als sonst vom Schweiß und lagen angeklatscht wie ein Robbenfell an seinem Kopf.

»Mir hat man gesagt, Schlagball spielt man zu zweit.«

»Meine Gegenspieler sagen, ich bin zu aggressiv. Seh ich nicht ein.« Er traf dreimal fast dieselbe Stelle an der Wand und hinterließ Dellen wie von mehreren Revolverschüssen. Schließlich fing er den Ball bei seinem Fuß ab und schlug ihn neben sich mit dem Schläger auf und ab. »Was sagt die Schlagzeile?«

»Auto-Vize ermordet.«

»Schlecht. Zu passiv. Gib mir was Aktives.«

»Polizei fand Alfred Hendriks, Geschäftsführer von Marianne Motors, erschossen im Aufzug des Zentralbüros der Firma im National Bank Building.«

»Zu unruhig. Und du hast die Zeit ausgelassen.«

»Vor zwei Stunden.«

»Als Journalist verläßt dich die Spürnase. Wer und warum?«

»Deshalb bin ich hier«, sagte ich. »Unter uns?«

»Wenn's da nachher nicht bleiben muß.«

»Ich brauch einen Buchhalter.«

»Lottogewinn?«

»Hendriks führte auf Disketten, die er unmarkiert in seinem Schreibtisch eingeschlossen hat, eine Art Hauptbuch. Ich brauche jemanden, der das lesen kann. Mathe ist nicht grade meine Stärke.«

»Dann nimm dir 'nen Buchhalter. Was bin ich denn, das Branchenbuch?«

»Ich brauche einen Buchhalter, der den Mund hält. Du schreibst über organisiertes Verbrechen. Du mußt denen doch alle naselang begegnen.«

»Die, die ich kenne, sind zu gut da drin. Die reden nicht mal mit mir.«

»Mein Klient ist wegen Mordes dran. Ich glaube nicht, daß er es war. Wenn Hendriks mit den Betriebsgeldern Schmu gebaut hat, tun sich neue Wege auf.«

Er ließ weiterhin den Ball hüpfen.

»Der Commodore steckt mit drin«, sagte ich.

Er hielt inne. »Der alte Stutch?«

»Wie viele Commodore kennst du?«

»Ich hab vor zehn Jahren ein Interview mit ihm gemacht. Da war er kurz davor, Atlantic City aufzukaufen, bevor der Mob sich das unter den Nagel riß. Das Geschäft ging schief. Wenn der jemanden umbringen würde, dann nur mitten auf dem Cadillac Square um zwölf Uhr mittags.«

»So hab ich ihn auch verstanden. Jedenfalls hat er dreiviertel von 'ner Milliarde in Marianne angelegt. Hendriks hat mit Millionen gespielt. Das ist kein Straßenraub hier.«

Er betrachtete eingehend den Ball. »Amos?«

Ich wartete.

»Teufel damit. Nicht wichtig. Exklusiv?«

»Ja.«

Er warf den Ball hoch und schlug ihn gegen den Türrahmen. »Ich melde mich wieder.«

Ich ging. In den guten alten Zeiten wären wir uns über einer Kiste Scotch einig geworden. Wenn man einen Freund verliert, steigt der Preis für alles.

Die Zeit hing im Büro wie ein Trauerweidenzweig. Nachdem ich mir in der Waschnische Gesicht und Hals erfrischt hatte, schaltete ich den altertümlichen Ventilator ein und beobachtete ein Stück Zellophanpapier von einer Zigarettenpackung, wie es durch den Raum hüpfte und schlitterte. Damit brachte ich anderthalb Minuten zu, dann blieb es in einer Ecke hängen. Ich befreite es und warf es in den Papierkorb. Es von meinen elektrisch aufgeladenen Fingern zu streifen, entledigte mich weiterer dreißig Sekunden.

Ich sah die Post durch, um die ich mich vorher nicht gekümmert hatte. Ich schrieb Schecks auf eine zweite und eine endgültige Mahnung hin aus, steckte sie in Umschläge, adressierte und stempelte sie, heftete die Rechungen ein, schlitzte den Dreck auf, um in Form zu bleiben, und warf ihn dem Zellophan hinterher. Ich leerte den Aschenbecher aus und starrte aufs Telefon und fragte mich, wieso am Wochenende niemand einen Privatdetektiv brauchte. Es klingelte.

»Walker?«

»Am Apparat.«

»Floyd Orlander, erinnern Sie sich an mich?«

»Ich erinnere mich, Lieutenant.«

»Vergessen Sie den Mist. Ich bin länger im Ruhestand, als ich den Titel hatte. Hören Sie, ich hab mir überlegt –«

Der Rest ging in einem Röhren am anderen Ende unter. Er rief von seinem Haus am Ende der Startbahn an. Als der Krach vorbei war, bat ich ihn, es zu wiederholen.

»Ich hab mir überlegt, wie Sie mit dieser De-Vries-Geschichte weiterkommen. Ich hab dran gedacht, seit Sie hier waren.«

»Gibt es etwas, was Sie mir nicht gesagt haben?«

»Sie wissen alles, was ich hatte. Es ist was andres, ich hab über meinen elenden Partner nachgedacht, was für ein erbärmlicher Dreckskerl er war und wie die Stimmung nach den Aufständen war. Ich meine, zwischen weiß und schwarz. Ich war ein hundertprozentiger Polizist. Hat mir nicht gefallen, was ich gedacht hab.«

»Sie denken, daß Sie und Sergeant Drake vielleicht De Vries ins Gefängnis befördert haben?«

»Ich will damit nicht sagen, daß wir irgendwas getrickst haben, irgendwas zurechtgebogen, damit er als schuldig rauskam. Vielleicht haben wir bloß nicht so genau hingeschaut, wie wir's gemacht hätten, wenn's damals anders ausgesehen hätte, das ist alles, was ich sagen will. Ich glaube immer noch, daß er schuldig ist. Ich überleg bloß, ob wir den Fall nur deshalb gelöst haben.«

»Haben Sie sich darüber mit Ihrer Frau unterhalten, Mr. Orlander?«

»Ja, aber was hat sie damit zu tun? Ich sage, was ich meine.«

»Danke, daß Sie es tun.«

»Ich lege nicht die Beichte ab. Ich biete Ihnen Hilfe an, falls Sie welche brauchen. Ist vielleicht an der Zeit, daß in dieser Geschichte noch was nachkommt.«

»Ich hoffe, Sie denken immer noch so, wenn Sie heute abend die Nachrichten sehen.« Ich erzählte ihm die offizielle Version.

»Glauben Sie, er war's?« sagte er nach einem kurzen Schweigen.

»Nein.«

»Sie haben ein Vertrauen.«

»Die Offensichtlichkeit der unsichtbaren Dinge.«

»Die mag der Staatsanwalt am liebsten. Das Angebot steht aber.«

»Danke, Mr. Orlander. Im Augenblick bin ich selbst im Leerlauf.«

»Vielleicht kann ich jetzt meine Enkel anschauen und auch meine Enkel sehen.«

Ich legte den Hörer auf und ließ die Hand darauf liegen. Polizisten. Da hat man die Pflanze grade als gemeines Unkraut klassifiziert, da treibt sie eine Blüte.

Büroschlußzeit kam und ging. Ich blieb. Je länger ich dasaß, desto weniger Achtung rang mir mein Hirn ab. Egal, wann ich ginge: Kurz darauf würde Barry anrufen. Das war eine Art Gesetzmäßigkeit. Das Telefon klingelte. Es war John Alderdyce.

»Von deinem Klienten gehört?«

Ich lehnte mich zurück. »Das heißt, du nicht.«

»Sein Bewährungshelfer hat uns gesagt, wo er wohnt. Ich frag mich, warum er noch nicht aufgetaucht ist.«

»Ich hab ihm nichts gesteckt.«

»Woher weiß er, daß wir hinter ihm her sind, wenn er Hendriks nicht ausgeblasen hat?«

»Himmel, John. Ich war am Alamo. Es riecht nach Bullen bis zur Belle Isle.«

Ich hörte ein büroartiges Summen im Hintergrund. Er war in 1300. Schließlich sagte er: »Hör zu, ich hab Frances Souwaine in den Computer gefüttert. Sie ist tot.«

»Und wie zu Tode gekommen?«

»Hat 1968 ihren Corvair an 'nen Strommast in der Hastings gesetzt. Aber wenn das nicht passiert wäre, hätte irgendein Louis sie sich gegriffen, oder sie wär auf Trip gegangen und hätte den Rückweg verpaßt. Hat 'n paar Festnahmen wegen Aufforderung zur Unzucht und neunzig Tage wegen Besitz von LSD abgesessen. Was ist eigentlich mit LSD passiert?«

»Wo steckt Timothy Leary?«

»Hab zum letzten Mal von ihm gehört, da war er mit G. Gordon Liddy auf Tournee. Wir sind alt.«

»John, ist dir aufgefallen, daß jeder, der an diesem Überfall beteiligt war, tot ist?«

»Alle bis auf einen«, sagte er. »Du kennst die Devise: Hörst du von deinem Klienten, hör ich von dir. Er kann sich nicht verstecken. Der braucht bloß mal aufstehen. Er ist auf Bewährung und wird in einem Mordfall gesucht, und man hält ihn für bewaffnet. Ich brauch dir nicht zu erzählen, was das heißt.«

»Man sollte meinen, daß sich da in zwanzig Jahren was getan hätte.«

»Vor Gericht, ja. Die Straße ist nach wie vor die Straße.« Der Anschluß klickte und summte.

Ich gab noch mal zehn Minuten drauf, dann schloß ich ab. Dafür war ich zuständig. Dann mußte ich von der Treppe zurückrennen und mit den Schlüsseln rumfummeln und beim vierten Läuten den Hörer erbeuten. Es war Barry, der mir die Instruktion erteilte, mich um zehn bei ihm zu Hause in Harper Woods einzufinden und die Disketten mitzubringen.

## 24

Falls man einen Beweis dafür brauchte, daß die Mafia ihren Biß verloren hatte, reichte Barry Stackpoles Adresse.

Nachdem ihm eine Bombe ein Bein und zwei Finger abgerissen hatte, war Barry jahrelang quer durch die Stadt gezogen und hatte seine Kolumne auf einer tragbaren Schreibmaschine verfaßt. Er war in ungefähr dreißig Apartments und Motels zu Hause gewesen und zwei Wochen lang in meinem Wohnzimmer. Während der ganzen Zeit hatte er seinen Koffer nicht ausgepackt und das Papier mit einer Luger beschwert. Gerüchten zufolge hatten die einheimischen Capos fünfzigtausend auf seinen Kopf ausgesetzt.

Aber in den letzten drei Jahren hatte er wie jeder normale Mensch auch in einem gemieteten Backsteinhaus in Harper Woods gewohnt. Da die eine Hälfte der Organisation Anklagen auf Bundesebene entgegensah und die andere Hälfte sich mehr um die neuen Steuergesetze als um das Gesetz des Schweigens kümmerte, hatte das Schicksal eines einzelnen Reporters jegliche Dringlichkeit verloren. Keiner scherte sich mehr darum, daß die Nachforschungen dieses Reporters die laute öffentliche Forderung nach einem Ende der Bandenherrschaft und die Beweise, die dieses Ende bewirkten, ermöglicht hatten. Der Schaden war angerichtet, und das schiere Überleben kostete so viel, daß an Rache nicht zu denken war.

Barrys Problem war, daß er zuviel Erfolg gehabt hatte. Nachdem der Krieg gewonnen oder doch bis zum blutigen Ende durchgehalten worden war, war seine Munition nicht länger gefragt, und seine Leser hatten im gleichen Maß andere Interessen entwickelt, wie der Feind das Interesse an ihm verloren hatte. Seiner per Agentur angebotenen Kolumne gingen seit Monaten Zeitungen verloren. Nach einem ersten Anfall von Begeisterung hatte sich ein bekannter Verleger entschieden, Barrys Buch über seine Erfahrungen als Südostasienkorrespondent doch nicht zu veröffentlichen, und danach hatte es ein halbes Dutzend weiterer Verlage abgelehnt. Dieser plötzliche Fall aus einer Höhe, auf der er unter anderem von *Nightline* und in *Time* interviewt worden war, hatte ihn erbittert und seinen persönlichen und beruflichen Beziehungen geschadet. Doch er sammelte weiter Beweise und schrieb weiter über die Bosse, die Subbosse, die Mechaniker und die Soldaten, die gekauften Richter, eingeschüchterten Polizisten, Drogenkuriere und Zuhälter, letztlich die einzigen Leute, zu denen sich seine Haltung nicht verändert hatte, und von denen er und ein paar andere wußten, daß sie getroffen, aber nicht tot, besiegt, aber nicht zerstört waren. Er war Hauptclaqueur in einem Spiel geworden, das alle anderen für beendet hielten.

Barry machte die Tür auf, bevor ich klingeln konnte. Er trug ein heraushängendes Jeanshemd über geflickten Jeans – seine Arbeitskleidung. »Sieh zu, daß du reinkommst, bevor dich einer sieht.«

Seit meinem letzten Besuch hatte er am Wohnzimmer nichts verändert, nur die Zeitschriften ausgetauscht. Damals hatte er mit einem Model zusammengelebt, und zwischen die Ausgaben von *America Rifleman*, *Soldier of Fortune* und dem *Harvard Lampoon* hatten sich *Vogue* und *Ms*. gemogelt. Wir gingen in sein Büro, das er mit einem Textcomputer und einem kleinen, rundlichen Mann in einem weißen Hemd und braunen Cordhosen ausgestattet hatte. Das Licht im Raum war aus, und das Gesicht des kleinen, rundlichen Mannes wirkte im

Schimmer des Bildschirms grünlich und erinnerte mich an Commodore Stutch unter der Strahlung seiner grünen Lampe. Das war allerdings das einzige an ihm, was mich an den Commodore erinnerte. Er hatte bläuliche Backen, volles, glänzendschwarzes Haar und große braune Augen, die wie Kugeln in ihren Höhlen herumrollten. Er rollte sie von mir zu Barry. »Ist ihm jemand gefolgt?«

»Ich bin eine Weile rumgelaufen, um sicherzugehen, daß es nicht so ist«, sagte ich. »Ist einer meiner Grundsätze, wenn ich mit Cops geredet habe.«

»Du hast mir nicht gesagt, daß Polizei im Spiel ist«, sagte er sofort. Bis jetzt hatte er nur mit Barry gesprochen.

»Sie wissen nichts von dir.« Barry sah zu mir. »Ein zehn Jahre alter Spielerring in New Orleans muß sich wegen der Aussage dieses Gentleman hier vor der großen Strafkammer neues Management besorgen. Das Justizministerium hat ihm 'ne neue Identität verschafft und ihn hier neu angesiedelt. Eine Bedingung für seine Mitarbeit heute abend ist, daß ich dir nicht sagen kann, wie diese Identität ist oder wer er war, bevor er sie annahm.«

»Wieso weißt du es?«

»Ich war an dem Fall sechs Monate vor dem Justizministerium dran.«

»Ist er Buchhalter?«

»War Rembrandt Farbpanscher? Auf dem Weg hierher hat er sämtliche Autonummern, an denen wir vorbeikamen, addiert und die Summe durch meine Hausnummer dividiert, alles im Kopf.«

»Seit es diese privaten Witzschilder mit Namen gibt, ist es allerdings weniger schwer«, gab der kleine rundliche Mann zu.

»Wie hast du das Ergebnis überprüft?«

Barry sagte: »Hast du sie dabei?«

Ich förderte die Disketten zutage. Er zog sie ein Stück weit aus der Hülle und schob sie wieder zurück. »Sie sind kompatibel.«

»Hoffen wir nur, daß er sie nicht beide durch das Rumtragen in der Tasche demagnetisiert hat.« Der kleine rundliche Mann nahm sie in Empfang. Daß ich seinen besten Trick in Frage gestellt hatte, verzieh er mir nicht. »Wenn Ihr mich bitte entschuldigt. Ich arbeite am besten, wenn mir keiner über die Schulter schielt.«

Barry und ich gingen ins Wohnzimmer. »Kaffee?« fragte er. »Ich bin trocken, mal wieder.«

Ich sagte, Kaffee sei prima. Er goß in der Küche zwei Becher voll und brachte sie herein. Er schwang sein künstliches Bein über die Lehne der Couch. »Wird bestimmt nicht lange dauern. Etwas haben die Jungs vom Justizministerium in seiner Aussage nicht gefunden, und zwar Arithmetikfehler.«

»Ist er immer so scheu?« Ich ließ mich auf einem Stuhl gegenüber nieder.

»Weiß ich nicht. Ich seh ihn zum ersten Mal seit zwei Jahren.«

»Ich dachte, ihr seid Freunde.«

»Der Mann weiß die Quadratwurzel von sieben.«

»Was kriegt er dann?«

»Ein kreolischer Ballermann mit Namen LaPointe hat in Baton Rouge seinen Weg vom Gericht zu dem Hotel ausfindig gemacht, in dem ihn die US-Anwälte haben verschwinden lassen. Ich hab Wind davon gekriegt und ihnen Bescheid gegeben. Die einheimischen Cops haben LaPointe in dem Moment umgelegt, als er ihn aufs Korn nahm.«

»Sieht dem Justizministerium nicht ähnlich, daß sie einen Zeugen an einen Ort verlegen, wo jemand ihn kennt. Vor allem ein Journalist.«

»Er sollte nach North Dakota. Ich konnte ihn hier besser einsetzen.«

»Einfach so?«

»Hat mich ein paar Schuldscheine gekostet.« Er nahm einen Schluck Kaffee. »Erzähl mir von Hendriks.«

Ich steckte ihm die ganze Sache, von Marquette bis zum National Bank Building. Ich schwieg mich auch über Edith Mariannes Autofahrt mit Hendriks und ihre häusliche Gastfreundschaft vom Nachmittag nicht aus. Barry schrieb nichts auf, aber das täuschte mich nicht. Sein Gedächtnis für Namen und Fakten war mindestens so gut wie das des kleinen rundlichen Mannes für Zahlen. Im Raum nebenan hörte ich den Computer piepsen.

»Ist De Vries einer, der sich selbst stellt?« fragte Barry.

»Würdest du das tun?«

»Er steht ganz oben auf der Abschußliste der Polizei. Du mußt flink arbeiten, wenn du einen lebenden Klienten willst.«

»Dabei bin ich.«

Er erhob die Stimme. »Wie läuft's?«

»Ich brate hier nicht Würstchen«, sagte der Mann im Büro. »Laß mir ein paar Minuten Zeit.«

»Künstler«, sagte Barry.

Ich fragte, was sich bei der *News* tat.

»Ich bin noch ungefähr zehn Blätter davon weg, auf eine kleine Unterredung ins Büro des Verlegers gebeten zu werden, die dann diesen betroffenen Tonfall annimmt, für den er so berühmt ist. Es gibt da eine Klatschspalten-Dame, die schon länger meinen Platz im Auge hat. Ich weiß, daß sie 'ne Dame ist, weil ich sie noch nicht beim Lästern erwischt hab.«

»Du könntest über was anderes schreiben.«

»Ich könnte Verse über das britische Königshaus schreiben oder die Restaurants in der Gegend vergleichen, als ob's mehr als drei gäbe, denen man seinen Magen anvertraut. Würde mir wahrscheinlich einen Fünf-Minuten-Spot im Lokalfernsehen bringen.«

»So weit mußt du ja nicht gehen.«

»Wie weit ist weit?« Er setzte seinen Fiberglas-Fuß auf den Boden und stellte den Becher auf den Couchtisch. »An der Küste gibt's einen Mobster, der so dicht an 'nem Präsidentenberater dransitzt, daß der Typ in Washington grunzt, wenn dem Mobster die Unterhosen verrutschen. Letzten Monat haben Kerle, die für den Mobster arbeiten, die Tür von 'nem Apartment in Hollywood eingetreten, die drei Teenager drin hinknien lassen und sie dann in den Hinterkopf geschossen, einen nach dem anderen. Es war die falsche Wohnung. Sie waren auf eine zwei Türen weiter aus, in der ein paar Chicanos mit dem Segen der Hauseigentümer Koks verdealten. In *diesem* Monat hat der Berater im Weißen Haus die Ergebnisse seiner Studie zur Langzeitwirkung von Pornografie auf die Oberschicht veröffentlicht. Worüber soll ich schreiben, wer die besten Brötchen in der Stadt bäckt?«

»Schreib drüber, warum du über das schreibst, worüber du schreibst.«

»Das klingt zu sehr nach Jammern.«

»Warum erzählst du es dann mir?«

»Bei dir kann ich doch jammern.«

Der kleine rundliche Mann kam aus dem Büro und händigte mir die Disketten aus. »Ich würde den Mann gern kennenlernen, der die führt.«

»Er ist tot.«

»Schade. Ein Mann, der Millionen stiehlt, hat etwas, das einen wünschen läßt, daß er damit davonkommt, was man nicht wünscht, wenn einer ein paar Dollar oder einen gewöhnlichen Gegenstand klaut.«

»Er hat gestohlen?« fragte ich.

»Nicht eigentlich gestohlen. Ergaunert ist passender, auch ein bißchen schurkisch und ziemlich romantisch. Kurz gesagt, Ihr Mann gestattete anderen Firmen und Einzelpersonen, ungefähr zweihundertachtzig Prozent der Firmenanteile zu kaufen.«

Barry sagte: »Du willst sagen, er hat das gleiche Pferd mehrmals verkauft?«

»Es ist erheblich komplizierter. Es gehörten Blindbücher dazu, ein zweifaches Zugangssystem zur Buchführung und eine ziemlich originelle Methode elektronischer Übertragung, die jeden Beweis der Transaktionen löschte und das Geld als nicht existent auswies, soweit es die Firma betraf. Aber, ja, das ist das Grundkonzept.«

»Mit anderen Worten, wenn diese zwei Disketten nicht dawären, gäbe es keine Möglichkeit rauszufinden, was er da ausheckte«, sagte ich.

»Nicht, bis man auf die Investitionen auszahlen mußte. Aber da hätte unser Mann schon ein paar fünfhundert Millionen Dollar auf numerierte Konten in Andorra geschafft. Die Nummern sind auf der zweiten Diskette aufgeführt.«

»Andorra?«

»Ein kleiner unabhängiger Staat zwischen Frankreich und Spanien. Das Geheimnis seiner Unabhängigkeit liegt in seinem Banksystem. Die meisten Leute sind sich nicht darüber im klaren, daß die Schweizer Konten unter gewissen extremen Konditionen der Züricher Regierung unterstehen. Nicht so die Konten in Andorra. Ich habe da für meinen letzten Arbeitgeber ein paar enge Kontakte aufgebaut.«

»Wie bist du da reingekommen?« fragte Barry. »Unser Mann hätte doch nicht jeden in diese Informationen stolpern lassen.«

Er rollte seine Augen bescheiden zu Boden. »Ich habe ein System. Es ist eine Art Basisschlüssel, und ich bin nicht bereit, ihn preiszugeben.«

»Fünfhundert Millionen«, sagte ich.

»Plus minus zehn Millionen. Ich habe es nach den Angaben überschlagen.«

Barry sagte: »Da geht's bei mir mickrig zu. Die Kerle, über die ich schreibe, schlagen sich wegen ein paar tausend.«

»Er war sich nicht zu gut, mit Tausendern umzugehen«, sagte der kleine rundliche Mann. »Und er war sich nicht zu gut, mit den Leuten zu arbeiten, über die du schreibst.«

Wir warteten, sahen ihn an. Er strahlte. Jetzt sah ich ihn klar. Leute, die dem Staat Beweise liefern, tun das meist aus sehr einfachen Gründen. Im Mittelpunkt stehen ist unter den ersten fünf.

»CerbCorp«, sagte er. »Vielleicht kennen Sie den Namen.«

Ich sagte: »Das war einer der aufgeführten Investoren. Hab ich noch nie gehört.«

»Aber ich.« Barry trank und machte ein Gesicht, das darauf hinwies, daß sein Kaffee kalt war. »Die Cerberus Corporation ist Dachgesellschaft für die Restaurant-Kette der Miskoupolis-Brüder.«

»Ich dachte, die sind alle tot«, sagte ich. »Oder im Knast.«

»Nicholas ist schon lange tot. Aristoteles seit letztem Jahr. Sherman lebt, ist auf freiem Fuß und erwartet eine Berufung wegen einer Verurteilung aufgrund von Anstiftung zum Meineid. Ich hab in der Sache einen Zeugen interviewt.«

»Sherman?«

Barry grinste. »In einem Punkt mußte sich die alte Dame durchsetzen. Jedenfalls hat Sherm nicht vor, in diesem Jahrhundert abzutreten, wenn man die Summen, die er für Kosmetika und getrocknete Affeneier ausgibt, richtig deutet.«

»Wieviel hat CerbCorp angelegt?« fragte ich den kleinen rundlichen Mann.

»Sechshundertfünfzigtausend.«

Ich sah Barry an. »Würde er dafür töten?«

»Er hat schon für verflucht viel weniger getötet.«

## 25

Der Leitartikel der *Free Press* vom Sonntag befaßte sich mit Alfred Hendriks. Nicht mit mir und auch nicht mit Richard De Vries, obwohl Alderdyce dem Reporter mitgeteilt hatte, daß er einen Verdächtigen hatte. Timothy Marianne stand nicht für einen Kommentar zur Verfügung, aber ein Vizepräsident von Ford gab schmeichelhafte Bemerkungen über den ehemaligen Buchhalter zum besten, die auf zehnminütiger Beschäftigung mit dessen Personalakte beruhten, und Hector Stutch verlas eine vorbereitete Stellungnahme, die besagte, daß das tragische Ereignis keinerlei Einfluß auf die Vereinbarungen zwischen Stutch-Petrochemie und Marianne Motors haben werde. Ich fragte mich, ob der Commodore sie diktiert oder mit seiner schwachen, aber festen Schrift selbst verfaßt hatte. Die Stellungnahme wies mit Sicherheit wenig Ähnlichkeit mit den Telefongesprächen auf, die er zwischen zwei und vier Uhr nachts geführt hatte. Ich versuchte *Doonesbury* Erhellendes zu entnehmen, aber der Strip gab sich an diesem Tag mit dem Präsidenten ab.

Ich war kurz vor halb elf bei Barry weggefahren und um Mitternacht ins Bett gegangen. Die Frühnachrichten im Fernsehen brachten wenig Neues. Keiner der Berichte klang oder sah nach dem aus, was ich im National Bank Building gehört oder gesehen hatte. Sie haben meist keinerlei Ähnlichkeit.

Ich tätigte ein Ortsgespräch. Nach Frühstück und Waschungen legte ich leichte Hosen, ein Strickhemd und ein Baumwollsakko an. Kühleres Wetter war angekündigt. Draußen zog ich das Sakko aus und schmiß es auf den Rücksitz – es war genauso heiß wie vorher.

Die Argo-Kette hatte im Mittelwesten um die vierzig Restaurants, die einer Kundschaft mit mittlerem Einkommen, die Athen vermutlich nie zu Gesicht kriegen würde, gemäßigte griechische Kost offerierten. Der Anker der Kette lag, wie es sich gehört, in Trapper's Alley, einer vertikalen Anhäufung von Boutiquen, Eßläden und Kunsthandwerk, alles unter einem Dach, in Detroits historischem Griechenviertel, das mit hellenischer Kultur soviel zu tun hat wie Disney World mit der Rüstungsindustrie. Man verirrt sich darin genauso schnell wie im Renaissance Center, und der Herr stehe den Speisenden und Einkaufsbummlern bei, wenn eines Tages einer ›Feuer‹ ruft.

Die Unterkellner trafen eben die Vorkehrungen zum Lunch, als ich das Lokal betrat und einer großen, dunkeläugigen Bedienung in Festtagsgewandung mitteilte, daß ich mit Sherman Miskoupolis verabredet sei. Sie nickte einmal und pflügte sich zwischen Goldjacken hindurch einen Weg zu einer hohen Nische im hinteren Teil des Restaurants. Dort erhob sich ein kleiner Mann in einem todschicken Anzug und quetschte meine Hand mit einem Griff, der einiges an Übung aufwies.

»Guten Morgen!« Er hatte eine dieser mediterranen Dröhnstimmen, die sich bei kleinen Männern häufig finden. »Was essen Sie? Sie sind mein Gast.«

»Danke, ich habe schon gefrühstückt.«

»Was denn, Toast und Kaffee? Daphne, Baklava und Mokka für Mr. Walker. Ich nehme das Übliche.«

Die Bedienung wandte sich um. Ich faßte sie am Arm und sah

weiterhin den Chef an. »Es brüllt keiner *opah* und steckt irgendwas in Brand, oder?«

»Viele Kunden erwarten das. Aber in diesem Fall werden wir die Feuerkünste zügeln.«

Ich ließ Daphne gehen, und wir setzten uns. Er hatte einen großen, braunen Becher mit etwas, das vermutlich Mokka war, vor sich stehen. Sherman Miskoupolis kleidete sich jung für sein Alter. Er trug ein gewaltig eng sitzendes Jackett mit breitem Revers und eine leuchtend orangefarbene Krawatte mit grünen Bourbonen-Lilien. Aber er war schließlich auch ein jung aussehender Zweiundsechziger. Sein Gesicht war klein und jungenhaft glatt, und sein kastanienbraunes Haar, in klassische Löckchen gelegt, hing ihm für einen Mann in seinem Lebensalter zu weit in die Stirn. Das Lifting war gut, aber der Schönheitschirurg war außer Rand und Band geraten. Die Färbearbeit war erstklassig.

»Sie sagten am Telefon etwas über diese tragische Hendriks-Angelegenheit«, sagte er. »Furchtbare Sache.«

»Mord ist ein Verbrechen, kein tragisches Vorkommnis. Die Presse bringt das häufig durcheinander.« Ich lehnte mich zurück, als die Bedienung einen Becher und einen Unterteller mit einer klebrig aussehenden Süßigkeit vor mir abstellte. Dann ging sie wieder und sagte, sie brächte gleich Miskoupolis' Essen.

»Aus Hendriks'Akten geht hervor, daß die Cerberus Corporation eine größere Summe in Marianne Motors investiert hat. Darüber möchte ich mit Ihnen reden.«

»Sollten Sie darüber nicht besser mit meinem Makler reden? Das Management der Kette nimmt fast meine gesamte Zeit in Anspruch. Er sagt mir, was gut wirkt, und ich schicke ihm einen Scheck.«

»Ist er mit Ihnen verwandt?«

Dafür kriegte ich eine steinerne Miene. »Ich weiß nicht, wovon Sie sprechen.«

»Ich hab es satt, diplomatisch zu sein, Mr. Miskoupolis. Der Person, für die ich arbeite, wird man den Mord an Hendriks anlasten, wenn sie die Polizei nicht vorher abknallt. Ich bin in einen See getunkt, mit Gewehren und gerichtlichen Vorladungen attackiert und beinahe verführt worden. Irgendwann gestern hat mein monatlicher Taktvorrat das Zeitliche gesegnet.«

»Ich verstehe das. Eine meiner frühesten Erinnerungen ist, wie mein Bruder Nicholas zu Hause bei unserem Vater in Mistra frühstückt und dabei das Gewehr am Tisch stehen hat. Ich komme aus einer Familie von Fischern. Einer der Nachbarn behauptete, jemand hätte seine Netze zerschnitten.«

»Nicholas?«

»Was für eine Rolle spielte das? Wenn man damals einem Mann etwas vorzuwerfen hatte, war die ganze Familie dafür verantwortlich. Als wir hierher kamen, hat sich nichts geändert. Nachdem die Italiener Nicholas hinter den Grecian Gardens abgemurkst haben, haben an der ganzen East Side schwarzgekleidete Frauen einen Monat lang Kerzen für ihre toten Männer angezündet.«

Die Stimmung in der Nische hatte sich verändert. Wir saßen schweigend da, während Daphne einen Teller vor Miskoupolis plazierte, uns aus einer Glaskaraffe Mokka nachgoß und sich dann zurückzog. Miskoupolis' Speise sah aus wie Distelschoten in Magermilch. Was es auch war, es sah nicht gut genug aus, um anders als gesund zu schmekken.

Ich sagte: »Hendriks führte verschiedene Bücher, von denen keiner außer ihm wußte. Ihnen zufolge hat er dieselben Anteile von Marianne dreimal verkauft. Was CerbCorps Sechshundertfünfzigtausend-Dollar-Investition praktisch wertlos macht. Überrascht Sie das?«

»Wenn ich nein sage, habe ich ihn umgebracht. Sehen Sie das so?«

»Keineswegs. Sie hätten jemanden losgeschickt. Seitdem Sie sich ins Restaurant-Geschäft gedroht haben, trägt keiner aus ihrer Familie mehr eine Waffe.«

Er nahm seinen Löffel hoch und lud etwas Magermilch auf. »Wenn entweder Nicholas oder Aristoteles noch am Leben wären, und Sie würden das zu Ihnen sagen, wären Sie's nicht mehr.«

»Ouzo von vorgestern. Sie haben meine Frage nicht beantwortet.«

»Ich fing an, ihn im Verdacht zu haben. In der Gastronomie entwikkeln Sie einen Blick für den Gast, der vorhat, aus dem Klofenster zu steigen und die Zeche zu prellen. Mein Anwalt plante einen Prüfungstermin, als diese Sache passierte.«

»Hätte mich auch enttäuscht, wenn er das nicht getan hätte. Das würde ich meinen auch machen lassen, wenn ich dabei wäre, einen Mord vorzubereiten, für den ich nicht sitzen will.«

»Ihre Informationen sind veraltet. Ich repräsentiere lediglich einen Konzern. Die Aktionäre tragen den Verlust gemeinsam. Selbst wenn ich Rache wollte – was vom finanziellen Gesichtspunkt unsinnig wäre, da ich nichts zurückerstattet bekäme –, müßte es um mehr gehen als meinen kleinen Anteil von einem Betrag, der schon zu Anfang nicht eben groß war.«

»Jeder zweite Ganove erzählt mir heutzutage, er arbeitet rechtmäßig mit Profit und Verlust. Das kann ich ihnen nicht so recht abnehmen.«

»Ich behaupte das auch nicht. Nur drastische Situationen erfordern drastische Methoden. Solange derjenige lebt, der abzweigt, besteht die Chance, daß er zurückzahlt. Ich behaupte nicht, daß es nicht etwas für sich hat, ihn danach als Exempel einzusetzen. Aber erst danach. Mord ist wenig nutzbringend, wenn man ihn ausführt.«

»Sind Sie immer so frank und frei, Mr. Miskoupolis?«

»Sie scheinen mir ein Mann zu sein, den Ehrlichkeit beeindruckt. Natürlich spreche ich nur hypothetisch.«

»Natürlich. Was hat Sie drauf gebracht, in Marianne zu investieren?«

»Es war eine Entscheidung im Aufsichtsrat. Wir dachten, es gäbe einen Markt für einen Sportwagen in dieser Größenordnung. Jetzt, wo diese Energieheuchelei vorbei ist, wollen die Leute wieder raus auf die Highways und den Geschwindigkeitsbeschränkungen den Rücken kehren. Es war einen Versuch wert. Soviel Geld war es nicht, wie ich bereits sagte.«

»Sind Sie an Hendriks herangetreten, oder er an Sie?«

»Ich kann mich nicht daran erinnern. Wo liegt der Unterschied?«

Zum ersten Mal hatte er Ungeduld gezeigt. Ich spürte ein Kribbeln. Vielleicht lag es am Mokka.

»Es war Ihre Entscheidung, nicht wahr? Nicht die des Rats.«

»Ja.«

»Woher kannten Sie Hendriks?«

»Ich kannte ihn nicht.« Er löffelte eine Distelschote und kaute schweigend.

»Dann einer Ihrer Brüder. Oder einer Ihrer Leute. Sagen wir, vor zwanzig Jahren, vor dem Geschäft mit den Restaurants. Als die Familie hauptberuflich gestohlenes Geld wusch.«

Er fuhr fort zu essen.

Treffer.

Nach und nach füllte sich das Lokal mit Lunch-Gästen. Über der Küchentür hing ein Lautsprecher, der krachte, rauschte und eines dieser Lieder ausstieß, die klingen, als ob eine Horde Geiger ihre Instrumente auf einer heißen Bratpfanne stimmt. Sherman Miskoupolis verzehrte die Reste seiner Mahlzeit und stellte den Teller zur Seite. Ich hatte meine Baklava nicht angerührt.

»Ich habe gestern abend einige Zeit mit jemandem verbracht, der genug über Sie weiß, um ihre Familienchronik zu schreiben«, sagte ich. »Sie suchten lange Zeit nach Ihrer Bestimmung. Hie und da ein Spielchen, einiges an Kreditschwindel, ein bißchen Drogen, sogar ein rechtmäßiges Fischerei- und Transportunternehmen daheim in Griechenland. Generell gesprochen, wenn ein Familienunternehmen wie Ihres Interessen im Ausland hat, kommt es früher oder später dazu, daß man Waren, die in den Staaten zu heiß sind, abstößt. Wer hat Ihnen vor zwanzig Jahren Hendriks vermittelt?«

»Denke, das werden Sie mir sagen.«

»Spielt keine Rolle. Er hatte eine Freundin, die bei ihm wohnte und vermutlich Kontakte zur Drogenszene hatte. Ein Geschäftszweig spricht mit dem anderen, und im Handumdrehen sitzt der junge Hendriks hier in Greektown und ißt mit Nicholas oder Aristoteles oder deren kleinem Bruder Sherman Moussaka. Vielleicht hat er vor dem Überfall mit Ihnen gesprochen, aber Sie ließen sich nicht auf den Handel ein, bevor es vorbei war und man ihm glauben konnte. Immerhin war er bloß ein kleines Würstchen. Aber er lieferte, und das Geld landete in Griechenland und wurde in – wie heißt das da drüben, Sesterzen?«

»Drachmen.«

»– Drachmen verwandelt, und dann kam es zurück und wurde in Dollar zurückverwandelt, und dabei zapfte jeder seinen Teil ab. Der restliche Betrag war immer noch beachtlich, aber nicht genug, um einem ehrgeizigen jungen Banditen ein Leben in tropischem Überfluß zu ermöglichen. Die Aktion hatte bereits so lange gedauert, daß er einen Studienkredit aufnehmen mußte, um leben zu können.

Also schafft er das quietschsaubere Geld auf die Bank und marschiert neun oder zehn Jahre zur Arbeit bei Ford – inzwischen spielt er vielleicht mit seinen Sparbüchern oder lernt sich in Geduld zu fassen –, bis Timothy Marianne mit einem Investitionsangebot ankommt, dem er nicht widerstehen kann. Peng, sitzt er im Erdgeschoß von Marianne Motors, und wieder peng, nach ein paar Jahren macht man ihn zum Geschäftsführer. Der Traum jedes Desperados.«

Die Bedienung kam und goß mir nach. Miskoupolis legte die Hand über seine Tasse und sagte nichts. Sie ging wieder.

»Ich glaube, Sie sind an ihn rangetreten«, sagte ich. »Vielleicht waren CerbCorps' Marianne-Aktien ja auch ein Geschenk, um Sie davon abzuhalten, der Polizei etwas über die alte Panzerwagensache zu flüstern. Das Urteil für den Raub ist schon lange verjährt, aber durch Davy Jacksons Tod wird es Mord, und der ist so beständig wie Atommüll. Eine vage Vermutung, aber vielleicht haben Ihre Geldforderungen Hendriks dazu gebracht, Anteile zu verscheuern, die schon jemandem gehörten. Vielleicht auch nicht. Wie wär's hiermit: Nachdem Sie sich mit vorgehaltener Pistole reingezwängt hatten, kommt Hendriks ins Denken und merkt, daß Ihre Erpressung nichts taugt, weil Sie sich dabei selbst der Beihilfe verdächtig machen würden. Also kickt er sie wieder raus. Vielleicht hat er genau das gestern in seinem Computer-Hauptbuch gemacht, als Ihr Ausputzer ihn zum Aufzug geführt und ihm zwei Kugeln verpaßt hat.«

Er lachte, eines dieser röhrenden griechischen Fischer-Lachen, das jedes Gespräch im Raum verstummen ließ. Es klang leider nicht so hohl, wie ich es gern gehabt hätte. Es klang erleichtert.

»Glauben Sie, ich würde jemanden da hinschicken, um ihn umzubringen und die Akten von unserer Transaktion nicht vernichten lassen?« sagte er, als das Lachen vorüber war. »Wie lange haben Sie sich mit dieser Theorie getragen?«

»Nur die Zeit, um sie Ihnen zu präsentieren. Die Idee kam mir vor fünf Minuten.«

»Das freut mich für Sie. Sie haben also nicht mehr von Ihrer Zeit damit vergeudet als von meiner. Und nun, falls Sie nicht mehr beabsichtigen, das hier zu verspeisen, sollten wir diese Nische für andere räumen.«

Ich schob den Unterteller zur Seite. »Ich hab noch nie so eine Auftragsarbeit gesehen. In der Rückseite des Aufzugs waren drei Löcher und nur zwei in dem Toten. Wer auch die Schüsse abgegeben hat, er hat zumindest einmal danebengeschossen, und noch öfter, wenn nicht beide Kugeln durch Hendriks hindurchgingen. Ich wollte sehen, wie Sie darauf reagieren.«

»Vergeudete Mühe.«

»Das sehe ich nicht so. Ich sehe, daß ich recht hatte mit der Annahme, daß Sie das gestohlene Geld gewaschen haben. Sie sind nicht der Pokerspieler, für den Sie sich halten. Zu warmblütig.«

Er schwieg dazu. »Suchen Sie Ihren Mörder unter den anderen Investoren. Fangen Sie mit dem an, dem der größte Verlust droht.«

»Das wäre Stutch. Bliebe immer noch das Problem der überzähligen Einschußlöcher. Die Firma würde begabtere Kräfte engagieren.«

»Es sei denn, jemand wollte es wie Laienarbeit aussehen lassen«, sagte Miskoupolis. »Ich nehme an, damit bin ich wieder im Rennen.«

»Für so schlau halte ich Sie nicht.« Ich leerte meine Tasse. »Ich nehme nicht an, daß Sie der Polizei von diesem Handel vor zwanzig Jahren erzählen möchten. Das würde nämlich die Geschichte meines Klienten erhärten. Sie könnten nur noch wegen des Mordes angeklagt werden, und der ist so weit weg, daß ein Mann mit Ihren Anwaltskontakten die Klage übers Telefon abbügeln könnte.«

»Ich habe keinen Grund, ein solches Risiko einzugehen. Falls es wahr wäre.«

»Das wollte ich nur wissen.« Ich erhob mich. »Danke, daß Sie mich empfangen haben. Ich mag Gangster immer noch nicht.«

»Ich bin Gastronom.«

»Sie machen guten Mokka. Die Baklava heben Sie besser für jemanden auf, der früher Suchtanfälle nach Süßem kriegt als ich.«

»Kommen Sie nicht wieder.«

Ein paar Minuten vor zwölf war ich an meiner Lieblingsbar an der Woodward und stand rauchend zwischen der Sorte von Leuten auf dem Gehsteig, die sonntagmorgens herumstehen und warten, daß die Bar aufmacht. Einige von ihnen waren besser gekleidet als ich. Ich tröstete mich mit dem Unterschied zwischen Mittel und Zweck. Als der Barkeeper Einlaß gewährte, setzte ich mich auf den hintersten Hocker und bestellte ein Stroh.

Der Keeper ließ den Fernseher über der Bar mit leisegestelltem Ton für das Baseballspiel warmlaufen. Ich trank mein Bier und schnippte Asche in einen billigen Glasaschenbecher und sah einem Würstchen zu, wie es mit einem Glas französischen Senfs Cha-Cha tanzte. Am anderen Ende der Bar diskutierten ein gefeuerter Arbeiter von General Motors und ein junger High-School-Leichtathletik-Trainer über Politik. Als ich wieder auf die Mattscheibe schaute, war mein Klient drauf.

Es waren zwei alte Kartei-Fotos, Vorne- und Seitenansicht, aus

Jackson, wo De Vries den ersten Teil seiner Strafe zugebracht hatte, bevor sie ihn nach Marquette schickten. Er war schlanker und ohne Bart und noch mit Haaren, aber das war unerheblich. An dem Tag würden sie auch einen Schweden zum Verhör mitschleppen, wenn er zwei Meter sieben groß war und 120 Kilo wog. Ich sagte dem Keeper, er solle den Ton lauterstellen.

»... wird angenommen, daß er sich im wesentlichen noch im Stadtgebiet von Detroit aufhält. Die Polizei verweigerte Aussagen darüber, warum De Vries unter Verdacht steht. Hendriks, hier während einer Pressekonferenz am Donnerstag ...«

Ich bat ihn umzuschalten. Zwei Kanäle weiter zeigten sie Schwarzweiß-Material, das ich seit Jahren nicht mehr gesehen hatte, von brennenden Wohnblocks und Leuten, die per Menschenkette Möbel und Fernseher aus Geschäften mit eingeschlagenen Schaufenstern weiterreichten, und Militär, das sich in verfehlt wirkenden Tarnanzügen auf verwüsteten Straßen Feuergefechte mit unsichtbaren Heckenschützen lieferte.

»... wurde 1967 des Mordes und der Planung eines bewaffneten Raubüberfalls schuldig gesprochen, nachdem er Feuer gelegt hatte, um die Aufmerksamkeit von ...«

Auf dem nächsten Programm interviewte eine schwarze Reporterin den Wachschutzmann, der mich im Detroiter Büro von Marianne Motors festgehalten und die Polizei gerufen hatte, und den De Vries am Tag zuvor niedergeschlagen und mit seinem Fuß beschwert hatte.

»... platzte hier rein und schrie, daß Mr. Hendriks sich zeigen sollte. Ich wollte gleich die Polizei rufen, aber Mr. Piero – das ist mein Chef ...«

»Okay, schalten Sie zurück.«

»Das kommt davon, wenn man Mörder freiläßt.« Der Barkeeper schaltete auf das vorherige Programm zurück, wo ein junger Wetteransager Kansas um die 40 Grad Hitze prophezeite. »Ich halt's mit Cecil Fish. Wir brauchen wieder die Todesstrafe in Michigan.«

»Die Ankläger in Iroquois Heights starten dieses Geschrei alle paar Jahre«, sagte ich. »Von denen hat's noch keiner zum Gouverneur gebracht.«

»Na, meine Stimme hat er jedenfalls.«

»Die hat er auch verdient.«

Der Keeper brachte sein großes, fleischiges Gesicht nahe genug an meines, um klarzumachen, daß er hier ein besserer Kunde war als ich. »Was soll das wohl heißen?«

»Das soll heißen, daß ich mir eine neue Lieblingsbar suchen muß.« Ich bezahlte das Bier und zog ab.

Ich hatte einen Bekannten bei den Sicherheitskräften der Detroit Public Library, der mich am Hintereingang reinließ, wenn geschlossen war. Ich fand die Schubladen mit den Mikrofilmen der alten *News*- und *Free Press*-Ausgaben und spannte die, die ich suchte, in den Apparat im Leseraum. Langsam kannte ich das Layout besser als das Lagerviertel und das Detroiter Polizeipräsidium. Der Privatdetektiv der Zukunft wird dicke Brillengläser und einen Gummidaumen statt einer Knarre tragen. Er wird Computerisch sprechen und gute Trinkzeit damit vergeuden, in der Software-Abteilung von Hudson's rumzuhängen. Falls er überhaupt noch gebraucht wird, wo jeder Haushalt über ein Elektronenhirn verfügt. Natürlich wird man ihn brauchen. Die Leute werden immer jemanden brauchen, der sich vor sie stellt und Kugeln und Faustschläge abfängt.

1968 flackerte vorbei, blieb hier und da auf Bildern von der Müllabfuhr stehen, die die Trümmer von den Unruhen beseitigte, und auf langhaarigen jungen Männern, die Flaggen auf den Hintern ihrer Arbeitsdiensthosen genäht hatten, und auf Soldaten in Vietnam in Reih und Glied, mit Blumen im Lauf ihrer M-16, und auf Richard Nixon und Hubert Humphrey und Eugene McCarthy im Wahlkampf und auf Bobby Kennedy, wie er mit einem Ausdruck von Überraschung und Verwirrung im Gesicht auf einem Hotelteppich auf dem Rücken lag. Das alles ließ mich so alt fühlen wie die Erosion.

Ich brauchte eine Stunde länger, als ich erwartet hatte. Auch dann verpaßte ich sie beim ersten Mal noch und mußte auf gut Glück zurückkurbeln. Sie nahm fünf Zentimeter vom Lokalteil ein und stand zwischen einem Interview mit Bürgermeister Cavanaugh und einer illustrierten Anzeige für Listerine, die Befreiung von viralen Halsentzündungen verhieß. MÄDCHEN AUS DETROIT BEI AUTOUNGLÜCK UMGEKOMMEN lautete die Schlagzeile. In zehn Sekunden verdaute ich alles, was da geboten wurde, und wandte mich nach dieser wenig erhellenden Lektüre dem Sterberegister zu.

*SOUWAINE, MARY FRANCES*
*Neunzehn Jahre alt, starb eines überraschenden Todes*
*am Montag, dem 14. Oktober. Geboren am 11. Mai 1949 in Bir-*

*mingham, Alabama, Eltern Harold und Mary Katherine (Joiner) Souwaine. Beide starben eines frühen Todes. Zog 1967 nach Detroit. Studium an der Wayne State University. Hinterbliebene: eine Schwester, Edith. Kein Gottesdienst. Geldspenden statt Blumen bitte an das Nationale Komitee zur Sicherheit im Straßenverkehr.*

Ich las es zweimal durch. Dann trug ich die Mikrofilme zurück, fand in einer anderen Schublade einige jüngeren Datums und brachte eine weitere Stunde mit diesen zu. Sie reichten nur fünf Jahre zurück, ließen mich aber genauso alt fühlen.

Der kleine Parkplatz in der West Grand River sah so öde aus wie eine Teststrecke. Ich ging zu Fuß über die Straße, ohne mit Verkehr kämpfen zu müssen, und schloß die untere Eingangstür auf, weil der Hausmeister abgeschlossen hatte und nach Hause gegangen war. Er wohnte nicht mehr im Haus, seit ein schwarzer Revolutionär mit einem leichten Sturmgewehr in der Eingangshalle einen Angriff auf mich gestartet hatte. Es ist ein einsames Leben dort, aber nicht immer langweilig.

Das Gebäude war stiller als die Bücherei, sogar stiller als das Detroiter Büro von Marianne Motors mit dem toten Hendriks im Aufzug und den Türen, die auf ihn stießen wie dilettantische Sargträger, die einen Sarg durch eine zu enge Tür zu tragen versuchen. Das Treppenhaus hallte, und der Flur auf meinem Stockwerk mit seinem schmutzigen Linoleumboden und seiner unverschämt neuen Hängedecke hätte in einem verlassenen Bunker liegen können. Ich war allein. Sogar Ratten tummeln sich nicht an einem Platz, wo keine Hoffnung auf Nahrung besteht. Die bankrotten Börsenmakler, die Schneider mit Trauerrandfingern, Pump-Zahnärzte mit mexikanischen Titeln, Chiropraktiker, Schildmaler, orangehaarige Kosmetikerinnen, Elektromonteure, Rechtsexperten mit ausstehenden Prozessen, Fernsehmechaniker, Handleser, Tätowierkünstler, Teppichvertreter, Miet-Zuhälter, Buchmacher, Clowns, Attraktionen und Monstrositäten, Sikhs, Söldner und Modelagenturen, Kampfsport-Lehrer mit schmierigen Kitteln und zerfledderter östlicher Weisheit, all das Strandgut, das die höheren Mieten von Downtown antrieb, sie waren sämtlich zu Hause und lebten ihr Leben, oder sie waren weg und versuchten es zu vergessen. Ich fühlte mich wie der letzte Schreikranich.

Als ich die äußere Tür zum Büro aufschloß, fiel ein Schatten auf mich. Ohne mich umzudrehen, wußte ich, wer es war. Ich stieß die Tür auf und trat zur Seite, um ihn einzulassen.

## 27

Ich stellte die Flasche und ein Glas auf den Tisch. De Vries ignorierte das Glas, packte die Flasche und neigte das Ende Richtung Decke. Es gluckerte zweimal, dann knallte er sie zurück auf den Tisch und fuhr sich mit dem Ärmel seines Flanellhemds über den Mund. Als die Wärme in seinen Magen drang, trat ihm der Schweiß auf die Stirn. Ich schaltete den Ventilator ein, um der abgestandenen Luft etwas Bewegung zu verschaffen.

»Das Zeug schmeckt wie Pisse«, sagte er. »Trinken Sie das dauernd?«

»Ohne die Zeremonie verliert es etwas.« Ich setzte mich und legte die Füße auf den Notizblock. »Heiß, nicht? Vor allem, wo Sie sind.«

»Der Typ nebenan hat sein Büro nicht abgeschlossen.«

»Wer hat Sie ins Gebäude gelassen?«

»Kleiner Jude, der grad rauskam. Ich hab gesagt, ich hätt 'ne Verabredung mit Ihnen. Er hat gesagt, ich soll keine Löcher in die Wände machen. Was soll'n das?«

»Insider-Humor. Hat er Sie erkannt?«

»Benahm sich nicht so.«

»Und falls, würde er nichts unternehmen. Rosekrantz kümmert sich nicht mal um seine eigenen Angelegenheiten.«

»Ich war nicht sicher, ob Sie heut auftauchen würden, aber ich konnte da nicht bleiben, wo ich war.«

»Keine Sonntage in diesem Job. Erleichtern Sie sich.«

Er blieb stehen. »Ich war's nicht.«

Ich nahm die Flasche und schüttelte den kümmerlichen Rest. »Ich hab Sie grade dabei beobachtet.«

»Ich hab Hendriks nicht umgebracht, mein ich doch. Das war ich nicht.«

»Wie haben Sie rausgekriegt, daß die Cops Sie deshalb suchen?«

»Hab gestern gesehen, wie sie das Hotel im Auge haben. Aber mich haben sie nicht gesehen. Ich bin 'ne Straße runtergegangen. Dann bin ich –«

»Spazierengegangen. Sagen Sie mir nicht, wohin. Bis dahin krieg ich die Mitwisser-Leier in den Griff. Wo waren Sie gestern morgen?«

»Im Alamo. Sie haben mich doch da gesehen.«

»Davor.«

»Ich war den ganzen Morgen dort, bis Sie mit diesem St. George ankamen.«

»St. Charles. Wo gingen Sie hin, nachdem ich weg war?«

»Mount-Elliott-Friedhof. Ich hatte 'ne Verabredung.«

»Mit wem?«

»Einer Frau.«

»Die, auf deren Anruf Sie warteten?«

»Ja. Sie hat sich nicht blicken lassen.«

»Name.«

»Weiß ich nicht. Sie rief vorher schon mal an, sagte, sie hätte die Kohle, die Hendriks mir schuldet, und daß ich mit keinem drüber reden soll. Sie hatte Angst, daß er's rauskriegt. Hat gesagt, sie ruft zurück, um das Treffen auszumachen. Hat sie dann auch, nachdem Sie weg waren.«

»Hat Sie jemand dort gesehen?«

»'n paar Penner. Ich bin rumgelaufen. Hab zwei Stunden gewartet, dann hab ich's aufgegeben und bin nach Haus. Da hab ich dann die Cops draußen rumsitzen sehen.«

»Sie hätten mir das sagen sollen.«

»Sie hat gesagt, ich soll nicht. Ich wollt sie nicht verscheuchen.«

»Die können Sie nicht mal erschrecken, wenn Sie mit dem Kopf unter dem Arm ankommen.«

»Sie wissen, wer es war?«

»Ich weiß, daß jemand Sie in der Zeit, in der Alfred Hendriks umgebracht wurde, an einem Ort haben wollte, wo keine verläßlichen Zeugen Ihnen ein Alibi geben konnten. Sie haben es geschafft, sich zum zweiten Mal in zwanzig Jahren auf die gleiche Art reinreißen zu lassen. Hat Marquette Sie gar nichts gelehrt?«

»Die haben ein paar üble Kerle da drin«, sagte er. »Ich hab gedacht, sie hätten sie alle.«

»So viel Stacheldraht wird nicht hergestellt.«

Er setzte sich. Er trug die Kleider, in denen ich ihn am Vortag gesehen hatte. »Also, was haben Sie rausgefunden?«

»Die gute Neuigkeit ist, daß ich jemanden aufgegabelt habe, der den Überfall Hendriks zuschreiben kann.«

Er sah mich an und sagte nichts. Das ist das Problem mit dem Gute-und-schlechte-Neuigkeit-Witz; er hängt zu sehr davon ab, wer ihn hört. Ich kapitulierte. »Er wird sich nicht stellen. Er würde sich selbst belasten. Aber ich weiß, wer Hendriks umgebracht hat. Wenn ich das richtig anstelle, krieg ich Sie davon frei.«

»Was ist mit dem Geld?«

»Das Geld ist futsch. Vergessen Sie's. Wenn ich das Geld jetzt hier hätte, würd ich es mit dem Ventilator zum Fenster rauspusten und mir den Verkehrsstau ansehen. Das Problem mit Ihnen ist, abgesehen davon, daß Sie verflucht viel zu groß sind, daß Sie glauben, bloß weil man Sie wie einen Bürger ausstaffiert hat und Sie zum Tor rausmarschieren durften, wären Sie nicht mehr im Gefängnis. Das sind Sie nicht, so lange nicht, wie Sie sich darüber Gedanken machen, was Ihnen alles zusteht.«

»Was machen wir also?«

»Ich werde mit Hendriks' Mörder sprechen. Und Sie stellen sich, wenn sie nicht tot auf dem Gehsteig landen wollen, weil Sie beim ersten Mal überhört haben, daß der Bulle ›Hände hoch‹ gebrüllt hat.«

»Liefern Sie mich denen aus, wenn ich's nicht selbst mache?«

»Da können Sie Gift drauf nehmen. Ich werd Ihnen mit diesem Tisch hier auf den Schädel hauen und Sie wie Kleopatra in den Teppich wickeln und Sie unterm Arm hinschleppen. Lassen Sie die Cops ihre Arbeit machen, wenn Sie's schon nicht tun.«

»Tja, ich tu's nicht.«

»Das hatte ich keine Sekunde lang erwartet. Sitzen Sie still.« Ich griff zum Telefon.

»Wen rufen Sie an?«

Ich wählte. »Entspannen Sie sich. Sieht das aus wie 110?«

»Was ist 110?«

»Sí?« Eine Frauenstimme.

»Elda?« fragte ich.

»Sí.«

»Hier ist Mr. Walker. Ich habe heute mittag fast bei Ihnen gegessen.«

»Sí.«

»Ist Mr. oder Mrs. Marianne zu Hause?«

»Nein.«

Das war zumindest eine Abwechslung. »Wo ist Mr. Marianne?«

»Er sagt Downriver.«

»Was macht er denn am Sonntag in der Fabrik?«

»Treffen, sagt er. Wegen Señor Hendriks.«

»Was ist mit Mrs. Marianne?«

»Sport. Laufen.«

Ich kam mir vor, als rangiere ich Güterwagen. »Wann erwarten Sie sie zurück?«

»No sé.«

»Können Sie ihr etwas ausrichten?«

»Sí.« Papier raschelte.

»Sagen Sie ihr, ich weiß, wer Hendriks ermordet hat. Ich treffe mich jetzt deshalb mit ihrem Mann.«

Ich versicherte mich, daß sie es kapiert hatte, dann drückte ich auf die Gabel. Ich ließ sie los und wählte erneut. Dieser Anruf war kürzer. Ich sagte keine Namen.

»Ich komm mit«, sagte De Vries.

»Das dachte ich mir. Sie müssen sich aber vor dem Rücksitz verkrümeln, für den Fall, daß wir an Ampeln neben irgendwelchen Streifenwagen zum Stehen kommen.«

»Das mach ich schon seit gestern.«

Ich holte den deutschen Revolver von George St. Charles aus der Schublade und knallte ihn auf den Tisch. »Wenn man Sie mit dem hier erwischt, stecken sie uns vielleicht in die gleiche Zelle. Nehmen Sie die linke Hand, und halten Sie das Ding vom Gesicht weg, wenn Sie's abfeuern müssen. Ich würde Ihnen allerdings raten, es zu vermeiden. Die Krautfresser können heutzutage besser Autos bauen als Waffen.«

Er nahm und untersuchte ihn, dann stand er auf und steckte ihn in den Hosenbund und zog sein Hemd raus, um den Griff zu verdecken. »Wo ist Ihre?«

»Verstaubt im Materialraum in 1300. Ich nehme die Luger.« Ich stand auf. »Es macht Ihnen doch nichts aus, wenn wir noch kurz einen Abstecher nach Westen machen und jemanden mitnehmen.«

»Den Typ, den sie grade angerufen haben?«

»Exakt.«

»Wer ist das?«

»Der Polizist, der Sie festgenommen hat.«

Er kam gleich zur Tür, noch damit beschäftigt, ein schwarzes Nylonhemd mit weißem Orchideenmuster zuzuknöpfen. Er trug graue Flannellhosen, und seine Füße steckten in schwarzen, halbhohen Stiefeln mit Messinghaken und Stahlkappen. Durch die stoppelkurzen, leicht rosafarbenen Haare sah man die Kopfhaut, aber er wirkte jetzt jünger als damals, als er sich samt Frau und Enkelkindern im Garten ausgeruht hatte. Die Luft war geladen, als ob gerade ein großer Jet darübergeflogen wäre, aber vielleicht lag es an der Situation. »Kommen Sie nur rein«, sagte er. »Ich bin grade –« Er sah meinen Klienten hinter mir aufragen.

»Floyd Orlander, Richard De Vries«, sagte ich. »Sie erinnern sich vielleicht aneinander.«

»Lieutenant.«

Orlander sah zu mir. »Wird er noch gesucht?«

»Wenn nicht, hätte ich die Cops angerufen, nicht Sie.«

»Wenn Sie mir gesagt hätten, daß er dabei ist, hätt ich nein gesagt.«

»Deshalb hab ich's nicht gesagt.«

Er stand noch immer in der Tür. »Früher hab ich's manchmal mit einem Zuhälter oder 'nem Abgreifer nicht ganz so eng gesehen. Man mußte nehmen, was man kriegen konnte. Aber ich hab nie Dealer oder Mörder verhätschelt. Nicht einmal. Und ich werd nicht mit einer perfekten Regel brechen, bloß weil ich im Ruhestand bin.«

»Ich bin so kurz, wie es kürzer nicht geht, davor, von Sherman Miskoupolis das Geständnis zu kriegen, daß seine Familie damals für Hendriks das Geld aus der Panzerwagensache rumgeschoben hat. Hendriks hat Davy Jackson ermordet. Nicht De Vries.«

»Sherman Miskoupolis, von den Miskoupolis-Brüdern?«

»Ich hoffe, es gibt nur die eine Familie. Der Name ist zu unaussprechlich.«

»Ich bin Ari einmal begegnet, und ich war an dem Fall beteiligt, als sie damals Nick in Greektown vom Pflaster kratzen mußten. Das hätte allen dreien passieren sollen. Aber wir sprachen über den Hendriks-Mord.«

»Hendriks hat er auch nicht auf dem Gewissen. Wir sind gerade unterwegs zu seinem Mörder. Kommen Sie mit oder nicht? Sie sagten, Sie wollten das klarhaben.«

»Wer ist der Mörder?«

»Für die Karten haben Sie nicht bezahlt.«

»Mann, ich hoffe, Sie wissen, wie froh Sie sein können, daß ich milder geworden bin.« Sein großer Kiefer machte mahlende Bewegungen. Dann sah er zu De Vries hoch. »Sie sind kahl geworden.«

»Sie sind alt geworden«, sagte De Vries.

»Besser alt als kahl.«

»Ich kann 'nen Hut aufsetzen.«

Orlander wandte sich ab, ließ die Tür offen und ging nach innen. De Vries und ich folgten ihm. Im Wohnzimmer griff er auf eine alte Vitrine, nahm einen Schlüssel herunter und schloß eine Schublade im unteren Teil damit auf.

»Wo ist Ihre Frau?« fragte ich.

»Ich hab gesagt, sie soll die Kinder besuchen. Hab gesagt, ein paar alte Freunde vom Department kommen und es könnte unfein geredet werden.«

»Hat Sie's geglaubt?«

»Keine verfluchte Sekunde. Aber sie ist gegangen.« Er nahm ein glänzendes braunes Schulterholster aus der Schublade und streifte es über. »Schon mal so eins getragen?« Er klemmte das Ende des Holsters an seinen Hosengürtel und befestigte den elastischen Gurt quer über seinem Rücken.

»Vor Jahren. Fühlte sich an wie ein Kropf.«

»Das ist immer noch so. Aber diese Hüftholster sind die Hölle für die Nieren. Was haben Sie bei sich?«

Ich zeigte ihm die Luger. Ich hatte mein Sakko angezogen, um sie zu verdecken.

»Scheiße. Mit dieser Fred-Feuerstein-Mechanik haben die den Krieg verloren. Das hier ist 'ne Waffe.« Er hob den Deckel einer Pappschachtel in der Schublade ab und entnahm ihr eine eckige, schwarze Automatikpistole mit einem geriffelten Griff.

»Neun Millimeter«, sagte ich. »Lieutenant Alderdyce meinte, Sie hätten 'ne kleinere Beretta.«

»Nie vom ihm gehört. Die 7.65er war zu leicht. Hat mich mal fast das Leben gekostet.« Er ließ das Magazin rausspringen, überprüfte die Patronen, stieß es wieder rein und beförderte eine Patrone in die Kammer. Dann steckte er die Waffe ins Holster. »Dottie will, daß ich sie abstoße, wegen der Kinder. Frauen, die Kindern beibringen, sich vor Knarren zu fürchten, denen hat die Welt zu verdanken, daß sie in der Scheiße hockt. Was führt King Kong mit sich? Erzählen Sie mir nicht, daß er sein Hemd gern schlampig trägt.«

Ich sagte: »Glauben Sie mir, Sie wollen's nicht wissen.«

»So schlimm?«

»Schlimmer.«

»Das ist das Üble an diesem Ort. Keiner hat mehr Stil. Wo soll's hingehen?«

»Die Marianne-Fabrik.«

»Wie haben Sie vor, an den Sicherheitsleuten vorbeizukommen?«

»Ich dachte, wir mogeln uns durch. Nicht stark besetzt dort.«

»Haben die Sie schon mal gesehen?«

»Einmal.«

»Das reicht. Warten Sie hier.« Er verschwand im Eßzimmer.

De Vries stand herum und sah groß und still aus. Ich fragte ihn, wie es ihm ginge.

»In drei Countys läuft meine Beschreibung im Radio, und ich steh im Haus von 'nem weißen Bullen. Wenn's noch besser ginge, wär ich in der Gaskammer.«

»Das machen sie hier nicht. Noch nicht. Hier kriegt man bestenfalls hundert Jahre.«

»Teufel, da wär ich dann wohl tot.«

Orlander kam mit einem grauen Filzhut zurück und streckte ihn mir hin. »Ziehen Sie den auf.«

Er war zu groß. Ich stopfte eine obere Ohrhälfte drunter und zog die Krempe über das rechte Auge. Dick Tracy glotzte mir aus dem Glas der Porzellanvitrine entgegen.

»Nichts verändert ein Gesicht so sehr wie ein Hut«, sagte Orlander. »Sie sind der Fiese. Wenn wir uns schlau anstellen, wollen sie die Marken gar nicht sehen.«

»Für Cops sehen wir ziemlich leger aus.«

»Wie viele Fliegen sehen Sie sonntags? Zivil heißt nicht Abendanzug.«

»Was ziehen wir De Vries an?«

»De Vries bleibt im Auto.«

»Wir sollten uns nicht trennen.«

»Wir könnten ihn auf allen Vieren mitnehmen und sagen, wir sind die Hundetrainer.«

»Ich hab nicht den ganzen Weg gemacht, um dann auf 'm Rücksitz zu hocken«, sagte der große Mann.

»Aber so wird's gemacht, junger Mann.« Orlander zog einen dünnen grünen Pullover über das Holster. »Oder ohne mich. Was heißt, gar nicht.«

Ich sagte: »Er hat recht. Die schauen Sie einmal an, und dann stehen uns die richtigen Cops bis zu den Ohren.«

»Unsre Ohren«, sagte Orlander. »Ihr Arsch.«

»Wir brauchen ihn nicht.«

»Wir brauchen ihn«, sagte ich. »Als wir uns das letzte Mal ein Marianne-Büro vorgenommen haben, hatten wir's nur mit Mietkräften zu tun. Diesmal ist es die erste Garde.«

»Nix hat sich geändert. Als ich einfuhr, hatten die Bullen das Sagen, und heute haben sie's immer noch.«

Orlander trat an ihn heran. Sein Scheitel war auf der Höhe von De Vries' Brustbein. »Scheiß mich nicht an, Junge.«

»Nenn mich nicht Junge, Scheißer.«

»Gott segne uns alle«, sagte ich.

## 28

Es war einer dieser Sonntagnachmittage, die auf Städte glatt verschwendet sind, die geschaffen sind für Huhn und Knödel nach der Kirche und Schachspiele auf der Veranda. Die Sonne stand buntstiftgelb an einem blitzblanken Himmel, an dem behäbige Wolken so träge verweilten wie alte Männer in einem Park. Die Gebäude trieben auf Schichten wogender Hitze. Die Umrisse der Skyline waren scharf wie mit der Stahlpunze ausgestanzt, und der Asphalt gab schmatzende Geräusche von sich, als unsere Räder darüber rollten.

Östlich von Romulus fuhren wir auf den Edsel Ford und auf dem John Lodge Richtung Süden, vorbei an den leeren Spuk-Gerippen von Wonder Bread und Vernon's. Jeder Block, den wir hinter uns ließen, entfernte uns weiter von Huhn und Knödeln. Als wir auf den West Jefferson kamen, fing der Fluß das Licht in kleinen Weißgoldwirbeln und ließ mich an den Lake Superior denken, wie man ihn von Marquette aus sah. Wir fuhren ganze Straßen entlang, ohne einem einzigen Auto zu begegnen. Außer einem Fliegeralarm kriegt nichts eine Stadt so schnell leer wie ein schönes Wochenende.

Floyd Orlander hatte sein Fenster runtergekurbelt und sah starr geradeaus. Aus den Augenwinkeln registrierte er automatisch jedes Straßenschild, an dem wir vorbeikamen. Sein grobes Profil war vollkommen unbeweglich. De Vries lag zusammengekrümmt vor dem Rücksitz. Jedesmal wenn er sich bewegte, um einen verkrampften Muskel zu entspannen, drückte sich mein Sitz nach vorne. Der kleine Renault litt gewaltig unter der zusätzlichen Last.

»Ich kapier diesen Hendriks nicht«, sagte Orlander, als wir an River Rouge an einer roten Ampel halten mußten. Weit und breit war kein Auto zu sehen. »Mein alter Herr hat zwanzig Jahre lang Autobatterien drei Treppen hoch- und runtergeschleppt. Ich mußte mir Arbeit suchen, um die High-School fertig machen zu können. Wenn ich ein Stipendium für ein Wirtschaftsstudium in England gehabt hätte, hätt ich ganz sicher keinen Panzerwagen ausgenommen.«

»Jede Wette, für zweihundert Riesen«, sagte De Vries.

»Zu riskant. Und er konnte gar nicht gewußt haben, daß es so viel war. Die Fahrer hatten die Route verlängert, damit sie nicht so oft fahren mußten.«

»Es war nicht nur das Geld.« Die Ampel sprang um, und ich überquerte die Kreuzung. »Manche Leute sind ehrlich, weil sie ehrlich sind. Genauso viele oder sogar noch mehr tun nie etwas Unehrliches, weil sie keine Chance dazu haben oder fürchten, erwischt zu werden. Sie sind ein College-Kid, führen für ein paar Mäuse einem Kopierladen die Bücher, und das ist alles in Ordnung, bis der Damm bricht. Es ist, wie De Vries gesagt hat: Überall um einen herum verstoßen sie gegen das Gesetz, zerschlagen alles und legen Feuer und plündern, und die Polizei läßt es zum größten Teil geschehen, weil es außer Kontrolle geraten ist. Dann erzählt dir der Boss, du sollst die Einnahmen zusammenrechnen, weil er sie am nächsten Tag mit dem ganzen Geld aus den Nachbargeschäften zusammen wegschaffen will. Es ist das Geld, aber nicht nur. Es ist die große einmalige Chance im Leben, und du hast noch vierundzwanzig Stunden Zeit, um zu entscheiden, was du mit ihr tun willst.«

»Ich hab diesen Guter-Junge-wird-zu-schlechten-Sachen-verführt-Scheiß nie geschluckt.«

»Das tut keiner. Man kann keinen verderben. Die Basis muß da sein. Hendriks war eine Sprengladung kurz vor der Zündung, obwohl er das vielleicht nie wußte. De Vries war genauso, nur auf andre Weise. Der eine machte einen Raubzug, der andre legte Feuer. Die Ordnung war außer Kraft und die Gelegenheit vor der Tür.«

»War überhaupt nicht dasselbe«, sagte De Vries. »Ich war besoffen und schwarz.«

Orlander sagte: »Affendreck. Ihr kriegt Beulen am Arsch, bloß vom Schwarzsein.«

»Schon mal gewesen?«

»Nee. Ich hab aber auch 'ne Beule.«

»Kriegen Sie da nicht Kopfweh von?«

»Na, na.« Ich überholte eine Gruppe von Fahrradfahrern mit Helmen, die den Seitenstreifen entlangstrampelten. »Auf seine Art war Hendriks auch besoffen. Leute, die mit Geld arbeiten, sind wild darauf. Sie behaupten, sie lieben Zahlen, aber nimm mal das Dollarzeichen weg, dann ist ihr Interesse in Nullkommanix hinüber. Aber wir haben die Sechziger, und Love und Peace sind ja das Wichtige. Du hast 'ne Hippie-Freundin, die daran glaubt oder zumindest so tut, und jeder, der mit dieser Poster-Lebensweisheit und den üblichen Halluzinogenen vollgestopft worden ist, eignet sich hervorragend als Werkzeug. Man kann ihr vielleicht erzählen, irgendeine Kultgruppe oder ein Demokrat kriegt die Kohle.

Davy Jackson muß man anders sehen. Er ist so oft betrunken, wie er schwarz ist, und unter diesen Umständen ist ein Überfall grade richtig, um zu seinem Recht zu kommen. In dem Punkt ist er wie De Vries.«

»Grund genug für De Vries, dabeizusein«, sagte Orlander.

»Fahr zur Hölle.«

»Kommt nicht hin«, sagte ich. »Er hat ein Angebot im Profi-Basketball, und er ist verlobt und will heiraten. Wenn das erste nichts an Ihrer Meinung ändert, dann doch sicher das zweite. Ich habe Sie mit Ihren Enkeln gesehen, und weiß, daß Sie wissen, wovon ich rede. Aber er ist schwarz und auch noch betrunken, also kommt er zum Teil in Frage, und den Rest erfährt er nicht. Er wird so eingesetzt wie das Mädchen und Jackson, nur jeder mit unterschiedlichen Teilen. Hendriks war der einzige in dem Spiel, der alle Teile hatte. Nach kaum mehr als einem Jahr waren zwei von den anderen tot und der dritte im Gefängnis. Hendriks zog als Sieger ab.«

»Bis gestern«, sagte Orlander.

»Das ist das Problem beim Spielen. Es gibt immer einen Herausforderer.«

Das Tor stand auf, der Angestelltenparkplatz war stark besetzt. In der Automobilindustrie haben sie auch keine Sonntage. Ich lenkte um das Gebäude herum und parkte auf dem kleinen Platz beim Eingang für die Geschäftsleitung. Timothy Mariannes Stiletto stand da, mit einem Nummernschild, das auf TIMTOP lautete. Mrs. Mariannes Wagen war nicht zu sehen.

»Wie viele am Eingang?« fragte Orlander.

»Nur einer vorne«, sagte ich. »Hier hinten weiß ich nicht. Durch die Tür bin ich noch nicht gegangen.«

»Ich werd reden. Sie knurren ein bißchen.« Er öffnete seine Tür.

De Vries schraubte sich auf den hinteren Sitz hoch und verdunkelte den Rückspiegel. »Und was mach ich, hier sitzenbleiben und das Radio laufenlassen?«

»Rutschen Sie runter, wenn andere Wagen auftauchen«, sagte ich. »Passen Sie auf, wer reingeht, dann drücken Sie auf die Hupe.«

»Wen erwarten Sie?«

»Eine gutaussehende Rothaarige in einem kastanienbraunen Saab Turbo.«

»Was zum Teufel ist ein Salb Turbo?«

»Sie wissen's, wenn Sie ihn sehen.« Ich stellte einen Fuß auf den Asphalt.

»Ich sitz hier doch nicht den ganzen Tag rum und les Nummernschilder.«

»Geben Sie uns zwanzig Minuten. Wenn Sie dann kein Zeichen kriegen, gehen Sie hart ran, aber bringen Sie keinen um.«

»Zwanzig Minuten ist lang.«

»Kein Vergleich mit zwanzig Jahren.«

Die Stahltür sah aus wie die vordere am Angestellteneingang. Diese hier war verschlossen. Orlander drückte den Knopf der Gegensprechanlage daneben.

»Ja?« Eine männliche modulierte Stimme. Das Blecherne haben sie mittlerweile aus fast allen internen Kommunikationswegen rausentwickelt.

»Machen Sie auf.«

»Für wen sind Sie hier?«

Orlander sah mich an. »Hat er für wen gesagt?«

»Yeah. Lassen Sie's ihn fressen.«

»Für wen sind Sie hier?« wiederholte die Stimme.

»Für die nächsten 48 Stunden deines Lebens, Jungchen, wenn du nicht aufmachst, bevor wir das Schloß aufschießen. Das ist die Standard-Schicht für Behinderung eines Polizeibeamten bei der Ausübung seiner Tätigkeit.«

»Sie sind von der Polizei?«

»Der Mann hat 'ne Menge Fragen«, sagte Orlander.

»Wir packen ihn mit ein paar schwulen Rockern zusammen.«

»Ich glaub, wir haben keine.«

»Dann nehmen wir uns welche fest«, sagte ich.

»Bleiben Sie dran«, sagte die Stimme.

Ein Summer rasselte. Orlander drehte den Knauf, und wir gingen rein. Die Wache saß vor sechs Bildschirmen in einem Kontrollpult. Er war in meinem Alter, wirkte gepflegt und groß und trug eine graue Uniform mit ins Hemd gesteckter Krawatte. Sein Gesicht zierte eine Fliegerbrille mit Stahlrahmen, und der Revolver saß in einem Schnellziehholster an seiner Hüfte.

»Schau, schau, der Soldatenanzug«, sagte ich.

Er starrte Orlander an. »Für einen Polizisten sind Sie ziemlich alt.«

Ich sagte: »Er ist grau geworden, weil er immer zuschauen muß, wie ich billige Mietrambos an die Decke schmeiß.«

»Halt's Maul. Wo ist dein Boss, Jungchen?«

»Der Sicherheitschef?« Er rückte seine Brille zurecht. »Der ist nicht –«

»Ich mein den großen Häuptling. Wo ist er?«

»Mr. Marianne?«

Orlander sah mich an. »Aus der Nähe ist er genauso dumm.«

»Er wird schon schlau werden, wenn sich die Rocker an ihn ranmachen.«

»Großwesir Marianne, Jungchen. Der Aufsichtsratsvorsitzende. Der große Zampano. Der Allerwerteste. Der Hansel, dem dieses Gebäude und deine Messingknöpfe gehören. Es geht um seinen Geschäftsführer, der sich gestern hat totmachen lassen. Du hast es bestimmt auf der Comic-Seite gelesen.«

»Der liest nicht«, sagte ich. »Der putzt seine Knarre und denkt an Clint Eastwood.«

Die Wache lief rot an. »Sie haben keinen Grund –«

Ich trat einen Schritt vor und stieß auf Orlanders Arm. »Zerleg ihn in deiner Freizeit«, sagte er. »Du machst deinen Job, Jungchen, und wir unseren. Zeig uns bloß den Weg, und wir verschwinden aus deinem Leben wie der Kalender vom letzten Jahr.«

»Er ist in der Halle, spricht mit den Arbeitern.«

»Du würdest uns das doch nicht nur sagen, damit du in seinem Büro anrufen kannst und sagen, daß wir kommen, nicht wahr«, sagte Orlander.

»Überzeugen Sie sich selbst.«

Auf einem der Monitore sah man Mariannes schlaksige, leicht durchhängende Gestalt. Er hatte die Hände in den Taschen seines lose sitzenden Anzugs und sprach von einem Steg über einem Fließband zu einer Gruppe von Männern in Overalls. Er wirkte, als ob er länger keinen Schlaf gekriegt hatte, aber vielleicht war das dem Schwarzweißbild zuzuschreiben. Man hörte nichts.

»Wo ist das wohl, Jungchen?«

»Hier durch.« Die Wache deutete auf eine Doppelschwingtür mit quadratischen geriffelten Fenstern. »Sie brauchen das hier.«

Orlander riß der Wache die gelben Plastikschilder aus der Hand und gab mir eines. Wir steckten sie in die Tasche.

»Sie sollten außen getragen werden.«

»Das geht in Ordnung, Jungchen. Wir sind Zivile.«

An der Tür machte ich kehrt, ging zu dem Schaltpult zurück und riß das Telefon aus der Wand. Nach dem zweiten Ruck hatte ich es draußen. Ich überreichte der Wache das ausgefranste Kabelende. »Setzen Sie's der Stadt auf die Rechnung.«

»Und Ihre Marken?« sagte er.

Die Türen schwangen hinter uns.

»Verfluchter Stoffel«, sagte Orlander.

»An mir lag's nicht«, sagte ich. »Was bei Ihnen der gute Bulle ist, ist bei den meisten anderen der schlechte.«

Wir befanden uns in einem gelbgetäfelten Flur, der auf beiden Seiten weder Fenster noch Türen hatte. Am anderen Ende empfing uns ein weiteres Paar Schwingtüren, auf denen in roten Lettern auf einem weißen Zeichen zu lesen war: BETRETEN NUR MIT SICHERHEITSBRILLE. Auf der anderen Seite hörte man Timothy Mariannes Stimme leiern. Wir betraten die wirkliche Fabrik.

## 29

Dieser Teil des Gebäudes war einer der wenigen, die von der alten Traktorenfabrik übriggeblieben waren. Dicke, längs unterteilte Fenster, so groß wie Garagentore, begannen rundherum in einer Höhe von 2,50 Meter über dem Fußboden und endeten in sieben Meter Höhe direkt unter der Decke. Dazwischen lagen eine nackte Ziegeldecke, über die sich ein Wirrwarr offenliegender Kabel schlängelte, und ein kürzlich frischgegossener weißgesprenkelter Betonboden. Entlang der Wände verlief in zwei Meter Höhe ein Steg mit Geländer, von dem auf allen vier Seiten Eisentreppen zum Boden führten, wo auf einem gestoppten Fließband ein Reihe von Stiletto-Fahrgestellen stand. Glieder wie von Weltraumrobotern verharrten entlang des Bandes und hielten ihre Bohrer, Schweißgeräte und hochentwickelten Schleifwerkzeuge in die Höhe wie exerzierende Soldaten ihre Waffen. In den Gängen zwischen dem Band und den Stegen standen fünfzig oder sechzig Arbeiter und sahen zu Timothy Marianne hoch, der am Geländer lümmelte.

»... starb bei der Arbeit für die Firma, an deren Aufbau er maßgeblich beteiligt war«, sagte er. »An seinem Tod können wir nichts ändern. Aber wir können dafür sorgen, daß durch unsere gemeinsame Arbeit, wie wir sie von Anfang geleistet haben, der Traum, für den er sein Leben gab, Wirklichkeit wird. Das ist ein Denkmal, wie es Al gefallen hätte, und es ist gewaltiger als viele andere.«

An seiner Seite, etwas hinter ihm, stand ein großer Schwarzer in einem Overall, die Hände in die Hüften gestützt, den Kopf gesenkt, und hörte zu. Das war wohl der Vorarbeiter. Orlander und ich waren auf einem Steg herausgekommen, der in rechtem Winkel auf den ihren stieß. Ein weißer Plastikküchenstuhl mit Stahlbeinen, auf dem der Vorarbeiter wahrscheinlich saß, wenn das Band lief, blockierte uns den Weg. Wir zogen nicht die Aufmerksamkeit durch weitere Bewegung auf uns, sondern blieben sofort stehen.

»Ich weiß, daß bereits Gerüchte zu Ihnen gedrungen sind, die behaupten, Al wäre in etwas hineingeraten, womit er sich übernommen hatte«, sagte Marianne. »Es gibt keinerlei Anlaß für solche Annahmen. Von Anfang an investierte er seine Zeit und seine Fähigkeiten und einen großen Teil seines persönlichen Vermögens in diese Fabrik und das große Räderwerk dahinter. Ohne Al Hendriks gäbe es Marianne Motors nicht. Ich kann die Spekulationen nicht unterbinden, aber ich werde nicht zulassen, daß er angeklagt und abgeurteilt wird, weil er die Kühnheit besaß, in einem gewaltsamen Zeitalter zu Tode zu kommen.

Viele von Ihnen machen sich gewiß Gedanken über die Zukunft von Marianne Motors. Sie alle sind die Zukunft. In welche Richtung der Betrieb gehen wird, bestimmen einzig und allein Sie. Solange Sie und die, die nach Ihnen kommen, soviel Achtung und Treue beweisen, wie Sie es bisher getan haben, wird die Firma weiter bestehen. Und nun habe ich Sie lange genug von Ihrer Arbeit abgehalten.«

Es gab ein kurzes Schweigen, nachdem er geendet hatte. Dann klatschte jemand, und ein anderer nahm es auf, und Applaus rauschte durch die Menge. Er wurde stärker, als Marianne mit seiner typischen Geste die rechte Hand hob, und erstarb schnell, als er sich zum Gehen wandte. Auf dem Höhepunkt hätte es im Fischer-Theater einen zweiten Vorhang gegeben. Im Arbeitsleben ziehen die Ermunterungsreden so häufig die Rausschmißbriefe nach sich, daß keiner sich groß darüber aufregt.

Marianne hielt an, als er uns sah. »Wie sind Sie durch die Kontrolle gekommen?«

»Welche Kontrolle?« sagte Orlander. »Captain Video im Hinterzimmer?«

»Wer sind Sie?«

Was er auch immer zur Antwort gegeben hatte ging unter, als das Fließband mit einem Knall wie von einem Pistolenschuß startete. Dann setzten mit Bohrern und Schleifgeräten und Schweißmaschinen die Roboter ein, und der beißende Gestank verbrannten Metalls durchdrang die Luft. Der Vorarbeiter war hinuntergegangen, um den Start zu überwachen. Ich hob die Stimme. »Können wir irgendwo reden, wo man nicht brüllen muß?«

»Sagen Sie hier, was Sie zu sagen haben. Ich habe einen Betrieb aufzubauen.«

»Ich hab gedacht, der Hendriks-Mord wirkt hier wie Pißwetter an den Niagara-Fällen«, sagte Orlander.

»Wer ist das?« fragte mich Marianne.

»Ein Freund. Sie laden zu rührenden Versammlungen. Steht's so schlecht?«

»Falls Sie kein Aktionär sind, wüßte ich nicht, was Sie das angeht.«

»Ich weiß, wer Hendriks getötet hat.«

»Nehmen Sie diesen Hut ab. Sie haben nicht die geringste Ähnlichkeit mit Harrison Ford.«

Ich hatte vergessen, daß ich ihn trug. Ich nahm ihn ab und warf ihn auf den Stuhl des Vorarbeiters. Marianne kam um die Ecke herum und blieb an der anderen Seite des Stuhles stehen. »Wer?«

»Das hätten Sie gleich fragen sollen«, sagte ich. »Ich hätte vielleicht sogar geglaubt, daß Sie es nicht wissen.«

»Nun gut, ich weiß es. Es war Ihr Klient. Ich nehme an, Sie verstekken ihn.«

»Wir sprechen nicht über De Vries, und das wissen Sie. Diese verwirrte Masche zieht nicht mehr. Sie sind ein viel zu kluger Geschäftsmann, um den wirklichen Mörder nicht zu verdächtigen.«

Er steckte die Hände in die Taschen. »Ich nehme an, Sie führen das aus.«

»Das ist alles Technik. Wie Sie Haare und Kleidung vernachlässigen, sich achtlos bewegen, dieser äußere Anschein von Jungenhaftigkeit, Sie haben den geschäftsmännischen Schliff ins Gegenteil verkehrt, und mit dieser vordergründigen Masche gelingt es Ihnen vielleicht, die Geschäftswelt zu täuschen, aber nicht Polizisten. Die sind plumpe Tricks gewohnt. Die durchschauen Sie wie Kinder den Profi-Zauberer. Das ist eine Waffe gegen Unbedarfte, genau wie Commodore Stutchs Alter. Aber das wissen Sie, nun gut.«

Orlander sagte: »Aber ich nicht.«

»Bei jedem Fall muß man irgendwo anfangen«, sagte ich. »Nachdem ich genug von De Vries' Geschichte gehörte hatte, um sie ihm abzunehmen, fing ich bei Hendriks an. Knast ist so ähnlich wie Erblinden. Das letzte, was man sieht, bevor man abgeschnitten wird, bleibt einem. Jahre danach erkannte er auf einem Foto im Generalmanager von Marianne Motors den Wayne-State-Studenten wieder, der ihn dazu gebracht hatte, die Feuerbombe zu werfen.« Ich sah Marianne an. »Nach dem zweiten Mal, als Hendriks Schweigemauer spielte, in Ihrem Büro, bin ich ihm zu Ihrem Haus gefolgt, und habe beobachtet, wie Ihre Frau in sein Auto stieg, und sie davonfuhren.«

Er lachte leichthin. »Also habe ich herausgefunden, daß sie eine Affäre hatten, und ihn umgebracht. Wie napoleonisch.«

»Ich sehe, sie hat Ihnen davon erzählt, nachdem ich sie damit konfrontiert hatte. Ich hatte es erwartet. Es konnte alles mögliche oder gar nichts sein. Außereheliche Ausrutscher bei Paaren Ihres sozialen Umfelds sind nicht gerade Raritäten. Als sich am nächsten Tag rausstellte, daß Hendriks tot war, hätte jeder faule Polizist Eifersucht als Motiv annehmen und sich auf Sie stürzen können. Da steckte mir zuviel Zufall drin.

Nachdem ich das ausschloß, mußte ich die Möglichkeit in Betracht ziehen, daß mein Klient Hendriks getötet hatte. Damit saß ich zwischen allen Stühlen. Wenn ich De Vries' Geschichte bewies, schuf ich ein Motiv für ihn. Sein Alibi, daß eine Frau, die ihren Namen nicht sagte, ihn anrief und ein Treffen ausmachte, bei dem sie ihn auszahlen wollte, und dann nicht erschien, war oberfaul. Der Mord paßte zu gut zu ihm, also schloß ich das auch aus.«

»Sie haben eine selektive Logik«, sagte Marianne. Rauch von dem Metall, das auf dem Fließband abgefeilt wurde, umhüllte seine Beine. Wir standen direkt unter einem der Ventilatoren, die sich über den Fenstern befanden.

»Damit blieb Hendriks' zweiter Satz Bücher. Der deutete auf alle möglichen multinationalen Unternehmen hin, die er geschröpft hatte, einschließlich der altehrwürdigen und übelwollenden Firma Eisstößel, Garrotte & Co. Nicht daß einer der namhaften Vertreter der Wall Street in punkto Mord zimperlich wäre. Dort plant man Kriege und Attentate im Ausland. Eine kleine interne Erschießung wäre da nur ein minderer Aufwand.«

»Sie lügen. Al war alles mögliche, aber er hätte nie die Firma betrogen.«

»Zweikommaachtmal«, sagte ich, »laut einem Buchhalter, der sich die zwei Computerdisketten mal angesehen hat, die Hendriks gehamstert hatte. Aber in meinem Beruf sind Beweismittel, die einem derart zufallen, automatisch zweifelhaft. Die Standardregel ist dann, in der Gegenrichtung zu suchen.«

Orlander sagte: »Bis jetzt haben Sie alle Verdächtigen bis auf De Vries entlastet.«

»Nicht alle. Es gibt jemanden, den ich noch nicht erwähnt habe. Gehen wir zwanzig Jahre zurück. Wir wissen, oder wir vermuten, daß Hendriks und Davy Jackson 1967 den Überfall auf den Panzerwagen in der Brady durchführten. De Vries steckte das leere Haus in Brand, um Verwirrung zu stiften, obwohl ihm nicht bewußt war, was er da tat. Bleibt der Mann am Steuer. Hendriks hatte garantiert einen. Er dachte zu praktisch, um den Fluchtwagen mitten in einem Aufruhr unbeobachtet zu lassen.«

»Die Puppe«, sagte Orlander.

»Seine Freundin, Frances Souwaine, studierte mit ihm an der Wayne State. Sie hatte Vorstrafen wegen Aufforderung zur Unzucht und Drogenbesitz, was damals an der Tagesordung war, vor allem bei einem Mädchen aus Alabama, das sich nach dem Tod der Eltern in der großen Stadt im Norden allein durchzuschlagen versucht. De Vries sagt, sie war ein Hippie. Sie sah so aus und lebte mit einem Mann in wilder Ehe, und zweifellos hatte sie die üblichen Dinge gegen das Establishment vorzubringen, aber die Prostitutionsvorstrafe legt nahe, daß sie härtere Interessen hatte als der Durchschnitt. Also wäre es für sie durchaus nicht außergewöhnlich gewesen, wenn sie während der großen Sause am Steuer gesessen hätte. Wir werden wohl nie erfahren, was sie dachte, als Hendriks während der Flucht einen seiner eigenen Leute niederschoß, oder ob sie von diesem Teil des Plans wußte, oder ob sie das überhaupt gesehen hat. Der Grund, warum wir es nie erfahren werden, ist der, daß sie fünfzehn Monate darauf bei einem Autounfall ums Leben kam.«

Orlander sagte: »Hendriks?«

»Ich habe es erwogen. Vermutlich nicht. Wenn er sie hätte ausschalten wollen, hätte er nicht so lange gewartet, und er kann zu der Zeit auch in England gewesen sein. Es könnte Selbstmord gewesen sein. Zumindest denkt das ihre Schwester.«

Marianne behielt die Hände in den Taschen. Ich hatte ihn richtig eingeschätzt. Je bedrängender die Lage, desto lässiger schien er.

»Ich habe mich über den Überfall informiert«, sagte ich. »Der Zeitungsartikel sagte mir weniger als Frances Souwaines Sterberegister in derselben Ausgabe der Zeitung. Sie hinterließ nur ein Familienmitglied, eine Schwester namens Edith.«

»Ich nehme an, Sie gerieten in helle Aufregung, weil Sie in einem Fall gleich zweimal auf einen solch gewöhnlichen Namen gestoßen sind«, sagte Marianne.

»Nichts gegen helle Aufregung. Das ist manchmal der einzige Kraftstoff, der einem bleibt. Mrs. Marianne sagte mir, daß ihre Schwester bei einem Unfall ums Leben gekommen sei, der möglicherweise von dieser Schwester beabsichtigt war, vielleicht aber auch nicht. Man kann sich noch vorstellen, daß zwei Mädchen aus dem Süden bei einem Unfall eine Schwester namens Edith verlieren. Zwei, die Edith Souwaine heißen, das ist unwahrscheinlich. Das war der Mädchenname Ihrer Frau. Ich habe mir die Berichte über Ihre Hochzeit angesehen.«

»Sie sind eine erbärmliche Ratte.«

»Ihre Schwester war an der Panzerwagen-Sache beteiligt. Irgendwo auf halber Strecke erzählte sie Edith davon, und dann starb sie auf der Straße. Es spielt keine Rolle, ob es absichtlich oder unabsichtlich geschah. Sie hatte Hendriks geholfen, einen Raubüberfall durchzuführen, und war Mitwisserin an einem Mord, und dann haute er nach England ab und ließ sie in diesem drogenvernebelten Morgen danach versacken, an dem Leute wie sie in den Sechzigern aufwachten. Vielleicht hatte er vor, ihr ihren Teil auszuzahlen; wahrscheinlich eher nicht. Er hatte schon einmal getötet, um seinen Anteil aufzubessern. Sie kam nicht an das Geld ran – es war bei den Miskoupolis-Brüdern und wurde saubergeschrubbt –, und sie konnte nicht drohen, zur Polizei zu gehen, weil sie genauso schuldig war. Er benutzte sie und schmiß sie weg, und sie grämte sich darüber, bis sie sich zu Tode gegrämt hatte. Aber Edith war aus härterem Stoff.

Sie hätte ihn anzeigen können; Frances war tot, auf sie konnte nichts mehr zurückfallen. Sie tat es nicht. Statt dessen verordnete sie sich irgendeinen Abschlußkurs, schüttelte die Baumwollsamen aus dem Haar und wurde Model. Sie hatte das Aussehen dafür und einen kräftigen Schuß Plantagencharme mitbekommen. Ich behaupte nicht, daß das alles Teil eines großen Plans war. Wahrscheinlich schaute sie bei ihrem Weg mehr auf die Fehler der Schwester und wartete auf die zweite Chance. Die bekam sie, als ein Begleiter von einer Autofirma, die sie als Model engagiert hatte, sie Ihnen vorstellte.«

Er nahm die Hände aus den Taschen. Das Abblättern begann.

»Das konnte sie herbeigeführt haben«, fuhr ich fort. »Sie hat verfolgt, wie Hendriks' Vermögen anwuchs, seit er mit Ihnen in Kontakt gekommen war, genau wie später ein anderes Opfer im Gefängnis. Jedenfalls machte sie sich an die Arbeit, brachte all ihren südlichen Charme und ihr nördliches Training zum Einsatz, und bevor einer von Ihnen viel älter war, wurde sie Mrs. Marianne. Sie muß es ganz besonders genossen haben, daß zwanzig Prozent der Firma auf ihren Namen überschrieben wurden. Das machte sie zu Hendriks' Arbeitgeber.«

»Edith liebt mich«, sagte er. »Sie können das nicht ertragen, wie es ist. Ihre Arbeit ist zu schmierig.«

»Nicht schmieriger als die vieler Leute, mit denen ich dabei in Berührung komme. Die Jungs von der Abteilung Wirtschaftskriminalität müssen jetzt nur noch rausfinden, wann Ihre Frau sich Hendriks zu erkennen gab und anfing, ihn unter Druck zu setzen, damit er sie davon abhielt, an die Öffentlichkeit zu gehen. Mein Tip ist, daß sie rausfinden werden, daß die beiden Partner in Hendriks' schnellem Tänzchen waren. Das ist die einzige Erklärung dafür, warum sie sich mit ihrer letzten Rache soviel Zeit ließ.«

»Nicht, Chester!«

»Vorsicht!« Orlanders Hand fuhr unter seinen Pullover.

Ich duckte mich, und etwas sauste über meinen Kopf hinweg. Dann lief ich in den Anschlußhieb des großen Vorarbeiters und schlug mit der Handkante nach seinem Hals. Er grunzte und gab den Haken auf der anderen Seite zurück. Ich riß den Unterarm hoch, um ihn abzublocken. Orlander hielt die Beretta vor Chesters Gesicht und zog den Hammer zurück. Der Schlag landete mit einem Klingen am Geländer des Stegs.

»Auf den Boden, Jungchen.«

Nach kurzem Zögern ging der Vorarbeiter in die Hocke. Er hatte die

Auseinandersetzung von unten beobachtet, verstanden, daß sein Chef in irgendwelchen Schwierigkeiten steckte, war dann eine Treppe hochgeklettert, auf der er zuvor nicht runtergegangen war, und hatte sich in unserem Rücken angeschlichen. Orlander senkte die Automatik.

»Sie haben ihn nicht umgebracht. Mr. Marianne«, sagte ich. »Wenn Sie's getan hätten, hätten Sie nichts dagegen gehabt, daß Ihr Mann hier mir den Schädel einschlägt.«

»Sie wußten es sowieso.« Seine Stimme war durch den Lärm von unten kaum mehr hörbar. Es war uns nicht gelungen, dort unten mehr Aufmerksamkeit zu erregen. Mariannes gesamte Fassung war in sich zusammengesunken, nicht entspannt, sondern eingebrochen. Man sah ihm sein Alter an.

Ich sagte: »Ich wußte nicht, wieviel Sie wußten. Ich bin jetzt beruhigt, weil Sie nicht daran beteiligt waren. Als Hendriks mitkriegte, daß De Vries raus war und mich bezahlte, damit ich dem Überfall nachging, wurde er nervös. In dieser Nacht damals fuhr er mit Ihrer Frau aus, um einen Schlachtplan zu entwickeln. Die Flatter ist ansteckend.

Am nächsten Tag lud sie mich zum Lunch ein und machte Sie glauben, es wäre Ihre Idee. Sie hatte mehr Pläne im Hinterkopf als Ihre sämtlichen Ingenieure und Designer. Sie hatte bereits De Vries angerufen und ihn mit einem Täuschungsmanöver an einen Ort gelockt, wo er kein Alibi kriegen konnte. Es konnte nur sie gewesen sein. Wer wußte sonst genug über den Fall, um ihn zu überzeugen? Mit Ihren geschäftlichen und ihren eigenen politischen Kontakten war es ihr ein leichtes, herauszufinden, wo der Staat De Vries untergebracht hatte. Das war Plan B. Falls Plan A hinhaute und ich mich darauf einließ, ihr Geld oder ihren Körper zu nehmen – die Köchin kam exakt im richtigen Moment rein, um Sie an Ihren Auftrag in Downriver zu erinnern, perfektes Timing –, wäre nichts verloren gewesen außer ein paar Stunden von De Vries' Lebenszeit. Als sie mitkriegte, daß ich weder für Geld noch für Sex zu kaufen war, schaltete sie auf Ersatzplan.«

Ich hielt einen Moment inne, um zu schlucken. Ich wurde langsam heiser bei dem Versuch, den Lärm bei all dem Qualm und den Funken zu übertönen. Niemand erbot sich als Pausenfüller.

»Sie spielte mir Gekränktheit vor und schmiß mich raus«, sagte ich. »Tatsächlich mußte sie sich beeilen, mich loszuwerden. Falls nämlich De Vries ihr als Sündenbock dienen sollte, mußte sie ins Detroiter Büro von Marianne Motors eilen und Hendriks umbringen, bevor De Vries in sein Hotel zurückkehrte.«

»Niemand würde eine Verurteilung wegen Mordes für eine simple Erpressung riskieren«, sagte Marianne.

Orlander schnaubte.

Ich sagte: »Aber es war so. Sie vergessen ihre tote Schwester. Edith wartete fast zwanzig Jahre, um diese Schuld vollständig zu begleichen. Fragen Sie De Vries und einen Kerl namens George St. Charles, was das heißt. Die Erpressung diente nur dazu, Hendriks zu quälen, bis sie sich einen Grund zurechtlegen konnte, ihn von seinem Elend zu erlösen. Die Möglichkeit, daß er durchdrehte, war so gut wie jede andere. Früher oder später hätte sich auf jeden Fall irgendeine ergeben.«

»Alles richtig, bis auf den letzten Teil.«

Sie hatte mit normaler Lautstärke gesprochen, und eigentlich hätte ihre Stimme im Lärm der Maschinen untergehen müssen. Vielleicht lag es an dem Singsang. Orlander fuhr zusammen, riß die Beretta hoch und wollte sich umdrehen.

»Lassen Sie das.» Jetzt lauter. Er erstarrte.

Ich drehte mich um. Sie war hinter uns auf den Steg getreten. Sie trug ein Träger-Top aus hellbrauner Rohseide, das ihre gebräunten Schultern zur Geltung kommen ließ, einen weiten, gelben Rock und Korksandalen. Hochsprühende Funken spiegelten sich auf ihrem dicken roten Haar und dem geölten Schliff des 38er Revolvers in ihrer rechten Hand.

Ich hielt meine Hände vom Körper weg. »Was habe ich falsch gesagt?«

»Edith ist tot«, sagte sie. »Sie starb 1968 nach einem kurzen, bedeutungslosen Leben. Ich bin Frances Souwaine.«

## 30

»Edith –« Marianne trat nach vorne. Sie machte eine Bewegung mit der Waffe. Er blieb stehen.

»Ich bin nicht Edith. Ich war es nie.«

»Wie haben Sie die Identität gewechselt?« fragte ich.

»Legen Sie die Pistole auf den Boden«, befahl sie Orlander. »Vorsichtig. Wir wollen doch nicht, daß sie runterfällt und die Leute aufschreckt. Stoßen Sie sie rüber.«

Orlander kippte den Hammer vor und gab nach. Die Beretta

kratzte über den Steg. Sie stoppte sie mit dem Fuß. Chester wollte sich aufrichten.

»Bewegen Sie sich nicht.« Sie sah mich an. Ihre Augen standen katzenhaft schräg. »Während der Aufstände ist mein Wohnblock ausgebrannt. Ich lebte dann bei Edith in der Chalmers, wenn man das leben nennen kann. Die rührte keinen unsauberen Dollar an, nicht mal, wenn wir fast verhungerten. Das Auto lief auf meinen Namen. Die Polizei fand die Adresse auf der Zulassung und unterrichtete mich. Ich hab sie in der Leichenhalle identifiziert, das heißt, mich selbst.«

»Warum?«

»Warum nicht? Frances Souwaine hatte ein Strafregister. Edith Souwaine nicht. Frances war an einem bewaffneten Überfall und einem Mord beteiligt, die immer noch untersucht wurden. Edith hatte keinen Ausweis bei sich, und wir sahen uns ähnlich genug, daß die Leute uns verwechseln konnten, die uns nicht genauer kannten, und hier oben kannte uns keiner genauer. Sie war arbeitslos. Die Polizei hatte natürlich ihre Fingerabdrücke, aber sie überprüft sie eigentlich nicht, wenn es eine Identifikation von nächsten Verwandten und keinen Grund gibt, die anzuzweifeln. Es gab kein Argument, das dagegen sprach, Frances nicht sterben zu lassen und als Edith weiterzumachen. Ich fing an, in diese Richtung zu denken, als der Beamte, der anrief, mich fragte, ob ich Frances Souwaine kannte. Den Rest hab ich mir im Taxi auf dem Weg zur Leichenhalle zurechtgelegt.«

»Der beste Freund ist doch die Schwester«, sagte Orlander. Auch er hielt seine Hände in Sichtweite.

»Wir haben kaum miteinander geredet«, sagte sie. »Unsere Mutter starb bei ihrer Geburt, und unser Vater hat es dann fertiggekriegt, sich zu Tode zu saufen, als wir Teenager waren. In manchen Familien rückt man durch eine solche Sache näher zusammen. Wir nicht. Die einzige Sache, in der wir je einer Meinung waren, war die Entscheidung, hier hoch zu ziehen, und auch das noch aus unterschiedlichen Gründen. Sie wollte durchkommen. Ich wollte alles. Das hieß Ausbildung, und dazu brauchte man mehr Geld, als ich als Klofrau oder Telefonistin verdienen konnte. In den dreckigen Motelzimmern, in denen ich mich stundenweise mit noch dreckigeren Kerlen aufgehalten habe, sah alles ziemlich weit weg aus. Mit Drogen schien es ein Stück näher zu sein. Für Edith bin ich grade noch rechtzeitig davon runtergekommen, aber für Frances war es zu spät. Gott sei ihrer Seele gnädig.«

»Wann haben Sie Ihr Haar gefärbt?« fragte ich.

»Ich bin sofort am nächsten Morgen, nachdem ich in der Leichenhalle war, zum Schönheitssalon gegangen. Da war ich schon clean und hatte ein bißchen Geld von den Freiern gespart. Al hatte sich schwungvoll verabschiedet und versprochen, sich zu melden, wenn er wiederkam, was mich panisch genug machte, um mich äußerlich verändern zu lassen. Etwas plastische Chirurgie, Silikon und an den richtigen Stellen ein paar Polster haben mich mehr verändert, als man denken würde. Den Rest erledigte die Modelschule. Ich bin Al mehrere Male begegnet, nachdem ich Tim kennengelernt hatte. Er hat mich nicht erkannt, bis ich ihm sagte, wer ich war. Aber da war ich schon Mrs. Marianne.«

Marianne schrumpfte. Er sah fast so alt aus wie der Commodore. »Ich liebe dich.«

»Du liebst den Stiletto. Ich war ein charmantes Mittel, mit dem du die Investoren dazu bringen konntest, ihn vom Zeichenbrett runter in die Produktion zu befördern. Hör einmal auf zu posieren.«

Die elektrischen Bohrer unter unseren Füßen heulten auf. Ich verlagerte mein Gewicht und lehnte mich näher zum Stuhl des Vorarbeiters. »Wollte Hendriks reden?«

»Er erwog, Sie auszuzahlen. Darauf kam er während dieser Autofahrt zu sprechen, die Sie für so bedeutend hielten. Als Sie mein Angebot am nächsten Tag nicht annahmen, wußte ich, daß Sie so lange an ihm dranbleiben würden, bis er weich geworden wäre.«

»Sie haben ihn umgebracht.«

»Wiederum gab es keinen guten Grund dafür, es nicht zu tun. Ihr Klient hatte sich selbst zum perfekten Verdächtigen gemacht. Falls das danebenging, waren da all diese Investoren, die Al geprellt hatte, indem er sie glauben ließ, sie kauften wirkliche Marianne-Anteile. Mein Teil war nicht in den Büchern. Darauf habe ich geachtet.«

»Sie haben die Diskette in den Computer gesteckt«, sagte ich.

»Ich habe sie beide gelesen und eine in Als Schreibtisch zurückgestellt. Ich wollte nicht übertreiben mit der Auffälligkeit. Seinen Schlüsselcode konnte er nicht vor mir geheimhalten. Jedenfalls würde die Polizei nichts übersehen, was mit dem Hold-Zeichen im Computer steckte. Und all diese anderen Verdächtigen würden den Fall genügend verwirren und dafür sorgen, daß man in den Untersuchungen über sie und De Vries nicht rauskam. Das hab ich danach gemacht.«

»Wie haben Sie Hendriks in diesen Aufzug gelockt?«

»Ich war sein Partner, schon vergessen? Ich sagte, wir müßten uns irgendwo unterhalten, wo der Wachbeamte nicht mithören konnte.«

»Als Frau vom Boss wußten Sie natürlich, wann der Wachbeamte auf der anderen Etage sein würde. Sie sind ein gewaltiges Risiko eingegangen. Er hätte die Schüsse hören können.«

»Eigentlich nicht. Es gibt kaum besser isolierte Räume als Aufzüge.«

»Oder eine laute Fabrik wie diese hier«, sagte Orlander. »Verdammt kaltblütig.«

Sie sah ihn heiter an. »Ist ja nicht so, als hätte ich keine Übung drin.«

Ich brach das Schweigen. »Sie haben Davy Jackson getötet?«

»Er war zu langsam, erreichte das Auto nicht mehr. Al saß schon auf dem Beifahrersitz mit dem Geld. Ich habe Davy durch das Fenster erschossen. Er hätte sich nicht umdrehen und nach Verfolgern Ausschau halten sollen.«

»War Hendriks daran beteiligt?« fragte ich.

»Machen Sie Witze? Es lief immer drauf raus, daß er den Leuten mit Anzeige drohte oder sie auszuzahlen versuchte. Er war zu Tode schockiert. Ich war high. Wenn ich klar gewesen wäre, hätte ich vielleicht gewußt, daß er Angst kriegen und sich abwenden würde. Damals dachte ich, es würde uns enger zusammenbringen.«

»Wie klar waren Sie in der Nacht, als Ihre Schwester starb?« Ich hatte die Hand schon fast auf dem Stuhl.

»Ich hab den Unfall nicht geplant. Es war tatsächlich einfach ein Unfall. Daß ich die Leute glauben machte, es wäre Selbstmord gewesen, paßte besser zu Frances Souwaines Geschichte. Meiner Geschichte. Tod klärt so vieles.«

»Unserer, beispielsweise«, sagte ich.

»Nur Ihrer und der Ihres Freundes. Die Polizei weiß, daß Sie Hendriks zusetzten. Als Sie sich dann hier Einlaß verschafften und auf Tim losgingen, zwei bewaffnete Männer, die ihn unter Druck zu setzen versuchten – das ist keine Lunchbox unter Ihrer Jacke –, war er gezwungen, in Selbstverteidigung zu schießen. Das hier ist seine Waffe. Er bekam die Erlaubnis, sie zu tragen, als irgendein Irrer letztes Jahr anfing, uns zu Hause mit Drohanrufen zu attackieren. Du weißt ganz genau, daß du die Story so erzählen wirst, Tim. Den Investment-Skandal würde Marianne Motors überleben. Den anderen nicht.«

»Was ist mit Chester?« Orlander gestikulierte in Richtung des Vorarbeiters, der auf dem Boden kauerte und anfing, wimmernde Töne von sich zu geben.

»Er wurde bei dem Schußwechsel getötet.«

»Ich glaube, wir haben uns nie gekannt«, sagte Marianne. »Ich decke kein Morde, damit ich weiter Autos bauen kann.«

»Sicher wirst du das tun. Es ist dein Leben. So und nicht anders.«

Ich schmiß den Stuhl durch das große Fenster rechts von mir. Er zerschmetterte ein Dutzend Scheiben, draußen im Sonnenlicht glitzerten die Glassplitter, und am Fließband sah man nach oben. Orlander hatte gute Reflexe für sein Alter, aber sie waren nicht gut genug. Sie schoß, als er sie angriff. Er stolperte, stürzte aber weiter, hieb auf ihren Arm und lenkte den Schuß ab. Ihre zweite Kugel schlug Funken aus einem Kabel unter der Decke. Sie wirbelte aus dem Weg, er fiel über das Geländer, und jetzt ging ihm die Luft aus. Pfenniggroße Tropfen platschten auf den Steg.

Der Rest war Chaos. Marianne stand da wie versteinert, unfähig sich zu rühren oder zu verstehen, was um ihn geschah. Ich riß die Luger unter meiner Jacke raus, aber in dem Moment kam Chester auf die Füße und versperrte mir die Sicht. Dann erbebte der Steg unter den Tritten eines Giganten, und zwei starke Arme hoben Edith Marianne – Frances Souwaine – von den Füßen und über das Geländer, wobei sich ein weiterer Schuß löste. Sie fiel in einem Bogen zwei Meter tief und landete vor einem der Schweißroboter. Sie schrie noch, nachdem man die Maschine abgestellt hatte.

Als der Schrei endete, lag sie zur Hälfte in einem Stiletto-Chassis, mit hochgerutschtem Rock und halbverbranntem Gesicht. Sie bewegte sich nicht.

»Sind Sie in Ordnung?« fragte ich De Vries.

Er nickte. Sein kahler Kopf leuchtete unter den Deckenlichtern. »Ich hab gehupt, als sie reinging, aber scheint keiner gehört zu haben. Ich hatte bißchen Ärger mit der Wache. Sie haben gesagt, ich soll ihn nicht umbringen. Sie haben aber nicht gesagt, daß er nicht Kopfweh kriegen darf.«

»Was war mit Ihrer Waffe?«

Er zog sein Hemd hoch und betrachtete sie. »Hab ich ganz vergessen.«

Ich beugte mich über Orlander, der noch am Geländer hing und sich mit einer Hand die linke Seite hielt. Die Tropfen auf dem Steg vermischten sich zu einer Pfütze. »Sind Sie verletzt?«

»Ich hab kürzere Rippen, als wie ich hier reinkam«, knurrte er. »Scheiße.«

»Rufen Sie den Krankenwagen«, befahl ich dem Vorarbeiter.

»Ich mach schon nicht schlapp«, sagte Orlander. »Ich hab nur Scheiße gesagt, weil ich in achtzehn Dienstjahren nicht einen Schuß abgekriegt hab. Wenn ich gewußt hätte, daß der Ruhestand so hart wird, hätten sie mich behalten müssen.«

Chester hatte sich nicht gerührt. Ich hob an, ihm nochmals mitzuteilen, daß er einen Krankenwagen besorgen sollte, aber er starrte auf seinen Arbeitgeber. Mrs. Mariannes letzter Schuß hatte das Gesicht ihres Mannes beinahe ebenso verwüstet wie die Schweißmaschine das ihre. Aber er atmete. Ich überließ Orlander der Obhut von De Vries und stieg selbst in die stillgewordene Fabrik hinunter, um anzurufen.

## 31

Ich war ein Roboter in der Marianne-Fabrik, hochtechnologisch wie die Hölle, und es war mir egal, wer davon wußte. Im Augenblick hatte ich die Aufgabe, Frances Souwaines Gesicht wieder zusammenzuschweißen. Ich kam nicht wesentlich vorwärts, aber das juckte mich nicht, weil Gefühle nicht einprogrammiert waren. Die Glocke schrillte und zeigte das Ende der Schicht an. Ich lag eine Weile da, bevor ich mitkriegte, daß es sich um das Telefon handelte. Ich schwang meine Füße auf den Boden – menschliche, schmerzende Füße –, saß in der Dunkelheit und fragte mich, wo ich war. Dann fischte ich die leere Scotch-Flasche hinter meinem Rücken hervor und erinnerte mich. Ich war auf dem Sofa in meinem Wohnzimmer eingeschlafen.

Das Telefon klingelte immer noch. Als ich den Hörer abnahm, schlug die alte Wanduhr zwei.

»Walker?« Die dünne alte Stimme war verschwenderisch straff. Es war der Anfang seines zweistündigen Arbeitstags.

»Ist dran, Commodore.«

»Raf brachte mir vor ein paar Minuten Ihre Nachricht. Ich brauche Details.«

Ich lieferte ihm ein paar. Die ganze Sache war vor weniger als zwölf Stunden passiert, und sie waren noch frisch. Am anderen Ende herrschte völlige Stille, und ich überlegte zum dritten Mal, seit wir uns kannten, ob er tot war.

Nicht tot, sagte er: »Ich muß diese Disketten haben. Sagen Sie mir, wieviel.«

»Ich habe sie der Polizei gegeben.«

»Das war idiotisch.«

»Es gab nur das, oder Knast mit so vielen Anklagen am Hals, daß nicht mal Sie es sich leisten können, sich die am Telefon anzuhören. Die Cops Downriver halten nicht soviel von Detroitern, die ankommen und sich unbefugtes Betreten, Körperverletzung, widerrechtliches Ausgeben als Polizeibeamte und unerlaubtes Abfeuern einer Waffe innnerhalb der Stadtgrenzen zuschulden kommen lassen. Die Cops hier oben halten nur nicht soviel davon, wenn man Beweismaterial unterschlägt und Flüchtige versteckt. Ich hab die Disketten auf die zwei Departments verteilt. Jetzt können sie es ohne mich ausfechten.«

»Die Firma könnte Bankrott erklären und den Forderungen mit fünfzig Millionen begegnen oder so«, dachte er laut. »Als Aufsichtsratsvorsitzender wird Marianne statt seines Generalmanagers auf Anklage wegen Betrugs reagieren müssen. Die kann er anfechten. Das können wir auch noch nützen.«

»Marianne hat andre Sorgen. Als ich zuletzt von ihm gehört habe, waren sie immer noch dabei, ihm die Kugel aus dem Hirn zu entfernen.«

»Ich habe im Krankenhaus angerufen. Die Operation ist vorbei, und er liegt auf Intensivstation. Aber im allgemeinen hat man das Gröbste hinter sich, wenn man eine Operation unter solchen Bedingungen überlebt. Falls nichts Lebenswichtiges angegriffen ist, hat er eine Chance.«

»Er wird sie nicht wollen.«

»Was ist mit dem Polizisten, wie war gleich sein Name, Orlander?«

»Die Kugel ist auf der Seite eingedrungen. Sie haben ihm im General Hospital die Rippen zusammengenagelt und ihn vernäht. Am Morgen lassen sie ihn raus. Seine Frau und Tochter und sein Schwiegersohn und deren zwei Kinder kamen grade, als ich ging. Im allgemeinen hat man das Gröbste hinter sich, wenn man unter diesen Bedingungen Besuche von den Lieben übersteht. Mrs. Marianne ist fast sofort gestorben«, fügte ich hinzu. »Der Schmerz und der Schock führten zum Herzstillstand.«

»Was ist mit Ihrem Klienten?«

Richard De Vries und ich hatten einander in Downriver Gesellschaft geleistet, wo die Cops ihn behielten, bis sie ihn nach Detroit schicken konnten. Floyd Orlander und Chester, Mariannes Vorarbeiter, hatten eingewilligt, Aussagen zu machen, die meine Schilderung von Frances Souwaines Geständnis untermauerten. Die ganze Sache würde achtundvierzig Stunden dauern, und dann war De Vries frei. Ich hatte ihm gesagt, ich würde mir mein Honorar für fünf Tage plus Spesen von seinem Vorschuß nehmen und ihm den Rest ins Alamo schicken. Ich hatte gefragt, ob er die zweihunderttausend immer noch wollte. Er hatte sich über den kurzen Bart gestrichen.

»Yeah.«

»Werden Sie bescheiden.«

»Das bin ich gewöhnt.« Er schüttelte mir die Hand. Es gab nichts mehr, was man ihm diesbezüglich beibringen konnte.

»Ihm wird's gutgehen«, sagte ich Commodore Stutch. »Wenn die Geschichte raus ist, wird er bis zum Hals in Anwälten stehen, die für ihn vom Staat Schadensersatz fordern wollen.«

»Zwischen Dieben und Mördern war er besser dran.« Sein Tonfall veränderte sich. »Danke, Walker. Ich schicke Gerald morgen mit einem Entgelt für Ihre Arbeit ins Büro.«

»Lassen Sie es ihn per Post schicken. Ich fahre morgen Richtung Norden, um mein Auto abzuholen.«

»Möchten Sie einen nagelneuen Stiletto? In ein paar Monaten ist der ein Sammlerstück.«

»Ich würde nur jedesmal Mrs. Marianne drin sehen, wenn ich ihn anschaue.«

Er sagte auf Wiedersehen, und wir hängten auf. Zwei Wochen später starb Leland Stutch im Alter von einhundert Jahren, drei Monaten und siebenundzwanzig Tagen im Schlaf. Damit überlebte er Timothy Marianne, der mit zweiundfünfzig nach zehn Tagen im Koma verschied. Die *News* brachte am folgenden Sonntag eine Doppelseite über die Automobilindustrie in Detroit, von Stutch bis Marianne. Es klang nach keinem von beiden, und ich fragte mich, wie dann wohl all die anderen waren.

Der Superior sah bleigrau aus unter tiefhängendem Nebel und die Wellen so spitz und scharfkantig wie die zerschmetterten Felsen am Strand. Am Horizont hingen drei schwarze Erzkähne, die wie ihre Symbole auf einer Seekarte wirkten. Dünne, langbeinige Vögel stelzten in der Brandung umher und hielten Ausschau danach, was der See ihnen zu bieten hatte. Die Luft war kühl und hatte eine metallische Frische.

Ich ließ den Renault, wo ich ihn gemietet hatte, und ging zu Fuß die drei Blocks zu der Garage, wo mein Chevy fertig sein sollte. Er war zum Probefahren weg. Ich trank aus einem Styropor-Becher unbeschreiblichen Kaffee und studierte ein Sortiment Keilriemen, bis er zurück war. Ich schrieb einen Scheck über sechshundert und etwas aus, steckte für die Versicherung die Quittung ein und fuhr zum Revier vom Sheriff. Das Auto roch innen wie ein Aquarium mit Ammoniakzusatz.

Major R. E. Axhorn saß in einem Captain-Stuhl mit Drehgelenk hinter einem grauen Stahltisch in einem Büro mit seinem Namensschild an der Tür. Er sah groß und kräftig aus in seiner lederbraunen Uniform und mit seinen schwarzen, leicht angegrauten Haaren, und befremdlich, mit dem Kugelschreiber in der Hand. Er erkannte mich auf der Stelle. »Falls Sie Ärger mit der Werkstatt haben, gehen sie zu Henderson beim Betrug«, sagte er.

»Kein Ärger. Ich dachte mir, Sie würden vielleicht gern wissen, an was Sie letzte Woche teilhatten.«

»Der große Sträfling, der bei Ihnen war?«

»Ex-Sträfling. Ich hab ihn in Detroit gelassen.«

Er deutete mit dem Ende des Kugelschreibers auf die offene Tür. Ich schloß sie. Die Angeln quietschten.

»Ist zum ersten Mal zu, seit sie mich befördert haben«, sagte er. »Sie sollten damit anfangen, wie Sie in dem See gelandet sind.«

Ich ließ mich in einem Stuhl mit gerader Lehne und Stahlrahmen nieder und erzählte die ganze Geschichte von vorne. Ich sagte ihm, was ich den Cops und dem Commodore gesagt hatte, und währenddessen wurde mir klar, daß ich zum ersten Mal erzählte, ohne etwas zu verschweigen. Er schaukelte den Stuhl vor und zurück, hatte die Hände auf den Armlehnen liegen und sah aus wie ein Häuptling, der sich die Bedingungen eines Vertrags unterbreiten läßt. Als ich fertig war, zündete ich mir eine Winston an und sog tief den Rauch ein, um die Leere zu füllen, die die Geschichte hinterlassen hatte.

»Ich denk mir, dieser George St. Charles hat sich ganz schön verausgabt, was?« sagte er.

»Alle. Er, De Vries, Orlander, Davy Jacksons Eltern. Sogar Frances Souwaine war erschöpft, nachdem sie Hendriks umgebracht und darüber gesprochen hatte. Gift sitzt nur eine bestimmte Zeitlang fest, dann sucht es sich einen Weg nach draußen.«

»Der Mist ist nur, daß man sich hinterher nicht besser fühlt.«

»Die Psychofritzen denken da anders.«

»Die Psychofritzen wissen gar nichts über nichts. Sonst würden sie sich nicht doppelt so oft umbringen wie Cops. Es gibt einen Punkt, wo das Gift die einzige Kraft gibt, die man noch hat. Läßt man's raus, stirbt man.«

»Wie geht's den Wakelys?«

»Lurleen hat am Samstag das Kind geworfen. Ein Junge. Sieht ein bißchen wie Hank und wie Burt aus. Wer jedenfalls in sechzehn Jahren noch hier sitzt, wird ihn sicher gut kennen. Hank hat Burt grade beim County ausgelöst, weil Burt Samstagnacht beim großen Ringelpiez ein Fenster und zwei Finger zerbrochen hat. Haben ihren neuen Cousin gefeiert. Hank hat bar bezahlt. Am nächsten Wochenende hab ich bestimmt eine Einbruchsmeldung auf dem Tisch.«

»Der einzige Unterschied zwischen dem, was Sie hier machen, und dem, was die Cops da machen, wo ich herkomme, ist, daß Sie nicht nach Namen fragen müssen.«

»Nur wenn die Sommergäste einrücken.« Er sah mich an. Seine Augen wirkten schwarz, umgeben von dunklem Kupfer. »Angeln Sie?«

»Ist Jahre her.«

»Wir sollten mal sonntags zum Seney gehen. Man sagt, da sind die Lachse dieses Jahr so groß wie Delphine.«

»Gibt es ein Jahr, in dem man das nicht sagt?«

»Wahrscheinlich nicht.«

»Vielleicht beim nächsten Ausflug.«

»Yeah.« Er wippte vor und zurück. »Also nie, stimmt's?«

»Nie ist ein langer Zeitraum.«

»Schade. Ein Mann findet seine Seele beim Angeln. Freut mich, daß Sie reingeschaut haben, Walker. Sie waren nicht verpflichtet dazu.«

»Klar doch.«

Wir schüttelten uns die Hand, und ich ging. Ich sah ihn nicht wieder. Als ich ein paar Monate später auf der Spur eines abtrünnigen Ehemanns, die in St. Ignace in die Binsen ging, in diese Gegend kam, sagte mir ein junger Sheriff-Lieutenant, daß Bob Axhorn nicht mehr im Revier arbeitete. Ich wollte fragen, ob er angeln gegangen sei. Ich ließ es sein.

Bitte beachten Sie
die folgenden Seiten:

# Ed McBain

# Polizisten leben gefährlich

Ein Roman aus dem 87. Polizeirevier

Ullstein Buch 10412

Ullstein
Kriminalroman

Ob Joseph Wambaugh und seine Chorknaben, Janwillem van de Wetering und seine Outsider in Amsterdam, Maj Sjöwahl / Peer Wahlöö und ihre Schwedenbullen – ohne die Cops vom 87. Polizeirevier und ihren Chronisten Ed McBain würde es wahrscheinlich keinen von ihnen geben. Als der ehemalige Marinesoldat und frischgebackene Schriftsteller 1956 diesen Krimi schrieb, begründete er den modernen Polizeiroman. Und eine der erfolgreichsten Kriminalserien aller Zeiten.

1986 wählten die Mystery Writers of America, der Verband der US-Krimiautoren, Ed McBain in Würdigung seines Gesamtwerks zu ihrem Großmeister.

Ross Thomas

# Schutzwall

Polit-Thriller

ein Ullstein
Kriminalroman

Der Schauplatz: Eine Stadt im Südwesten der USA, nicht korrupter, schmutziger und zerstörter als alle anderen großen Städte im Lande.
Das Klima: Mörderisch heiß, Brotmesserwetter, wie der Detective der Mordkommission meint, bevor er mit seinem Auto in die Luft fliegt.
Die Hauptpersonen: Zwei ehemalige CIA-Agenten, ein ehrgeiziger Senator und ein trauernder Regierungsangestellter.
Das Motiv: Der letzte Stein, der den Schutzwall unüberwindbar machen soll.

»Dieser Ross Thomas ist ein Muß.«
*Frankfurter Neue Presse*